Daniela Gesing

Venezianische Delikatessen

Die Autorin

Daniela Gesing, Jahrgang 65, hat nach ihrer Ausbildung zur Erzieherin Komparatistik und Pädagogik studiert und bei einer örtlichen Familienzeitung gearbeitet. Die Autorin lebt mit ihrer Familie und ihrem Hund in Bochum. Die Leser lieben ihre Venedigkrimis mit dem sympathischen Ermittler Luca Brassoni.

Das Buch

Kulinarische Genüsse und dunkle Machenschaften am Canal Grande: Luca Brassonis zweiter Fall. Ein warmer Septemberabend in Venedig. Das blaue Wasser des Canal Grande glitzert malerisch in der Abendsonne. Doch mit der Idylle ist es vorbei, als unter der Rialtobrücke eine Leiche gefunden wird. Die Arbeit reißt Commissario Luca Brassoni aus seinem neuen Glück: Endlich hat er das Herz von Gerichtsmedizinerin Carla Sorrenti für sich gewonnen. Die Ermittlungen führen ihn ins Gourmetrestaurant im Palazzo Callieri auf der Insel Giudecca. Sterneköche sind alles andere als zimperlich, wenn es um den Erfolg geht. Zwischen Scampi und Gelato serviert man einander auch mal Gift. Aber Luca Brassoni macht so schnell keiner etwas vor … Ein Krimi, besser als jeder Italienurlaub – Spannung und Atmosphäre pur.

Von Daniela Gesing sind bei Midnight in der Ein-Luca-Brassoni-Krimi-Reihe erschienen:

Venezianische Delikatessen
Venezianische Verwicklungen
Venezianische Schatten
Venezianisches Verhängnis

Daniela Gesing

Venezianische Delikatessen

Luca Brassonis zweiter Fall

MIDNIGHT

MIX
Papier aus verantwortungsvollen Quellen
FSC® C083411

Neuausgabe bei Midnight.
Midnight ist ein Digitalverlag
der Ullstein Buchverlage GmbH, Berlin November 2017

Umschlaggestaltung: ZERO Werbeagentur, München
Titelabbildung: © FinePic®
Autorenfoto: © Privat
Satz: Pinkuin Satz und Datentechnik, Berlin
Druck- und Bindearbeiten: CPI books GmbH, Leck
ISBN 978-3-95819-912-5

Für Christina, Janina und Ben

... und für Elke!

It's Krimi-Time!

Viel Spaß und
gute Unterhaltung,
wünscht Dir
Gisela
05.03.2019

Prolog

Die schwere Platte aus wertvollem Muranoglas ging mit einem lauten Krachen zu Boden. Das teure Stück zersprang auf dem Marmorboden in tausend Scherben.

»*Roberta, impossibile,* was bist du nur für eine dumme Gans!«, rief Nicolo Zamparoni aus der Küche. Er steckte seinen Kopf durch den Türrahmen und begutachtete das Desaster.

Dann eilte er im Laufschritt in den Gang zum Restaurant.

»Sieh dir das an. Diese Platte hat einen Wert von über dreihundert Euro. Wie kann man so dumm sein! *Stupido!*«

Der Starkoch sah seine Küchenhilfe mit wutverzerrtem Gesicht an. Seine Gesichtshaut hatte eine ungesunde rote Farbe angenommen. Sie hatten an diesem Abend eine geschlossene Gesellschaft gehabt und das Restaurant frühzeitig geschlossen. Das »Al Gambero« war Zamparonis ganzer Stolz. Vor vier Jahren hatte er das Restaurant im Luxushotel »Palazzo Callieri« auf Giudecca, der der Altstadt Venedigs vorgelagerten Insel, übernommen. Früher hatten auf dieser eigentlich aus acht miteinander verbundenen Eilanden bestehenden Insel reiche Venezianer ihre Luxusvillen gebaut. Heute verbrachten gut betuchte Touristen ihren Urlaub in dem Fünfsternehotel und genossen dort die feine Küche des Gourmetkochs.

Roberta, eine unscheinbare junge Frau mit blassbraunen Haaren, die sie zu einem langen Zopf geflochten hatte, sah ihren Chef mit großen Augen erschrocken an.

»*Scusi, Signor Zamparoni,* es tut mir so leid!«

Sie senkte den Kopf und schaute verlegen zu Boden.

»Ich werde dir die Platte von deinem Gehalt abziehen!«, herrschte der Sternekoch die Küchenhilfe an.

Roberta wurde bleich und begann zu zittern.

»Bitte, Signor Zamparoni, ich bin doch gar nicht schuld. Auf dem Boden lag ein Stück vom Salat, auf dem bin ich ausgerutscht und ins Straucheln gekommen.«

Zaghaft zeigte sie auf das grüne Blatt, das in einer feuchten Lache auf dem Boden vor sich hin welkte.

Doch Zamparoni hörte ihr gar nicht mehr zu, winkte wütend ab, drehte sich um und war schon wieder auf dem Weg in die Küche.

»Und räum die Glasscherben da weg. Ich will kein einziges Stückchen mehr dort sehen, wenn ich nach Hause gehe!«, rief er ihr mit drohender Stimme zu.

Roberta sah ihm mit vor Hass funkelnden Augen nach.

Das restliche Personal, das noch mit Aufräumen beschäftigt war und den Vorfall mitbekommen hatte, schüttelte den Kopf. Jeder war froh, wenn er nicht selber in Zamparonis Schusslinie geriet. Er war ein begnadeter Koch und konnte gut mit dem Personal umgehen, wenn alles lief, aber wehe, jemand machte einen Fehler …

Roberta holte sich einen Besen und eine Handschaufel, um das Missgeschick zu beseitigen.

Während sie die Scherben zusammenfegte, schossen ihr wilde Gedanken durch den Kopf.

Sie war es leid, wie eine Versagerin behandelt zu werden. Zamparoni war arrogant und aufbrausend zu dem Hilfspersonal.

Sicher würde er sie bald feuern, dabei hatte sie so sehr darauf gehofft, einen Ausbildungsvertrag zu Beginn der nächsten Saison zu erhalten. Daraus wurde jetzt wohl nichts mehr.

Nicolo Zamparoni war ein attraktiver, selbstbewusster, weltgewandter Mann Ende dreißig, der es geschafft hatte, trotz seines

Berufs und seiner Leidenschaft fürs Essen seine sportliche Statur zu erhalten. Die einzige Extravaganz, die er sich leistete, war sein dunkler Vollbart, den er akribisch pflegte. Das Bankett am heutigen Abend war ein voller Erfolg gewesen. Als Vorspeise hatte es *Cocktail di gamberetti*, Krabbencocktail, *Crostini di funghi*, geröstete Brotscheiben mit Pilzen, sowie hausgebeizten Lachs, *Salmone*, an Rucola mit Meerrettichschaum gegeben.

Danach folgte eines der Reisgerichte Venetiens schlechthin: *Risi e bisi*, Erbsenreis in einer Fleischbouillon, verfeinert mit speziellen Kräutern, die Zamparoni in seinem Gemüsegarten selbst heranzog. Zugleich wurde mit Hummerragout gefüllte Pasta in einer leichten Zitronen-Sahnesoße serviert. Der Hauptgang bestand aus einem *Filetto alla griglia*, einem butterzarten, auf hoher Temperatur gegrillten Rinderfilet mit einer Auswahl an feinsten Gemüsen, außerdem *Sogliola e Scampi al vino bianco*, Seezunge und Scampi in herrlicher Weißweinsoße, dazu verschiedene Salate der Saison.

Der Patissier seinerseits hatte einige köstliche Desserts gezaubert, die dem Ganzen einen krönenden Abschluss bereiteten.

Bignets all' amaretto, Amaretto-Windbeutel, *Gelato al cocco* und *Gelato al pistacchio*, selbstgemachtes Kokos- und Pistazieneis mit warmen Schokoküchlein, sowie *Tortine alla frutta*, glasierte Früchtetorteletts.

Der Sternekoch lehnte sich erschöpft an die Edelstahlspüle. Sein eigener Anspruch an die Arbeit war perfektionistisch. Deshalb erwartete er von seiner Küchenbrigade die gleiche Haltung. Doch jetzt wollte er nur noch alleine sein. Sein Privatleben steuerte gerade auf eine Katastrophe zu, und seine Energie reichte so eben noch aus, um im Restaurant für einige Stunden sein Bestes zu geben. Er nickte Matteo Scalfa, seinem Souschef, zu, der mit einem Seufzen seine Schürze abnahm, um Feierabend zu machen, und entließ auch die Jungköche Marco und Giorgio in den wohlverdienten freien Abend.

»Manchmal könnte ich Zamparoni glatt den Hals umdrehen!«, flüsterte Marco seinem Kollegen Giorgio im Personalraum zu. »Hast du gesehen, wie er Roberta behandelt hat?«

Giorgio, ein schmaler Jüngling mit blonder Kurzhaarfrisur, verzog den Mund zu einer Grimasse. Er schaute den zwei Jahre jüngeren, dunkelhaarigen Marco grinsend an.

»*Madonna*, du bist verknallt in sie, stimmt' s?«

Marco wurde rot.

»Ach Quatsch, red keinen Unsinn. Ich finde nur, er behandelt sie ungerecht. Mir hat er nach meiner Zwischenprüfung auch eine Standpauke gehalten. Obwohl ich richtig gut abgeschnitten habe, aber eben nicht gut genug für ihn. Und letztens hat er meine Geflügelsoße einfach in den Ausguss gekippt, weil er schlecht gelaunt war und ihm nicht genug Salz dran war. Ich finde einfach, so geht man mit seinen Angestellten nicht um.«

Giorgio zuckte nur mit den Schultern. Er wollte keinen Ärger und hielt sich lieber aus allem raus.

Währenddessen leerte sich das Restaurant zusehends. Alle Servicekräfte waren gegangen. Die Küche war sauber und aufgeräumt, die restliche Arbeit würden die Hilfskräfte am nächsten Tag übernehmen. Morgen war Ruhetag.

Nicolo Zamparoni öffnete den Unterschrank der Spüle und holte aus der hinteren Ecke eine Flasche teuren Cognac, den er sich abends öfter einmal gönnte, wenn alle gegangen waren. Er nahm sich ein sauberes Glas, goss die goldbraune Flüssigkeit zur Hälfte ein und trank gierig einen tiefen Schluck.

Der Alkohol rann warm und leicht brennend seine Kehle hinunter. Erleichtert atmete der Chefkoch aus, entspannte sich zusehends und genoss den Geschmack des Cognacs und die Ruhe im Restaurant. Doch nur einen Moment später fühlte sich seine Zunge leicht taub an, auch sein Gesicht prickelte plötzlich. Nach dem zweiten Schluck begann Zamparoni zu schwitzen. Er stellte das Glas ab, aber ein Schwächegefühl im ganzen Körper und eine immer stärker werdende Gangunsicherheit ließen ihn auf den Boden sacken. Nach einigen Minuten bemerkte er, wie auch seine Atmung bedrohlich schwerer wurde. Er wollte um Hilfe rufen, aber sein Mund konnte nur noch unkontrollierte Laute formen. Panik stieg in ihm auf.

Zamparoni röchelte. Ich will noch nicht sterben. Irgendjemand muss mir helfen, dachte er verzweifelt. Warum nur kann ich mich nicht mehr bewegen? Er war bei vollem Bewusstsein, aber sein Körper, alle seine Nerven waren wie gelähmt.

Als schließlich Schritte erklangen, schöpfte er Hoffnung, doch als er dann sah, wer ihm gegenüberstand und sich hämisch grinsend über ihn beugte, wusste er, dass es keine Hoffnung mehr gab. Eines der Küchenmesser blitzte gefährlich im schwachen Schein der einzig noch leuchtenden Lampe in der Hand seines Mörders. Dann wurde es dunkel um ihn.

Kapitel 1

Der milde Septemberabend tauchte die Silhouette von Venedig in ein warmes Licht.

Im Inneren der Stadt hatte sich eine beträchtliche Anzahl von Touristen auf der Rialtobrücke versammelt, um den spektakulären Blick auf den Canal Grande zu genießen.

Unzählige Lichter spiegelten sich in dem blauen Wasser des größten Kanals der Lagunenstadt wider. Der Duft nach salzigem Meerwasser vermischte sich mit den Gerüchen der Restaurants und der Motorboote.

Warf man einen Blick nach rechts, sah man die Touristen unter roten Baldachinen an den Tischen der überteuerten Restaurants sitzen, sich unterhalten, ihre Spaghetti- oder Fischgerichte verspeisen und mit einem Glas Wein auf den schönen Abend anstoßen.

Auf der linken Seite spuckte ein soeben angekommenes Vaporetto eine Unmenge von Menschen aus und lud ebenso viele wieder in seinen Innenraum ein. Die meisten Touristen waren von den langen Spaziergängen durch die Stadt erschöpft und überwältigt von den vielen Sehenswürdigkeiten. Der leise Fahrtwind kühlte ihre überhitzten Gesichter, das Schaukeln des Schiffes ließ sie auf angenehme Art und Weise zur Ruhe kommen und entspannen.

Die Leute, die auf der Ponte di Rialto standen, beobachteten das Treiben der anderen Menschen, fotografierten sich gegenseitig, hielten das vor ihnen liegende Panorama mit Handys oder Kameras fest und waren für einen kurzen Moment der Überzeugung, noch nie an einem schöneren Ort gewesen zu sein. Die goldrote Abendsonne erhellte die Hausfassaden auf eine besonders anziehende Weise.

Die Rialtobrücke war nur eine von dreien, die den Canal Grande überspannten, aber bei Weitem die bekannteste und älteste. Jeder, der Venedig besuchte, kam wenigstens einmal hierher.

Eine ältere Frau, die genau in der Mitte der Brücke unter dem Torbogen stand, zupfte ihren Ehemann plötzlich ganz aufgeregt am Hemdsärmel. Sie deutete mit dem Zeigefinger auf etwas im Wasser, das nicht genau zu erkennen war. Der Schatten der Brücke verschluckte die Umrisse dessen, was sie gesehen zu haben glaubte. Der Ehemann sah sie achselzuckend an, folgte dann aber dem Blick seiner Frau und versuchte zu erkennen, was da im Kanal trieb.

Auch einige andere Touristen waren inzwischen aufmerksam geworden. Eine junge Frau schrie plötzlich laut auf und hielt sich entsetzt die Hand vor ihr Gesicht. Hektisches Durcheinander entstand, jeder wollte zum Geländer der Brücke, um zu sehen, was auf dem Canal Grande passiert war.

Jetzt wurde es auch dem Ehemann der älteren Dame klar: Dort unten schwamm eine Leiche! Sie trug weiße Kleidung, und da man im Gesicht einen Bart ausmachen konnte, handelte es sich wohl um einen Mann. Der Tourist wischte sich mit einem Taschentuch den Schweiß von der Stirn. Er nahm die Hand seiner Ehefrau und drückte sie sacht. Dann zog er sie sanft von dem Geländer der Brücke weg. Der Anblick des Menschen im Wasser war bizarr, unwirklich. Eben noch waren die Leute von der friedlichen, eindrucksvollen Atmosphäre des Abends gefangen gewesen, jetzt breitete sich Angst, Neugier und Schrecken aus.

Mehrere Passanten griffen zu ihrem Handy, um die Polizei herbeizurufen.

In der Zwischenzeit hatte eines der Motorboote auf dem Kanal das ungewöhnliche Treibgut ebenfalls bemerkt und war bis zu dem leblosen Mann vorgefahren.

Mit einer Stange versuchten die beiden Insassen, zwei kräftige einheimische Männer, die mutmaßliche Leiche zum Boot heranzuziehen und zu bergen. Immer wieder entwischte ihnen der grotesk verdrehte Körper. Für einige Sekunden herrschte gespenstische Stille auf der Ponte di Rialto, alle hielten den Atem an. Als die Männer es schließlich geschafft hatten, den leblosen Körper in das Boot zu hieven, unter den Augen so vieler neugierigen Touristen, die nun erleichtert klatschten und jubelten, als hätten sie einem großartigen Wettbewerb beigewohnt, mussten Sergio Annato und sein Bruder Massimo feststellen, dass der Mann wirklich tot war. In seiner Brust steckte ein Messer. Da war nichts mehr zu machen. Die beiden Männer erkannten den Toten sofort. Es war Nicolo Zamparoni, der berühmte Sternekoch. Er arbeitete in einem der besten Hotels der Stadt, dem »Palazzo Callieri«.

Zum Glück näherten sich schon das Polizeiboot und ein Krankenboot, die sich umgehend der Leiche annahmen. Aber auch der Notarzt konnte nur noch den Tod des Mannes feststellen. Auf der Rialtobrücke und den beidseitigen Promenaden des Kanals bemühten sich uniformierte Polizisten, Ordnung zu schaffen und die Schaulustigen zum Gehen zu bewegen. Doch wie immer in solchen Fällen gab es eine nicht unbeträchtliche Anzahl von Touristen, für die dieser Unglücksfall eine willkommene Abwechslung war. Ein echter Mord womöglich, wann bekam man das schon einmal zu sehen? Widerwillig verließen sie ihre hart erkämpften Plätze an vorderster Front und setzten mürrisch ihren Spaziergang oder den Weg zum Hotel fort.

Ungefähr zur gleichen Zeit saß Commissario Luca Brassoni mit einem Glas Wein in der Hand in dem Garten seines Wohnhauses im Stadtteil Dorsoduro. Das Haus bestand aus zwei Eigentumswohnungen. Von außen sah man offenes, helles Mauerwerk, sorgfältig verputzt, die dunkelgrünen Fensterläden waren halb geöffnet. Vor dem Eingang stand ein Tongefäß, in dem der letzte Lavendel langsam verblühte. Im Erdgeschoss – oder besser gesagt: im Hochparterre – lebte Signora Vasconti, eine pensionierte Richterin. Brassoni wohnte im ersten Stock. Darüber befand sich nur noch ein unausgebautes Dachgeschoss.

Sein Apartment war großzügig geschnitten, frisch renoviert, hatte drei Zimmer und ein modernes Bad, aber am liebsten saß er bei gutem Wetter im Garten, sah seinen geliebten Rosen beim Blühen zu, las den Sportteil der Zeitung oder ein spannendes Buch.

Seit ein paar Monaten hatte sich sein Beziehungsstatus verändert, er war jetzt ganz offiziell mit der aparten Gerichtsmedizinerin Carla Sorrenti zusammen. Lange Zeit hatte er nach einer unglücklichen Scheidung sein Leben als Single verbracht. Irgendwann entwickelte sich eine komplizierte Affäre mit der verheirateten Chefsekretärin des Vice Questore, Maria Grazia Malafante. Dann war Carla in sein Leben getreten, nach einigen Irrungen und Wirrungen hatten die beiden zueinandergefunden, und nun fühlte sich endlich alles gut an.

Brassoni warf einen verstohlenen Blick hinüber zu seiner Liebsten, die keinen Meter entfernt von ihm mit geschlossenen Augen im Liegestuhl lag, sich entspannte und die letzten milden Strahlen der Septembersonne genoss. Es war ungewöhnlich warm gewesen in den letzten Tagen. Er musterte die feinen Linien ihres Gesichts, die glänzenden blonden Haare, die wie seidene Fäden über die Rücklehne des Stuhls fielen und freute sich insgeheim wie ein kleiner Schuljunge, dass diese attraktive, gebildete Frau seine Freundin war.

Sie akzeptierte ihn mit all seinen Stärken und Schwächen; selbst dass ihm der kleine Finger seiner linken Hand fehlte, der ihm in der Metzgerei seines Onkels Paolo abhandengekommen war, betrachtete sie liebevoll als »besonderes Merkmal«.

Mit seinen zweiundvierzig Jahren war er endlich im Leben angekommen, freute sich wieder auf die Zukunft und spielte sogar ab und an heimlich mit dem Gedanken, wie es wohl wäre, zusammen mit Carla kleine Bambini in die Welt zu setzen.

Das Klingeln seines Handys riss ihn mitten aus seinen Gedanken.

Carla hob den Kopf und öffnete verschlafen die Augen.

»*Scusi, cuore mio*, das war mein Diensthandy«, entschuldigte er sich schuldbewusst bei ihr.

»Mein Herz« war sein Kosename für Carla, nur wenn er sie ärgern wollte, nannte er sie *»topolina«*, zu Deutsch »Mäuschen«, was sie regelmäßig auf die Palme brachte.

»Man nennt eine erwachsene Frau nicht Mäuschen. Das ist diskriminierend!«, beschwerte sie sich dann.

Jetzt hörte er sie als Antwort leise so etwas wie »Wer begeht denn an so einem herrlichen Tag ein Verbrechen?« vor sich hin murmeln.

Rasch drückte er auf die Annahmetaste des Telefons und seufzte missmutig. Seine gute Laune verfinsterte sich augenblicklich. Am anderen Ende der Leitung meldete sich Maurizio Goldini, sein Kollege.

Wenn er um diese Zeit anrief, hieß das, es gab etwas zu tun für die Polizei in Venedig.

»*Buona sera, Luca.* Es tut mir leid, dich um diese Zeit zu stören, aber wir haben einen neuen Fall. Ispettore Colludi hat heute Spätschicht, er rief mich vor fünf Minuten an. Offenbar hat man Nicolo Zamparoni aus dem Canal Grande gefischt. Colludi ist bereits am Fundort.«

Luca Brassoni hielt für einen Moment den Atem an. Nicolo Zamparoni war der zurzeit wohl berühmteste Koch in Venedig. Er hatte eine eigene Fernsehsendung und besaß ein edles Gourmetrestaurant im Hotel »Palazzo Callieri« auf Giudecca.

»*Grazie, Maurizio.* Das sind ja schlimme Neuigkeiten. Davon abgesehen hatte ich mich auf einen netten Abend mit Carla gefreut. Wo genau hat man Zamparonis Leiche gefunden?«

»Du kannst es nicht verfehlen, direkt unter der Ponte di Rialto. Wir treffen uns auf der Seite des Vaporetto-Anlegers!«

Commissario Brassoni lauschte konzentriert Goldinis Ausführungen und versprach anschließend, in gut zehn Minuten vor Ort zu sein. Dann informierte er Carla, die heute Abend dienstfrei hatte, trank wehmütig seinen Wein aus, verabschiedete sich mit einem Kuss von seiner Freundin und machte sich auf den Weg zur Rialtobrücke. Zum Glück hatte die Pathologin Verständnis für seinen Beruf, sie machte ihm nie Vorwürfe, wenn er plötzlich wegmusste. Schließlich war sie ebenfalls sehr eingespannt als Leiterin der Gerichtsmedizin.

Luca Brassoni nahm seine Arbeit sehr ernst. Wenn er sich in einen Fall verbissen hatte, ließ er erst wieder los, wenn alle Ungereimtheiten geklärt waren oder der Täter gefasst wurde.

Während er am Anleger Zattere auf das Polizeiboot wartete, das Maurizio ihm geschickt hatte, erinnerte er sich an seinen letzten großen Fall, die Ermordung eines deutschen Kunstprofessors nahe der Accademiabrücke. Zum Glück hatte man inzwischen auch Anklage gegen die letzten Mittäter, angesehene Mitglieder der feinen Gesellschaft, erhoben.

Der Commissario betrachtete die Einheimischen und Touristen, die auf der Uferpromenade entlang dem Giudeccakanal flanierten. Die Luft war erfüllt vom Stimmengewirr der Menschen.

Er liebte die Atmosphäre seines Stadtteils, in dem er selber gerne essen ging.

Brassoni besaß deutsche Vorfahren, eine seiner Großmütter stammte aus der schönen bayrischen Stadt Bad Tölz, wo er zahlreiche Sommerferien als kleiner Junge verbracht hatte. Durch diese Aufenthalte und ein späteres Auslandssemester in München während seines Studiums hatte er auf ganz natürliche Art und Weise ziemlich gut deutsch sprechen und bayrisch kochen gelernt. Seine Affinität zu deutschen Gerichten hatten einige seiner venezianischen Freunde eine Zeitlang als Affront gegen die italienische Küche gesehen, aber nachdem sie einige Male von seinem bayrischen Schweinebraten und dem warmen Kartoffelsalat kosten durften, konnten sie seine Leidenschaft nachvollziehen.

Wobei Brassoni natürlich die italienische und die venezianische Küche im Besonderen über alles liebte, er war ohnehin das, was man einen guten Esser nennt. Je älter er wurde, umso mehr achtete er jedoch darauf, sich auch gesund und mit guten Produkten zu ernähren.

Nicolo Zamparoni, den Starkoch, hatte er ein paarmal im Fernsehen gesehen. Brassoni hatte seine unprätentiöse, aber geniale Art, frische Zutaten zu köstlichen Gerichten zu veredeln, gefallen. Zusammen mit Carla hatte er schon öfter überlegt, einen Tisch in seinem Sternerestaurant auf Giudecca zu reservieren, aber Carla hatte jedes Mal Skrupel bekommen, so viel Geld für ein Abendessen auszugeben. Brassoni konnte sich nicht vorstellen, warum man so einen talentierten und sympathischen Menschen ermorden sollte.

Das Polizeiboot, das ein junger Bootsführer, den Brassoni noch nicht lange kannte, durch die Kanäle zur Ponte di Rialto fuhr, war in wenigen Minuten am Fundort der Leiche. Ob es auch der Tatort war, konnte man schließlich noch nicht sagen, dachte der Commissario bei sich.

Der Bootsführer hielt am Rialto-Anleger. Brassoni stieg aus, ließ seinen Blick umherschweifen und erblickte Maurizio Goldini neben der abgedeckten Leiche. Trotz der Absperrungen gafften rundherum noch immer zahlreiche Schaulustige auf das schauerliche Spektakel. Schnellen Schrittes erreichte der Commissario seinen Kollegen und grüßte ihn mit einem knappen »*Ciao, Mauro!*«. Dann hob er das weiße Tuch so weit hoch, dass er sich den Toten ansehen konnte. Was für ein Anblick am Ende eines so schönen Tages!

Kapitel 2

Luca Brassoni hielt in der Bewegung inne und musterte den leblosen Chefkoch mit wachen Augen. Die Leiche konnte noch nicht allzu lange im Wasser gelegen haben. Die Haut Zamparonis war blass und aufgeweicht, aber noch lange nicht so aufgedunsen wie die eines Toten, der tage- oder wochenlang im Kanal gelegen hatte. In der Brust des Sternekochs steckte ein Küchenmesser aus Edelstahl mit einer schwarzen Klinge. Unzweifelhaft die Mordwaffe, folgerte der Commissario.

Er beugte sich vor, um die Kleidung des Toten näher anzusehen. Das Wasser hatte das strahlende Weiß der Arbeitskleidung in ein schmutziges Grau verwandelt. Trotzdem konnte man davon ausgehen, dass Zamparoni in seinen letzten Stunden in der Küche gestanden hatte, bevor er auf seinen Mörder traf. Brassoni warf einen letzten Blick auf das Gesicht des Toten, das im Todeskampf einen Ausdruck des Grauens angenommen hatte. Ein wenig aufgewühlt ließ der Commissario das Leichentuch wieder sinken. Auch wenn er den Starkoch nicht persönlich gekannt hatte, so schien er ihm doch vertraut durch seine Fernsehauftritte. Was musste dieser Mann verbrochen haben, dass man ihn auf diese Weise ums Leben brachte?

Brassoni strich sich bedächtig über seine rasierte Kopfhaut. Sie würden als Erstes zum Restaurant fahren müssen. Womöglich war dort der Tatort zu finden. Oder Zamparoni hatte zu Hause in voller Arbeitsmontur gekocht. Was jedoch eher unwahrscheinlich war.

»Luca, du solltest noch kurz mit dem Notarzt sprechen. Er

konnte zwar nichts mehr für den armen Kerl tun, aber er hat ein paar interessante Vermutungen.«

Maurizio Goldini, Brassonis gutaussehender Kollege, wies auf einen wohlbeleibten, etwa sechzigjährigen Mann mit vollem grauem Haar und einem gutmütigen, runden Gesicht, der am Ambulanzboot wartete.

»*Buona sera, Commissario!*«, grüßte dieser freundlich lächelnd und streckte seine Hand aus, als der Commissario auf ihn zukam.

»*Buona sera, Dottore!*«, gab Brassoni zurück und erwiderte die Geste des Arztes.

Der Commissario kannte den Arzt schon seit einigen Jahren, seit er selber wegen einer Nierenkolik für ein paar Tage ins Krankenhaus gekommen war und Dottor Maciano, ein angesehener Internist, ihn dort behandelt hatte. Ein einfühlsamer, gewissenhafter Arzt mit hervorragenden Kenntnissen. Brassoni würde sich jederzeit wieder in seine Hände begeben, wenn es notwendig wäre. Den Notfalldienst übernahm Maciano schon seit Jahren neben seiner regulären Tätigkeit.

»Wie geht es Ihnen? Was machen die Nierensteine?«, fragte der Arzt als Erstes höflich.

»Danke, mir geht es bestens, es ist nie wieder etwas gewesen. Zum Glück. Commissario Goldini meinte, Sie hätten mir etwas zu dem Toten zu sagen?«

Souverän trug der Arzt zunächst die offensichtlichen Ergebnisse seiner Untersuchungen vor.

»Wie auch jeder Laie erkennen kann, hat man dem Mann ein Messer ins Herz gestoßen. Aber mir sind seine blauen Lippen und einige Hautveränderungen aufgefallen, die auf einen Sauerstoffmangel hinweisen. Bei der gerichtsmedizinischen Untersuchung wird man noch genauer auf die Einzelheiten eingehen und eine Diagnose zur Todesursache stellen, aber ich könnte mir vorstellen, dass irgendetwas einen Herz- und Atemstillstand bei dem Verblichenen ausgelöst hat. Eine Vergiftung möglicherweise. Das würde auch erklären, warum trotz der Stichwunde relativ wenig Blut ausgetreten ist. Höchstwahrscheinlich war der Mann schon tot, als er erstochen wurde.«

Brassoni riss die Augen auf.

»Man hat ihn qualvoll ersticken lassen und dann mit dem Messer nachgeholfen? *Madonna!*«

»Ja, ich denke, die Tat weist auf einen sehr emotionalen Racheakt hin. Eine Vergiftung muss von langer Hand geplant werden, Sie sollten also im näheren Umkreis des Ermordeten nach dem Täter suchen. Das war sicher kein spontaner Akt. Aber warten Sie die Obduktionsergebnisse ab, besonders die toxikologischen Untersuchungen, dann sind Sie auf der sicheren Seite. Wir bringen Zamparoni jetzt in die Gerichtsmedizin. Ich denke, dass die Kollegen nicht vor morgen Mittag die ersten Ergebnisse haben!«

Dottor Maciano verabschiedete sich mit leicht erhobener Hand und stieg in das Ambulanzboot, in dem die Sanitäter in der Zwischenzeit auch die Leiche untergebracht hatten. Die Spurensicherung war fertig mit ihrer Arbeit, und da der Tatort noch nicht bekannt war, wurde Zamparoni eiligst weggebracht, um die neugierig gaffenden Touristen zu zerstreuen.

Inzwischen war es beinahe dunkel geworden. Die Luft hatte immer noch eine angenehme Temperatur. Alle Laternen waren hellerleuchtet, auf der Terrasse des Hotels »Rialto« flackerten Kerzen auf den leeren Tischen. Brassoni ließ den Blick schweifen und sah ein Brautpaar auf dem Balkon des Zimmers in der ersten Etage. Die Braut trug ein wunderschönes weißes Kleid, verziert mit unzähligen Perlen und sündhaft teurer weißer Spitze. Der Bräutigam, in einem glänzenden grau-silbernen Anzug, hatte seine Frau in den Arm genommen und redete behutsam auf sie ein. Kein schöner Auftakt für eine junge Ehe, dachte der Commissario, ein Toter direkt vor dem Flitterwochenhotel.

Dann wandte er sich wieder seinen Kollegen zu, die sich noch am Ufer des Canal Grande aufhielten und nach Zeugen und Details für den Tathergang suchten. Ein Polizeiboot fuhr die

Wasserstraße entlang, aufmerksam nach Booten Ausschau haltend, aus denen Zamparoni in das Wasser geworfen worden sein könnte. Später würden noch die Aufzeichnungen der Kameras gesichtet, die die wichtigsten Stellen des Canal Grande aus Sicht der Wasserschutzpolizei beobachteten. Wenn Sie Glück hatten, hatte eine Kamera das Boot aufgenommen, mit dem der Tote transportiert worden war. Denn nach den ersten Ergebnissen war klar, dass Zamparoni erst in der Nähe der Rialtobrücke in den Kanal geworfen worden war. Seine Kleidung hatte sich aufgebläht und ihn an der Wasseroberfläche gehalten.

Maurizio Goldini stand mit verschränkten Armen seitlich des Fundorts und wartete auf seinen Kollegen. Beide hatten den Rang eines Commissario, wobei Luca Brassoni der Titel »*Commissario Capo*« – Polizeihauptkommissar zustand und der knapp zehn Jahre jüngere Goldini im Rang eines »*Commissario Ruolo ordinario*« stand. Maurizio Goldini war mit seinen dichten schwarzen Locken, den dunklen Augen und dem markanten, aber feingeschnittenen Gesicht der Schwarm aller Frauen, während der zweiundvierzigjährige Brassoni durch seine Lebenserfahrung und sein maskulines Auftreten bestach. Er hatte sich der Einfachheit halber eine Glatze rasiert, was seine kräftige, muskulöse Gestalt unterstrich. Die beiden waren seit einigen Jahren ein gutes Team und konnten sich aufeinander verlassen.

»Maurizio, was wissen wir über das Mordopfer?«, fragte Brassoni seinen Kollegen.

Goldini räusperte sich.

»Abgesehen von dem, was aus der Presse bekannt ist? Nicolo Zamparoni war unverheiratet, aber seit drei Jahren liiert mit der englischen Schauspielerin Lavinia Miller. Sie erwartet übrigens ein Kind.«

»*Merde*«, brummte Brassoni verstimmt.

Einer schwangeren Frau den gewaltsamen Tod ihres Lebensgefährten beibringen zu müssen … Eine kurze Pause entstand, in der Goldini sich seinen Notizblock noch einmal ansah.

»Ich habe mit dem ›Palazzo Callieri‹ telefoniert. Zamparoni hat am frühen Abend ein zweistündiges Bankett arrangiert, und danach hat das Restaurant dann geschlossen. Deshalb sind die Küchenmitarbeiter und die Servicekräfte auch schon gegangen. Es wird also schwierig mit den Befragungen am heutigen Abend.«

Er schwieg kurz und wartete auf die Reaktion seines Chefs, der jedoch in Gedanken verloren schien.

»Na schön, ich habe zumindest darum gebeten, das Restaurant verschlossen zu halten, bis wir vor Ort sind. Die Spurensicherung ist auch schon unterwegs, da die Vermutung ja naheliegt, dass das Restaurant auch der Tatort war.«

»Wo genau wohnte Zamparoni hier in Venedig?«

»Nach Aussage des Hoteldirektors lebte er in einer Villa auf dem Lido. Ich habe hier die Adresse.«

Goldini zeigte mit dem Kugelschreiber auf eine Adresse nahe der *Via Sandro Gallo*.

»Ich denke aber trotzdem, wir sollten zuerst zu Zamparonis Lokal fahren. Wenn es verwertbare Spuren gibt, müssen wir schnell sein, bevor sie jemand verschwinden lässt.«

Brassoni tippte mit dem Zeigefinger gegen seine Oberlippe.

»*D'accordo, va bene!* Einverstanden, in Ordnung, ich bin ganz deiner Meinung! Der Hoteldirektor kann uns die Namen aller wichtigen Mitarbeiter Zamparonis geben, damit wir sie befragen können. Bisher haben wir ja überhaupt keine Anhaltspunkte auf ein mögliches Motiv. Wir stehen ganz am Anfang unserer Ermittlungen.«

Goldini nickte wortlos, steckte sein Notizbuch weg und zog einen Kaugummi aus seiner Hosentasche.

»Oh, bist du kein Schokoladenliebhaber mehr? Machst du eine Diät?«, neckte Brassoni seinen Kollegen, als sie in das bereitstehende Polizeibot stiegen.

»So ein Quatsch, ich habe in der Eile einfach vergessen, mir etwas einzustecken«, antwortete Goldini mit einem Grinsen.

Er hatte einen Hang zu Schokolade, bevorzugt Zartbitter, und es machte ihm gar nichts aus, wenn sich jemand darüber lustig machte. Schließlich hatte jeder Mensch so seine Schwächen, und es gab Schlimmeres, als sich ein Stück Schokolade in den Mund zu stecken. Besonders weil er behauptete, sein Blutzuckerspiegel sei ständig so niedrig und die kakaohaltige Süßigkeit helfe ihm, sich besser zu konzentrieren.

Es dauerte keine fünf Minuten, bis das Polizeiboot den *Canale della Giudecca* überquert hatteund am Anleger vor dem Luxushotel hielt. Der Name Giudecca stammt vermutlich aus dem Mittelalter, als die aus der Stadt verbannten Juden, die giudei, hier lebten. Heute beherbergte die Insel unter anderem dieses luxuriöse Fünfsternehotel.

Die beiden Kommissare stiegen aus. Luca Brassoni sah kurz an sich herunter und fürchtete einen Moment, er sei für die prachtvolle Herberge nicht passend gekleidet, schüttelte aber sogleich über diesen irrationalen Gedanken den Kopf. Er war ja kein Gast sondern ermittelte in einem Mordfall. Er trug eine graue Baumwollhose und ein kurzärmeliges weißes Hemd, das war angemessen genug.

Goldini ließ ebenfalls staunend seinen Blick über die Hotelanlage schweifen, die eine angenehm zurückhaltende Eleganz ausstrahlte.

In dem hoteleigenen kleinen Hafen gab es sogar Liegeplätze für Jachten und Boote.

»Warst du schon mal hier?«

Brassoni schüttelte den Kopf.

»Nein, ich wollte immer mal mit Carla im Restaurant essen gehen, aber wir haben es bisher noch nicht geschafft …«

»Ich auch nicht. Lass uns reingehen, ich bin gespannt, und ich glaube, der Hoteldirektor erwartet uns schon!«

Auf der letzten Stufe vor der Eingangstür ging ein großgewachsener, gepflegter Mann in einem dunkelbraunen Anzug nervös auf und ab.

Er rieb sich die Hände, ab und zu knetete er seine Finger.

»Signor da Silva?«, fragte Brassoni in einem freundlich neutralen Tonfall.

Der große Mann drehte sich erschrocken zu den beiden Polizisten um.

»*Sì, sí,* ich bin Vittorio da Silva, der Hoteldirektor. Entschuldigen Sie bitte, Nicolos Tod hat mich wirklich mitgenommen. Sie sind die beiden Kommissare, die den Fall untersuchen?«

Brassoni stellte sich und seinen Kollegen kurz vor.

Da Silva schien tatsächlich aufgewühlt. Sein glattes Gesicht mit den markant ausgeprägten Augenbrauen war aschfahl, etwas Schweiß stand ihm auf der Stirn, den er immer wieder mit einem Stofftaschentuch, das er mit seinen sorgsam manikürten Händen aus der Hosentasche gezogen hatte, abwischte.

»Wann haben Sie Signor Zamparoni das letzte Mal gesehen?«, wollte Brassoni wissen.

»Kommen Sie doch bitte mit rein, wir gehen direkt ins Restaurant, ich möchte nicht, dass die anderen Hotelgäste unnötig gestört werden. Dieser Vorfall ist ohnehin eine Katastrophe für uns. Ich hoffe nicht, dass Nicolo wirklich hier in der Anlage ermordet worden ist.«

Brassoni bemerkte, wie die Hände des Hoteldirektors zitterten, als er die Glastür zum Sternerestaurant öffnete.

Während da Silva vorausging, flüsterte Goldini seinem Chef kurz ins Ohr: »Hast du gesehen, die Hotelanlage ist so weitläufig, dass man ohne Weiteres eine Leiche bis zu einem der Boote transportieren könnte. In einem Müllsack oder einer großen Decke zum Beispiel.«

»Das müsste doch jemand beobachtet haben«, flüsterte Brassoni zurück.

»Aber nicht, wenn gerade alle Restaurantgäste und Angestellten gegangen sind und die meisten anderen Hotelgäste noch durch Venedig flanieren!«, ereiferte sich Goldini.

Da Silva bat die Kommissare, an einem der Tische direkt vor

den Panoramafenstern Platz zu nehmen. Von hier aus hatte man einen herrlichen Blick aufs Meer. So wie man überall von den Hotelzimmern oder der Terrasse aus einen Panoramablick auf die Lagune von Venedig oder einen phantastischen Ausblick auf den Markusplatz genießen konnte, falls man in der Lage war, die Übernachtungspreise zu zahlen.

Goldini erspähte auf dem Tisch eine Schale mit raffiniert angerichteten dunklen Trüffeln.

»Greifen Sie nur zu, hausgemachte Nougat- und Mandeltrüffel von unserem preisgekrönten Patissier!«, ermunterte ihn da Silva, der Goldinis sehnsüchtigen Blick bemerkt hatte. Während der Kommissar in den Genüssen edler Schokolade schwelgte und Brassoni ihn amüsiert beobachtete, blickte der Hoteldirektor abwesend aus dem Fenster in die Dunkelheit, dann straffte er die Schultern und formulierte bedächtig einen Satz.

»Um auf Ihre Frage zurückzukommen, ich habe unseren verehrten Sternekoch das letzte Mal bei dem Bankett am frühen Abend gesehen. Danach hatte ich eine Besprechung drüben in unserer Dependance. Meine Sekretärin kann das bezeugen.«

Er verstummte kurz, um dann mit gepresster Stimme fortzufahren.

»Ich wünschte, ich hätte noch einmal nach ihm geschaut, normalerweise reden wir noch über das Resümee des Abends, ob das Essen ein Erfolg war oder nicht, aber diesmal …«

Er brach wieder ab. Den Serviettenschwan auf dem Tisch hatte er, während er redete, zu einem flachen, neutralen Gebilde zerlegt.

»Nun machen Sie sich mal keine Vorwürfe, es ist ja noch nicht geklärt, wo genau Signor Zamparoni wirklich ums Leben gekommen ist. Hatte er Feinde hier im Restaurant oder ganz allgemein in Venedig? So ein Erfolg zieht manche Neider mit sich.«

Der Hoteldirektor schüttelte den Kopf.

»Nein, das kann ich mir nicht vorstellen. Er war in seinem Job ehrgeizig und penibel, und er erwartete auch von seinen Untergebenen Höchstleistungen, aber privat war er ein sehr sympathischer Mensch. Wir haben uns sehr gut verstanden. Er war so kreativ und voller Ideen.«

Dann schien er sich an etwas zu erinnern. Er zog ein gefaltetes Blatt Papier aus seinem Sakko und überreichte es Goldini.

»Sie hatten eine Liste mit den Namen und Adressen der Mitarbeiter gewünscht. Ich kann mir nicht vorstellen, dass einer davon ...«

Wieder brach er ab und sah die Kommissare zögerlich an.

»Wie genau wurde Nicolo denn ermordet? Ihre Kollegen wollten es mir nicht sagen.«

Brassoni und Goldini wechselten einen kurzen Blick.

»Der Leichnam wurde noch nicht obduziert, aber man hat ihm auf jeden Fall ein Messer ins Herz gestoßen. Mehr kann ich Ihnen erstmal nicht erzählen«, erklärte Brassoni mit ruhiger Stimme.

Da Silva sackte in sich zusammen und fasste sich instinktiv ebenfalls ans Herz.

»*Per carita!* Um Gottes Willen, ich bitte Sie, wer macht denn so was!«

Brassoni klopfte ihm beruhigend auf den Hemdsärmel.

»Wir werden herausfinden, wer das getan hat, seien Sie versichert. Das war's dann auch fürs Erste. Ruhen Sie sich einen Moment aus, trinken Sie einen Schluck. Wir sprechen uns morgen noch einmal. Halten Sie sich auf jeden Fall zu unserer Verfügung. Wo genau geht es zur Küche?«

Matt hob der Direktor den Arm und wies auf einen Gang hinter der Garderobe.

»Dort entlang und dann geradeaus. Ihre Kollegen von der Spurensicherung sind schon seit einer halben Stunde da.«

Kapitel 3

Roberta Clemente schlich durch die enge Gasse und zog ihren Schal ein Stück weiter über ihre Schultern. Es war windiger geworden, eine kühle Brise strich ihr durch das verweinte Gesicht. Sie bog von der Calle Spadaria in die Calle Larga San Marco ab und erreichte nach wenigen Metern den Markusplatz. Um diese Uhrzeit hielten sich nur noch vereinzelt Touristen auf der Piazza auf. Ihr Ziel war die Basilica Di San Marco, die an die tausend Jahre alte prachtvolle Kirche mit den fünf Kuppeln und den wunderschön verzierten Bögen und Fenstern. Auch wenn sie in Venedig geboren war, hatten die historischen Bauwerke für sie bis heute nichts von ihrem Reiz verloren. Sie war stolz auf ihre Heimatstadt und konnte sich nicht vorstellen, woanders zu leben. Ihr Job als Küchenhilfe im »Al Gambero« war ein Glückstreffer gewesen, die Aussicht auf eine Lehrstelle hatte sie beflügelt und motiviert, ihrem Ziel, selber eines Tages eine berühmte Köchin zu werden, war sie damit näher gekommen. Und nun war alles dahin, wegen einer zerbrochenen Glasplatte, die sie auch noch ersetzen sollte. Woher sollte sie das

Geld nehmen? Ihr kärgliches Gehalt reichte ja gerade mal zum Leben. Roberta wohnte zusammen mit ihrer Mutter in einer kleinen Mietwohnung im Stadtteil Cannaregio. Seit ihr Vater vor vier Jahren an einem Herzinfarkt gestorben war, unterstützte sie die Mutter, die wegen einer Erkrankung selber nicht arbeiten konnte. Deswegen hatte Roberta auch auf ein Studium verzichtet und sich gleich nach der Schule als Hilfsarbeiterin in Geschäften und Restaurants verdingt, bis sie im »Al Gambero«gelandet war.

Eine kräftige Hand auf ihrer Schulter erschreckte sie plötzlich zu Tode, wie sie da in Gedanken verloren vor der Basilika stand. Im ersten Impuls hob sie abwehrbereit ihre Hände, erkannte aber, als sie sich umdrehte, sogleich Marcos beruhigende Stimme.

»Hey, Roberta, ich bin es doch nur, Marco. Ich wollte dich nicht erschrecken, tut mir leid!«

Erleichtert atmete sie aus, als sie in seine sanften Augen blickte. Er trug ein blaues Sweatshirt und eine Jeans im Used-Look, sah dadurch ganz anders aus als im Restaurant. Viel besser, fand sie.

»Marco, da bist du ja, warum wolltest du dich hier mit mir treffen?«

Roberta mochte Marco von Anfang an, er behandelte sie auf der Arbeit immer mit Respekt, und sie hatte sich schon oft in der Pause mit ihm unterhalten. Marco war klug und nicht nur am Kochen interessiert. Er mochte die gleiche Musik wie sie, kannte sich in Politik und Kunst aus und hörte ihr zu, wenn sie schüchtern von ihren Träumen erzählte.

»Roberta, hast du es denn noch nicht gehört? Nicolo Zamparoni ist tot. Man hat ihn ermordet aus dem Kanal gefischt, oben an der Rialtobrücke. Ein Freund von mir war gerade dort unterwegs, als man ihn fand. Er hat es mir am Telefon erzählt.«

Roberta musterte Marcos versteinertes Gesicht, während er sprach. Zuerst hielt sie seine Worte für einen Scherz, doch nach und nach bekam sie eine Gänsehaut und begann zu zittern.

»Das ist nicht wahr, oder? Ich meine, er war nicht immer eine netter Mensch, aber dass ihn jemand ermordet, das kann ich mir nicht vorstellen.«

Der junge Kochlehrling zuckte mit den Schultern.

»Einen Grund wird es schon gegeben haben.«

Jetzt begann sie zu weinen, erst leise und ruhig, dann laut schluchzend mit bebenden Schultern.

Marco nahm sie schützend in den Arm.

»Komm, wir gehen ein paar Schritte. Ich kenne eine kleine Trattoria, da können wir uns hinsetzen und etwas trinken.«

Widerstandslos ließ Roberta sich zu dem kleinen Lokal führen, in dem sich außer ihr und Marco noch drei weitere Einheimische aufhielten.

»*Buona sera, ragazzi!*«, grüßte der Wirt grinsend, der den jungen Koch schon öfter in seinem Lokal gesehen hatte. Allerdings noch nie mit einem jungen Mädchen.

»Wir haben nicht mehr allzu lange auf, also beeilt euch ein bisschen mit eurem Rendezvous«, neckte er die beiden.

Marco verdrehte genervt die Augen und orderte beim Wirt zwei Gläser Wasser und eine kleine Karaffe Hauswein.

»Du magst doch einen Wein, oder möchtest du lieber eine Cola?«, fragte er vorsichtig.

»Nein, nein, ist schon gut, ich trinke gerne ein Glas Wein«, antwortete Roberta mit einem zaghaften Lächeln und wischte sich mit dem Ärmel ihrer Jacke die Tränen aus dem Gesicht.

»War es das, was du mir so dringend sagen wolltest?«, fragte sie Marco neugierig und sah ihn dabei direkt an.

Marco drehte sein Glas, das der Wirt soeben auf den Tisch gestellt hatte, nervös in den Händen.

»Ja, ich dachte, du solltest es sofort erfahren, weil du doch heute Abend noch so einen Stress mit Zamparoni hattest.«

Er verstummte kurz und sah sie zögerlich an. Ihr schmales Gesicht mit den großen haselnussbraunen Augen, den zart geschwungenen, vollen Lippen und der kleinen Stupsnase; sie wusste gar nicht, wie hübsch sie war, dachte er bei sich. Sie zog sich immer so unscheinbar an und schminkte sich nie. Plötzlich hatte er Angst, dass sie seine Gedanken lesen könnte, räusperte sich und fuhr fort mit dem, was er vorhin sagen wollte.

»Außerdem habe ich gesehen, wie du noch mal ins Restaurant zurückgekehrt bist, als wir alle nach Hause gingen. Ich wollte dir das nur sagen, damit du weißt, dass ich dein Freund bin. Ich meine, falls du …«

Roberta unterbrach ihn mit einer harschen Handbewegung. Ihre Stimme war ganz hoch und schrill, als sie ihn anfuhr.

»Du glaubst doch wohl nicht, dass ich ...? Du willst mein Freund sein? Ich dachte ich kann dir vertrauen. Was willst du von mir? Mich erpressen? Ich bin keine Mörderin, wie kannst du nur eine Sekunde so etwas von mir denken!«

Erbost stand sie auf und kippte dabei die Karaffe mit dem Rotwein um, der sich in blutroter Farbe auf die karierte Tischdecke ergoss.

Marco sah sie mit weit aufgerissenen Augen an. Das hatte er nicht gewollt. Ein Gefühl von Scham und Angst erfüllte ihn.

»Roberta, entschuldige, ich habe es nicht so gemeint, bitte bleib!«

Doch die junge Frau stand schon im Türrahmen und blitzte ihn aus feurigen Augen an.

»Und nur mal zu deiner Information, ich weiß ganz genau, dass du mit Zamparoni ebenfalls einen Streit hattest. Wegen deiner Zwischenprüfung. Und ich habe gehört, dass du gesagt hast, du würdest es ihm eines Tages heimzahlen!«

Marco war sprachlos. Mit offenem Mund starrte er sie an.

Doch kurz nach diesen Worten verschwand Roberta wutentbrannt in der Dunkelheit und ließ den jungen Koch im Lokal sitzen. Hastig bezahlte Marco die Rechnung, schnappte sich seine Jacke und folgte Roberta unauffällig durch die Stadt. Er war in sie verliebt und wollte seinen Fauxpas wiedergutmachen. Sie konnte ihn doch nicht einfach so sitzenlassen.

Zur gleichen Zeit inspizierten Luca Brassoni und sein Kollege Maurizio Goldini die Küche des »Al Gambero«. Die beiden Kommissare waren erstaunt über die Hightech-Ausrüstung der Geräte, alles glänzte und strahlte, obwohl man noch vereinzelt Hinterlassenschaften des heutigen Abendessens sehen konnte, die, wie der inzwischen eingetroffene Souschef Matteo Scalfa eiligst versicherte, am nächsten Tag vom Hilfspersonal entfernt werden würden.

»Wir haben heute zeitig Feierabend gemacht, es war eine anstrengende Woche, und morgen, am Montag, hat unser Restaurant Ruhetag.«

Der Souschef war deswegen so schnell wieder vor Ort, weil er in einem zum Hotel gehörigen Apartmentkomplex wohnte und da Silva ihn spontan angerufen hatte, als er vom Tod Zamparonis unterrichtet worden war.

Brassoni fand Matteo Scalfa recht unsympathisch, er wirkte wenig betroffen von dem Mord an seinem Chef und sprach immer nur von sich.

»Es ist für mich kein Problem, das Restaurant am Dienstag wieder zu öffnen«, erläuterte er großspurig, als Goldini ihn darauf hinwies, dass es bestimmt schwer werden würde, das »Al Gambero« ohne seinen berühmten Patron weiterzuführen.

»Ich koche mindestens auf dem gleichen Niveau wie Zamparoni, ohnehin waren einige seiner Rezepte von mir«, behauptete er, ohne eine Miene zu verziehen.

Brassoni und Goldini tauschten einen Blick aus, der besagte, dass dieser Mann unbedingt einem ausgedehnteren Verhör unterzogen werden musste. Ganz offensichtlich war er froh über das Ableben seines Chefs.

»Wenn Sie so nett wären und drüben im Restaurant auf uns warten würden? Wir würden gerne gleich noch etwas ausführlicher mit Ihnen sprechen«, forderte Goldini den Souschef auf. Er ignorierte das missmutige Zucken um Scalfas Mundwinkel und wies mit der Hand freundlich auf die Ausgangstür. Dann folgte er Brassoni zu Nunzio Sposato, dem leitenden Kriminaltechniker, der vor der Spüle ein Glas untersuchte.

Kapitel 4

»*Buona sera, Nunzio*, oder besser gesagt: »*Buona notte!*«, grüßte Brassoni den Kollegen.

»Habt ihr schon was herausgefunden?«

»*Buona sera,* ihr beiden. Man hat mich mitten aus einer Kinovorstellung geholt, stellt euch das mal vor!«, empörte sich der Kriminaltechniker.

»Und das nur, weil die Kollegen vorab schon genug mit der Spurensicherung am Fundort der Leiche zu tun haben. Eigentlich ist heute mein freier Sonntag, aber wir haben ja nie genug Personal.«

Brassoni kannte die Situation aus eigener leidvoller Erfahrung.

»Das tut mir leid, ich hatte mir den Sonntagabend auch anders vorgestellt, aber Mord fragt nun mal nicht nach der Uhrzeit. Könnt ihr schon etwas sagen? Hat man Zamparoni in dieser Küche getötet?«

Sposato sah den Commissario scharf an.

»Möglich wäre es. Allerdings haben wir bisher keine Blutspuren gefunden. Ich habe hier ein Glas, das auf der Spüle stand. Und eine Flasche besten Cognac. Vielleicht hat Zamparoni daraus etwas getrunken. Aber das müssen die Laboruntersuchungen zeigen. Hab doch bitte mal etwas Geduld.«

Die Küchentür öffnete sich, und eine aufgeregte Stimme rief mitten in die Runde hinein:

»Wir haben drüben am Nebeneingang Blutspuren gefunden. Dort, wo die Abfälle entsorgt werden.«

Alle Köpfe drehten sich um zu dem jungen Mann in der weißen Schutzkleidung, der mit einem triumphierenden Lächeln im Gesicht die Botschaft verkündet hatte.

»Mein neuer Mitarbeiter Tomaso Pippo, ein übereifriger Berufsanfänger, aber sehr effizient, wie ihr gerade gehört habt«, seufzte Nunzio Sposato.

Brassoni und Goldini folgten dem jungen Kriminaltechniker nach draußen auf den Hof, wo er stolz eine Aneinanderreihung von Blutstropfen präsentierte, die sich neben einem der Abfallbehälter auf dem Boden und auf der Tonne befanden.

»Jemand hat versucht, das Blut stümperhaft wegzuwischen, wie man hier sieht.«

Pippo zeigte auf eine kleine, verwischte Lache, die mit Kartoffelschalen bedeckt worden war.

Brassoni beugte sich über die Fundstelle. Das sah eindeutig nicht nach Spuren von Fleischabfällen aus.

»Kommt man von hier bis zu dem kleinen Anlegehafen des Hotels?«, fragte Goldini den jungen Mann.

»Natürlich, einfach die drei Stufen runter um die Ecke. Man könnte auf jeden Fall eine Leiche auf diesem kurzen Weg getragen haben, wenn Sie mich fragen«, konstatierte Pippo motiviert.

Goldini ging kurz bis an die Ecke und schaute sich den Weg an. Von oben sah er den kleinen Bootshafen. Er kehrte um und nickte Brassoni zu. Dieser klopfte Pippo anerkennend auf die Schulter.

»Danke, das haben Sie gut gemacht. Und geben Sie uns Bescheid, wenn die Untersuchungsergebnisse vorliegen und wir genau wissen, ob das hier Zamparonis Blut ist«, forderte der Commissario den jungen Mann auf. »Wir werden uns jetzt weiter um die Vernehmungen kümmern. *Ciao, Tomaso!*«

Während der Kriminaltechniker hochkonzentriert nach weiteren Spuren suchte, wollten sich Brassoni und sein Kollege im Restaurant noch einmal dem unsympathischen Souschef zuwenden.

Der saß an einem der Tische am Gang und trommelte ungeduldig mit den Fingern auf die polierte Holzplatte. Brassoni setzte sich mit der ihm eigenen Souveränität zu ihm und ignorierte dessen angespannte Stimmung. Goldini hatte sich ebenfalls bereits hingehockt, sprang aber wieder auf, nachdem er eine Textnachricht erhalten hatte. Das Boot war gefunden worden, in dem Zamparoni mutmaßlich transportiert worden war.

»*Scusi,* tut mir wirklich leid, aber ich muss leider los«, sagte er in Richtung des Kochs und beugte sich anschließend zu Brassoni, um ihm etwas ins Ohr zu flüstern.

Brassoni nickte zufrieden.

»Ist gut, Mauro, ruf mich später noch mal an. Wir sehen uns sonst morgen früh.«

Zamparonis Lebensgefährtin konnten sie heute ohnehin nicht mehr sprechen, denn die Questura hatte ihnen mitgeteilt, dass die junge Frau sich zurzeit bei ihren Eltern in Sussex, England aufhielt. Als Mörderin kam sie aus diesem Grund wohl auch nicht in Frage.

Als Goldini gegangen war, wandte Brassoni sich wieder dem Souschef zu.

»Souschef, so, so, da haben Sie ja auch eine gewaltige Verantwortung, nicht wahr?«, begann der Commissario das Gespräch. Scalfa sah ihn irritiert an.

»Ja, das habe ich Ihnen vorhin doch schon gesagt; ich bin durchaus in der Lage, den Laden hier zu schmeißen. Hätte Zamparoni sich nicht vor mir beworben, wäre ich schon längst der Chefkoch gewesen. Und ich möchte noch einmal betonen, dass ich hier eine halbe Stunde auf Sie warten musste. Das finde ich ziemlich unangemessen.«

Wieder trommelte er mit den Fingern auf die Tischkante.

Doch Brassoni war nicht aus der Ruhe zu bringen.

Er musterte den Souschef kühl vom Scheitel bis zur Sohle. Das Gesicht mit der spitzen, langen Nase und den hohen Geheimratsecken hatte hektische Flecken bekommen.

Die schmalen Lippen waren aufeinandergepresst. In dem weißen Hemd und der dunklen, teuer aussehenden Stoffhose mit akkurater Bügelfalte war er auch nach Feierabend mehr als angemessen gekleidet.

»Wollten Sie noch ausgehen?«, fragte der Commissario neugierig.

»Ich bemühe mich immer, auf ordentliche Kleidung zu achten«, gab Scalfa mit einem falschen Lächeln zurück, wobei er eine Menge überkronter Zähne entblößte.

»Standen Sie in Konkurrenz zu Signor Zamparoni?«

»Das kann man so nicht sagen. Sicher, er hat diesen Job nur durch Glück bekommen. Und dann die eigene Fernsehsendung ... Aber es gibt nichts, was ich mir nicht auch zutrauen würde. Und hier im Restaurant haben wir Hand in Hand gearbeitet.«

»Es gab nie Streitereien oder Unstimmigkeiten?«

»Commissario, glauben Sie mir, ich bin sehr professionell. Natürlich gab es hin und wieder Meinungsverschiedenheiten, aber er war mein Chef, und ich habe das akzeptiert.«

»Worin bestanden die Meinungsverschiedenheiten?«

»Ach, da ging es oft um Rezepte, um kleine Veränderungen oder neue Ideen. Zamparoni war da sehr eigen. Obwohl er oft Rezepte von anderen Köchen kopiert und als seine eigenen ausgegeben hat. Auch von mir. Da kann man schon mal sauer werden.«

Scalfa ließ missmutig die Mundwinkel hängen.

»Aber gegen den großen Star hatte man da keine Chance.«

»Wann haben Sie Zamparoni zuletzt gesehen? Wo sind Sie danach gewesen?«, wollte Brassoni abschließend wissen.

»Nicolo entließ mich und die beiden Jungköche Marco, der noch in der Lehre ist, und Giorgio gleichzeitig in den Feierabend. Wir haben zusammen das Gebäude verlassen. Danach war ich in meinem Apartment, alleine. Ich bin Junggeselle.«

»Und Sie sind nicht noch mal zurück zum Restaurant gegangen?«

Matteo Scalfa schüttelte den Kopf.

»Nein, warum sollte ich?«

»Vielleicht hatten Sie ja doch noch ein Hühnchen mit Ihrem Chef zu rupfen?«

Jetzt hatte Scalfa die Nase voll.

»Ich lasse mich doch nicht von Ihnen provozieren. Ich habe mich zu Hause ausgeruht und gelesen, *basta.* Fragen Sie doch besser mal bei dem Küchenchef des ›La Bocca‹ nach, bei Frederico Alto. Er und Zamparoni waren sich spinnefeind. Nicolo hat ihm die Kochsendung weggeschnappt. Ursprünglich war Alto dafür vorgesehen, aber Zamparonis Freundin kannte den Produzenten der Sendung. Sie haben keine Ahnung, was da abging! Alto war außer sich. Und wenn irgendwelche Anschuldigungen gegen mich vorliegen, sagen Sie mir Bescheid. Ansonsten spreche ich nur noch in Gegenwart eines Anwalts mit Ihnen. *Arrivederci!*«

Wutschnaubend verließ der Souschef das Restaurant. Brassoni sah ihm nachdenklich hinterher. Im »La Bocca« im Stadtteil San Marco hatte er selbst schon gegessen. Das Restaurant war modern eingerichtet, hatte eine überschaubare Größe und einen wundervollen Blick auf den Markusplatz und den Campanile. Frederico Alto hatte sich im Laufe der Zeit zwei Michelin-Sterne erkocht und galt als eins der größten Talente der italienischen Küche. Nur dass Nicolo Zamparoni eben noch ein Quäntchen besser war und sich in den italienischen Medien einen Namen gemacht hatte.

Brassoni beschloss, für heute Abend Schluss zu machen. Am nächsten Tag würde es noch eine Menge zu tun geben, Vernehmungen mussten durchgeführt werden und die Ergebnisse der gerichtsmedizinischen Untersuchungen standen noch aus.

Dann würde man hinsichtlich der Todesursache und des Tatorts mehr wissen. Eben als er sich auf den Weg zum Polizeiboot machte, klingelte sein Handy.

»*Pronto?*«, meldete er sich.

»Luca, hier ist Maurizio. Das Boot, das die Kollegen sichergestellt haben, könnte tatsächlich das Fahrzeug des Täters gewesen sein. Die Spurensicherung hat Fasern von Zamparonis Kleidung gefunden. Es war an einem Anleger unweit der Accademiabrücke festgemacht. Aufgefallen ist es nur, weil der Hausbesitzer sich über das unbekannte Boot bei unserer Dienststelle beschwert hat. Wer weiß, ob wir es sonst gefunden hätten.«

»Gibt es Zeugenaussagen zum Aussehen des Fahrers?«

»Nein, niemand hat etwas gesehen oder bemerkt. Die Kameraaufzeichnungen vom Canal Grande sind noch nicht ausgewertet. Vielleicht haben wir ja da Glück!«

Der Commissario verabschiedete sich von seinem Kollegen.

Brassoni stieg in das Polizeiboot, das vor dem Hotel auf ihn gewartet hatte, stellte sich ganz nah an die Reling und genoss den kühlen Fahrtwind. Der Blick auf seine Heimatstadt Venedig war grandios. Die Palazzi entlang des Kanals strahlten im Glanz unzähliger Laternen und Lichter, die sich silbrig glitzernd im Wasser widerspiegelten. Das dunkle Meer war ruhig, am Himmel zeigte sich der Vollmond wie eine große, hell leuchtende Kugel. Brassoni freute sich darauf, gleich zu Carla ins Bett zu schlüpfen und ihre wohlige Wärme zu spüren. Für eine Nacht wollte er seinen Beruf hinter sich lassen, abschalten und einfach nur ausruhen.

Sie würden Zamparonis Mörder finden, dessen war er sich sicher.

Kapitel 5

Roberta Clemente verließ die kleine Trattoria, in der sie eben noch mit Marco gesessen hatte, voller Wut und Enttäuschung. Dafür hatte er sie so spät am Abend hierherbestellt.

Wie konnte er nur glauben, sie habe etwas mit Zamparonis Tod zu tun! Es gab da etwas, was er nicht wusste, aber das war ihr Geheimnis, und sie würde es für sich behalten. Sie hatte gedacht, Marco wäre ihr Freund, und vielleicht hätte sogar mehr aus ihnen werden können.

Verärgert merkte sie, wie Tränen in ihren Augen aufstiegen. Sie fand ein Taschentuch in ihrer Manteltasche und wischte sie sich mit einer heftigen Handbewegung weg. Auf keinen Fall würde sie wegen Marco weinen, das wäre ja noch schöner. Sie hatte nur noch den einen Wunsch, so schnell wie möglich nach Hause zu kommen und bei ihrer Mutter zu sein. Der Weg bis zu ihrer Wohnung im Stadtteil Cannaregio war weit zu Fuß, da sie am äußeren Ende des Sestiere lebten. Roberta hatte den direkten Weg zum Anleger an der Rialtobrücke genommen, musste aber zu ihrem Missfallen feststellen, dass das Vaporetto gerade abgefahren war. Sollte sie nun warten oder den Weg doch zu Fuß gehen?

Sie sah auf die Uhr und entschied, dass ihr die frische Luft guttun würde. Vereinzelt waren immer noch Touristen unterwegs, so dass sie sich nicht alleine fühlte. Mit jedem Schritt stieg ihre Laune wieder an. Jetzt, wo Zamparoni tot war, würde ein neuer Küchenchef das Restaurant übernehmen. Vielleicht hatte sie dann eine Chance auf ihren Ausbildungsvertrag.

Plötzlich bemerkte Roberta, dass die Gegend um sie herum menschenleer geworden war. Ein kurzes, mulmiges Gefühl beschlich die junge Fau. Als sie ein Geräusch hörte, blickte sie ängstlich in die Dunkelheit, die hinter ihr lag. Waren das nicht Schritte gewesen? Sie ließ den Blick in alle Richtungen schweifen. Doch nichts war zu sehen. In einigen Häusern brannten noch Lichter, das ließ Roberta aufatmen, und sie setzte den Weg fort. Nachdem sie in eine kleine Gasse eingebogen war, glaubte sie, einen Schatten an der Hauswand bemerkt zu haben.

»Hallo, ist da jemand?«, rief sie mit zittriger Stimme. Sie dachte an ihr kleines Geheimnis und lauschte angestrengt, ob sie wieder Schritte vernehmen konnte, aber es blieb ganz still. Nun kroch die Angst ganz langsam in ihr hoch, sie redete sich aber ein, dass ihre Phantasie ihr einfach einen Streich gespielt habe. Wer fürchtete sich nicht ganz allein im Dunkeln? Warum sollte sie jemand verfolgen? Oder hatte es doch mit Zamparonis Tod zu tun?

Bei diesem letzten Gedanken traten ihr wieder Tränen in die Augen, und Roberta rannte wild entschlossen einfach los. Nur nicht umsehen! Ihr Herz trommelte, während ihre Beine beim Laufen immer müder wurden und sie schließlich vor lauter Panik über eine unachtsam weggeworfene Coladose stolperte und der Länge nach hinfiel.

Auch diese Gasse war menschenleer und sie sah weit und breit niemanden, der ihr zu Hilfe kommen konnte. Roberta bemühte sich, nicht hysterisch zu werden. Sie besah sich ihre aufgeschürften Knie und die schmutzigen Hände. Es war ja nichts weiter passiert, sie hatte nur überreagiert. Nachdem sie wieder aufgestanden war, riskierte sie einen Blick über die Schulter, konnte aber keinen Verfolger entdecken.

Erleichtert setzte sie ihre Weg fort, blieb aber nach einigen Metern wie angewurzelt stehen, als ein schepperndes Geräusch ertönte, so als wäre jemand gegen die Coladose getreten, über die sie gestürzt war. Statt weiterzulaufen, blieb sie vor Angst gelähmt stehen und versuchte, ruhiger zu atmen. Ihr Verfolger musste doch ganz in der Nähe sein. Sie musste sich jetzt zusammenreißen und schleunigst weitergehen. Ein plötzlicher Adrenalinschub bewirkte, dass sie wie durch eine unsichtbare Hand angeschoben wurde und in einen schnellen Trab verfiel. Die Schritte hinter ihr wurden ebenfalls schneller. Roberta lief und lief und hoffte verzweifelt, bald die nächste Brücke zu erreichen. Dort war mehr Licht, und sie konnte vielleicht mit dem Handy Hilfe herbeirufen. Sie hatte das Ziel schon vor Augen, als sie plötzlich von einer kräftigen Hand nach hinten gerissen wurde und mit voller Wucht auf den kalten Steinboden prallte.

Sie fühlte einen stechenden Schmerz in ihrem linken Ellenbogen und konnte nicht verhindern, kurz danach mit dem Kopf gegen einen Blumenkübel zu stoßen.

Der Angreifer keuchte, bekam ihren Schal zu fassen und zog an beiden Enden, um ihr die Luftzufuhr abzuschneiden. Instinktiv regte sich ein starker Lebenswille in Roberta, sie schrie um Hilfe und trat mit ihrem rechten Fuß in Richtung ihres Peinigers, den sie offensichtlich getroffen hatte, da er kurz aufstöhnte und fluchte. Die Person trug einen Hut, das konnte sie erkennen, aber das Gesicht des Angreifers blieb schemenhaft. Trotzdem umklammerte er den Schal mit eisernem Griff und versuchte gleichzeitig, ihren Kopf noch einmal gegen den Blumenkübel zu schleudern.

Roberta merkte, wie ihre Kräfte nachließen. Sie spürte, dass sie im Begriff war, das Bewusstsein zu verlieren. Dann vernahm sie auf einmal aufgeregte Stimmen, die näher kamen, ein Lichtstrahl flammte auf, und ihr Verfolger ließ augenblicklich von ihr ab. Sie spürte ein Rinnsal von Blut ihre Wange hinunterlaufen und sog gierig den Sauerstoff ein, nachdem jemand den Schal an ihrem Hals gelockert hatte.

Dankbar griff sie nach den Händen ihrer Retter, einem jungen italienischen Pärchen in ihrem Alter. Mit aschfahlen Gesichtern erkundigten sich beide voller Sorge, ob sie die Polizei und einen

Arzt verständigen sollten, doch Roberta schüttelte rasch ihren Kopf.

»*No, no, grazie per l'aiuto.* Nein, nein, danke für die Hilfe. Ich möchte einfach nur nach Hause. Wenn es mir nicht gutgeht, kann ich später noch einen Arzt rufen.«

»Aber der Mann, der sie überfallen hat, er muss doch …«, wandte der junge Mann ein.

»Ist schon gut«, wiegelte Roberta ab, die sich mit pochendem Kopf langsam wieder aufgesetzt hatte. »Das war nur ein Missverständnis. Könntet ihr mich bis zur Brücke begleiten? Von dort ist es nicht mehr weit bis zu Hause. Meine Mutter wartet auf mich.«

Das junge Pärchen ließ es sich nicht nehmen, die Küchenhilfe bis vor die Haustür zu begleiten, und beschwor sie immer wieder, die Polizei und einen Arzt aufzusuchen, doch Roberta, die mit schmerzverzerrtem Gesicht den verletzten Arm ignorierte und sich mit wackligen Beinen den Weg entlanggequält hatte, winkte ab und bedankte sich noch einmal überschwänglich.

»Mir geht es gut, wirklich, macht euch keine Sorgen, *arrivederci*!«

Dann schloss sie einhändig die Haustüre auf und schleppte sich in die kleine Wohnung in den zweiten Stock. Ihre Mutter schlief schon. Mit zittrigen Händen goss sie sich ein Glas Wasser ein, vergewisserte sich zweimal, dass die Wohnungstür auch wirklich abgeschlossen war, wusch sich im Bad mühsam das Blut aus dem Gesicht und inspizierte den Ellenbogen. Als ihr dabei übel wurde, setzte sie sich für einen Moment auf den Rand der Badewanne.

Was war bloß passiert? Spätestens morgen musste sie mit dem verletzten Arm in ein Krankenhaus gehen. Für heute Nacht würde sie eine Schmerztablette nehmen und einen festen Verband um die Stelle wickeln, damit sie etwas schlafen konnte. Wie nah war sie Zamparonis Mörder gekommen? Was glaubte er, was sie gesehen hatte? Er konnte nicht ahnen, dass sie gar nicht wusste, wer er war. Sie war noch einmal ins Restaurant gegangen, aber sie hatte doch von dem Mord gar nichts mitbekommen. Was sie entdeckt hatte, war ein Geheimnis gewesen. Sie musste nachdenken, um das Rätsel zu lösen, aber jetzt wollte sie nur noch schlafen, sich hinlegen und ausruhen …

Kapitel 6

Am nächsten Morgen schreckte Luca Brassoni von einem ohrenbetäubenden Lärm hoch. Müde rieb er sich die Augen und sah auf die Uhr. Zehn nach fünf. Das Bett neben ihm war leer. Kurz darauf erschien auch schon Carlas Kopf im Türrahmen.

»Entschuldige, Luca, ich glaube, die Kaffeemaschine hat sich soeben verabschiedet.«

Brassoni ließ sich mit einem Ächzen wieder auf sein Kopfkissen sinken. »Das war nicht zu überhören. Sie hat in der letzten Zeit öfter so komische Geräusche gemacht. Ich schaue später mal nach, ob ich den Garantieschein finde. Schließlich war das Ding unfassbar teuer.«

Carla warf ihm eine Kusshand zu.

»Für heute morgen hat sie den Kaffee noch geschafft. Ich gieße dir den Rest in die Warmhaltekanne. Ich muss mich beeilen, um sechs Uhr beginnt mein Dienst!«

Brassoni hatte sich den Vollautomaten erst vor vier Wochen gekauft. Die Maschine konnte alles herstellen, von Espresso über Latte macchiato bis hin zu stinknormalem Kaffee, wenn es heutzutage so etwas noch gab. Brassoni war erklärter Kaffeeliebhaber, und wann immer er Zeit hatte, traf er sich im berühmten »Caffè Florian« mit seinem Cousin und besten Freund Stefan, genannt Caruso, der in Venedig als Journalist arbeitete. Stefan, der seinen Spitznamen durch seinen Hang zum Singen von Opernarien und Rocksongs erworben hatte, verfügte über gute Informationen und Verbindungen, die Brassoni schon so manches Mal von Nutzen gewesen waren.

Brassoni rang kurz mit sich, ob er die Augen noch mal schließen oder lieber mit Carla frühstücken sollte, entschied sich spontan für die zweite Möglichkeit, auch weil er mit ihr noch dringend über den Fall Zamparoni reden wollte. Schließlich würde Carla gleich die Obduktion vornehmen.

Der Commissario sprang aus dem Bett, lief kurz ins Bad, um sich die Zähne zu putzen, und setzte sich zu Carla an den gemütlichen Esstisch.

»*Buon giorno, amore!*«, begrüßte er sie liebevoll lächelnd.

Carla grinste.

»Du hast da noch Zahnpasta im Mundwinkel. Und dein Oberteil hast du auf links angezogen.«

Brassoni brummte leise vor sich hin, während er sein T-Shirt wendete.

»Ich wollte eben schnell bei dir sein!«

»Schon klar, um was geht es denn wirklich, du Langschläfer? Lass mich raten. Du willst mich bitten, möglichst schnell mit Zamparonis Obduktion fertig zu werden und dir die Ergebnisse der toxikologischen Untersuchung umgehend mitzuteilen, stimmt' s?«

Der Commissario gab sich geschlagen. Er hatte ihr gestern Nacht noch von dem Mord und den Ermittlungen erzählt.

»Du kennst mich einfach zu gut. Aber ich möchte dich trotzdem bitten, mich sofort zu informieren, wenn du etwas Wichtiges herausgefunden hast. Zamparoni war ein sehr bekannter Mann, und ich habe viel von ihm als Koch gehalten. Die Medien werden uns auf die Füße treten, und die Zeitungen werden voll von Artikeln über den Mord sein.«

Die aparte Gerichtsmedizinerin sah ihn skeptisch an.

»Du weißt, wir wollten Berufliches und Privates eigentlich trennen. Auch wenn das nicht immer möglich ist. Du bekommst meinen Bericht, sobald er fertig ist. *Basta.*«

Nachdem Carla gegangen war, duschte Brassoni, zog sich an und beschloss, auf dem Weg zur Arbeit noch an seiner Stammbäckerei vorbeizugehen, um sich zwei Cornetti und ein Mandelgebäck für die Arbeit zu holen. Wie fast jeden Morgen traf er unten im Flur seine Nachbarin Signora Visconti, die wie immer auf dem Weg zum Billa-Supermarkt war. Sie ging gern in der Früh einkaufen, um dem Touristenstrom auszuweichen.

»*Buon giorno, Commissario!* Auf dem Weg zur Arbeit?«

Brassoni lächelte und half der älteren Frau, ihr Einkaufswägelchen aus der Haustür zu ziehen.

Ein trüber, nebliger Dunst lag über der Stadt, aber der Himmel klarte auf, die Wolken verzogen sich und ließen auf einen schönen Tag hoffen.

»*Buon giorno, Signora,* ja, ich bin auf dem Weg zur Questura. Es gibt viel zu tun.«

Signora Visconti nickte.

»Ich habe es schon gehört, heute Morgen im Radio. Nicolo Zamparoni wurde ermordet. Mein Mann und ich haben früher öfter drüben im Restaurant gegessen. An unserem Hochzeitstag.

Du meine Güte, der arme Mann, ist seine Frau nicht sogar guter Hoffnung? Das habe ich in der Zeitung gelesen.«

»Soweit ich weiß, ja. Aber wir haben noch nicht mit ihr gesprochen. Jetzt muss ich aber los. Ich wünsche Ihnen einen schönen Tag, Signora!«

Er winkte seiner Nachbarin mit einer Hand zu und machte sich auf den Weg. Von seiner Straße aus, der Calle del Degolin, war es nicht weit bis zum Bäcker. Dort erwartete ihn eine Überraschung. Laura, die wohlbeleibte Verkäuferin, hatte ihre Haare von Blond auf Rot umgefärbt. Staunend betrachtete Brassoni die neue Frisur. Er mochte es, wenn alles so blieb, wie es war. Veränderungen bereiteten ihm zuweilen Unbehagen.

»Oh, schöne, äh, neue Frisur?«

Laura strahlte über beide Wangen.

»*Sì sì, Commissario.* Gefällt es Ihnen?«

Brassoni wurde rot und suchte nach Worten. Mit den neuen

Haaren sah Laura aus wie Maria Callas in der Verkleidung einer übergewichtigen Bäckereiverkäuferin. Er sah auf seine Uhr.

»Oh, ich muss mich beeilen, es ist schon Viertel vor acht. Ich hätte gerne zwei Cornetti und ein Mandelgebäck, bitte.«

Laura sah ihn enttäuscht an, sagte aber nichts und verpackte das Gebäck in eine Papiertüte.

Das hatte sie von ihrem Stammkunden nicht erwartet. Der Commissario fühlte sich unbehaglich ob Lauras säuerlich verzogener Miene.

»Es steht Ihnen wirklich ausgezeichnet!«, log er deshalb schuldbewusst beim Verlassen des Ladens, drehte sich aber nicht mehr um, um bloß nicht in ihr Gesicht schauen zu müssen.

Der Commissario erreichte seine Dienststelle nach etwa einer Viertelstunde Fußweg. Die Questura befand sich in der Nähe des Campo San Fantin, des kleinen Platzes mit der Renaissancekirche San Fantin aus dem 16. Jahrhundert, der barocken »Scuola« aus dem 17. Jahrhundert und mit dem berühmten Opernhaus »La Fenice« an der Westseite.

Seit die Innenräume des Bürogebäudes auch noch renoviert worden waren, ließ es sich dort angenehm arbeiten. Die Heizungen und Klimaanlagen funktionierten wieder tadellos, die Computer waren neu und die Bürostühle ergonomisch geformt. Der neue Dienststellenleiter Roberto Morandi hatte frischen Wind in die Questura gebracht und führte seine Mitarbeiter mit einem konsequenten und verantwortungsbewussten Stil. Brassoni kam gut mit ihm zurecht.

Auf dem Weg zu seinem Büro musste Brassoni am Schreibtisch der Chefsekretärin Maria Grazia Malafante vorbei, seiner ehemaligen Geliebten. Noch immer beschlich ihn ein komisches Gefühl bei ihrer täglichen Begegnung, denn die Trennung war von ihm ausgegangen.

Maria Grazia war verheiratet, bildhübsch und sehr selbstbewusst. Er hatte so eine Ahnung, dass der Frieden zwischen ihnen nicht von Dauer war. Doch heute sah sie nur kurz von ihren Unterlagen auf und grüßte ihn mit einem kurzen »*Ciao, Luca!*«, und widmete sich sofort wieder ihrer Arbeit. Erleichtert öffnete Brassoni seine Bürotür und trat ein.

Kurz nach ihm traf auch Maurizio Goldini ein, gut gelaunt wie immer und voller Elan.

Die beiden Kommissare waren ein gutes Team und konnten sich aufeinander verlassen.

»*Buongiorno, Luca,* konntest du es auch kaum erwarten, die Ermittlungen weiterzuführen? Ich habe heute Nacht kaum geschlafen«.

Goldini brannte darauf, die toxikologischen Ergebnisse zu erfahren.

»Buongiorno, Maurizio. Natürlich bin ich gespannt auf die Ergebnisse. Außerdem werden wir heute Vormittag die beiden Jungköche in der Questura vernehmen und haben um zwölf Uhr einen Termin im Restaurant ›La Bocca‹. Laut Matteo Scalfa war Frederico Alto der schärfste Konkurrent Zamparonis.«

Goldini schnalzte mit der Zunge.

»*Ma sì*, aber ja, ich glaube, ich habe einmal in einem von Sarahs Magazinen darüber gelesen. Zamparoni hat Alto die Fernsehsendung vor der Nase weggeschnappt, stimmt' s?«

Brassoni nickte.

»Genau das hat Scalfa mir auch erzählt. Wie geht es Sarah eigentlich?«

Sarah war Goldinis langjährige Freundin und seit ein paar Monaten seine Verlobte. Sie hatte vor einem Monat einen neuen Job in der Rechtsabteilung einer Bank angetreten. Brassoni bemerkte, wie sein Freund und Kollege mit der Antwort zögerte.

»Was ist los, Mauro? Stimmt etwas nicht bei euch? Ich dachte, ihr wolltet nächstes Jahr heiraten?«

Goldini hustete verlegen.

»Ach, weißt du, sie hat da so einen neuen Kollegen. Schon zweimal war sie mit ihm essen und verbringt fast jede Mittagspause mit ihm.«

»Du bist doch nicht etwa eifersüchtig?«

Brassoni musste schmunzeln.

»Na, wäre das für dich etwa kein Grund zur Eifersucht? So ein gelackmeierter Jurist, der ihr schöne Augen macht? Außerdem hat sie sich irgendwie verändert. Das spüre ich ganz genau.«

»Vielleicht bildest du dir das nur ein, weil du dir die falschen Gedanken machst. Du und Sarah, ihr seid ein tolles Paar!«, warf Brassoni ein.

In diesem Moment öffnete sich die Tür, und Maria Grazia steckte den Kopf ins Zimmer.

»Was gibt`s?«, fragte Brassoni, ungehalten über die Unterbrechung.

»Ihr könnt euch die Aufzeichnungen der Überwachungskameras vom Canal Grande jetzt ansehen. Die Kollegen erwarten euch.«

Statt wieder zu gehen, blieb sie im Türrahmen stehen und wartete auf eine Reaktion.

Brassoni schnappte sich seine Jacke und wies Goldini an, mit ihm zu kommen.

Maria Grazia stand immer noch unbeweglich in ihrem engen nachtblauen Etuikleid da, das ihre Kurven vorzüglich betonte, und strich sich die langen schwarzen Haare aus dem Gesicht.

Brassoni musste sich neben ihr durch die Tür quetschen und hörte sie nahe an seinem Ohr mit heiserer Stimme flüstern: »Ich vermisse dich, *caro.*«

Hatte er es doch gewusst! Sein Magen rutschte eine Etage tiefer. Er zwang sich, jetzt nicht darüber nachzudenken. Für seinen Kollegen machte die Chefsekretärin Platz und tat so, als wäre nichts gewesen. Draußen an der frischen Luft stieß der Commissario einen tiefen Seufzer aus.

»Mein lieber Luca, da siehst du es, das mit den Frauen ist nicht so leicht. Man wird nie aus ihnen schlau«, kommentierte Goldini das Verhalten der Chefsekretärin.

Brassoni winkte genervt ab.

Der technische Überwachungsraum befand sich im Nebengebäude. Die beiden Kommissare begrüßten die Kollegen und ließen sich von einem jüngeren Beamten die wichtigsten Aufnahmen des gestrigen Abends auf der riesigen Bildschirmwand zeigen. Alle wichtigen Orte der Stadt wurden rund um die Uhr mit Kameras überwacht, so auch der Canal Grande, an dem man Geschwindigkeitsübertretungen oder Trunkenheit am Steuer eines Bootes feststellen konnte.

»Sehen Sie hier«, zeigte der Beamte auf ein kleines Motorboot, das im Schatten eines Vaporettos nur schwer zu erkennen war. »Dies könnte die Person sein, die den Sternekoch ein paar Meter weiter ins Wasser geworfen hat.«

»Können Sie näher an die Person ranzoomen?«, fragte Brassoni.

»Ja, aber das Bild ist recht unscharf, und die Person trägt einen hochgeschlagenen Kragen und einen Hut. Vom Gesicht kann man leider nichts erkennen.«

Das erwies sich als richtig. Offenbar hatte der Täter gewusst, dass er gefilmt werden könnte.

»Schauen Sie, dort unten am Boden des Bootes, unter der grauen Decke, da könnte er Zamparoni versteckt haben.«

Die beiden Kommissare betrachteten die Vergrößerung des Bildes.

Tatsächlich, diese Decke hatte man gestern am späten Abend in dem Boot vor dem Palazzo eines unbeteiligten Hausbesitzers gefunden.

»Gibt es Aufnahmen, die zeigen, wie der Täter das Mordopfer ins Wasser geworfen hat oder wie er aus dem Boot ausgestiegen ist?«

Der Beamte schüttelte den Kopf. »Tut mir leid, aber entweder war das Vaporetto davor oder er bewegte sich in einem toten Winkel der Kamera. Da kann man nichts machen.«

Goldini ließ sich das vergrößerte Bild vom Täter im Boot trotzdem ausdrucken. Wer wusste, wozu es noch von Nutzen war.

Im selben Augenblick ertönte der Klingelton von Brassonis Handy. Der Kommissar meldete sich und winkte Goldini kurz darauf ganz aufgeregt zu sich heran.

»Das war die Gerichtsmedizin, Dottoressa Sorrentis Assistent. Wir sollen sofort kommen. Es gibt sensationelle Neuigkeiten. Er wollte mir aber am Telefon nicht sagen, worum es sich handelt.«

Normalerweise genossen Brassoni und Goldini den Spaziergang durch Venedigs Gassen, wenn sie zu Fuß auf dem Weg zur Gerichtsmedizin waren, die sich im städtischen Krankenhaus Santi Giovanni e Paolo befand. Aber heute hatten sie keinen Blick für die architektonischen Besonderheiten der vielen Prachtbauten und den morbiden Charme der alten Häuser. Sie beeilten sich voranzukommen.

Der Stadtteil Castello, der zweitgrößte Venedigs, war geprägt von der längsten Uferpromenade, der größten Schiffswerft, dem Arsenal und einem schönen Park. Sie ließen den Campo Santa Maria Formosa, einen der größten und schönsten Plätze Venedigs, rechtsseitig liegen, kamen bald an den Campo Santi Giovanni e Paolo und sahen vor sich die Scuola Grande San Marco, in der seit 1815 das städtische Krankenhaus untergebracht war und vor der man auch das Reiterdenkmal Colleonis aus dem 15. Jahrhundert bewundern konnte.

Die Sonne hatte sich inzwischen ihren Weg gebahnt und erwärmte die spätsommerliche Luft. Die beiden Kommissare diskutierten kurz die Fußballergebnisse vom Wochenende, denn Brassoni war ein glühender Fan des AC Mailand. Leider kam er nur selten ins Stadion.

»Und, was glaubst du?«, fragte Goldini seinen Chef, wieder auf den Fall bezogen. Hat man Zamparoni vergiftet?«

Brassoni musste erst einmal verschnaufen.

»Ich denke schon, aber es muss etwas Spektakuläres sein. Denn Carlas Assistent habe ich noch nie so aufgeregt erlebt. Lass uns reingehen, ich will es jetzt endlich erfahren!«

Kapitel 7

In den immer kühlen Räumen der Gerichtsmedizin roch es nach diversen medizinischen Tinkturen und Chemikalien. Brassoni fragte sich so manches Mal, wie Carla diesen Gestank Tag für Tag aushielt, aber sie hatte ihm einmal erklärt, dass man die Gerüche mit der Zeit gar nicht mehr wahrnehme, ähnlich wie es vielleicht einem Müllmann oder einem Bratwurstverkäufer ging. Der Commissario und sein Kollege betraten voller Spannung den Obduktionsraum. Unter dem weißen Tuch auf dem kalten Stahltisch lag vermutlich noch der ermordete Sternekoch.

Carla Sorrenti saß vor ihrem Computer und gab irgendwelche Daten ein. Der neue Assistent, Pietro Gavaldo, reinigte das Sektionsbesteck und konnte sich ein überlegenes Grinsen in Richtung der beiden Kriminalbeamten nicht verkneifen.

»Ich glaube, ich kann Gavaldo nicht leiden. Eines Tages haue ich ihm sein Besteck um die Ohren!«, zischte Brassoni nicht ganz ernst gemeint.

Goldini legte seinem Chef beruhigend die Hand auf den Arm.

»Er ist halt noch jung und hat keinen Respekt vor einem alten Hasen wie dir. Der wird seine Lektion schon noch lernen.«

Brassoni brummte ungehalten und ging dann ein paar Schritte auf die Gerichtsmedizinerin zu, die sich soeben von ihrem Stuhl erhoben hatte.

»*Ciao, Luca, ciao, Maurizio!* Schön, euch zu sehen.«

Sie gab sich professionell, schenkte ihrem Freund aber ein warmes Lächeln.

Brassoni sah sie erwartungsvoll an.

»Nun, wir haben schon einige erste Ergebnisse, da wollte ich euch sofort persönlich informieren. Ertrunken ist das Opfer auf jeden Fall nicht, in seiner Lunge befand sich kein Wasser. Besonders die toxikologische Untersuchung ist interessant.«

Sie nahm einen Computerausdruck zur Hand, der einen rundlichen, gedrungenen Fisch mit einem schnabelähnlichen Beißapparat zeigte.

»Was soll das sein?«, fragte Brassoni verwirrt.

»Habt ihr schon mal was von einem Kugelfisch gehört, lateinisch Tetraodontidae, Vierzähner?«

Goldini nickte sogleich.

»Ja, natürlich. Wird dieser Fisch nicht in asiatischen Ländern als Fugu, eine besondere Delikatesse, verzehrt, die nur von speziell ausgebildeten Köchen zubereitet werden darf?«

»Genau, und dann wisst ihr auch, dass der Kugelfisch ein Gift mit Namen Tetrodotoxin in Haut, Leber und Eierstöcken besitzt, das absolut tödlich wirken kann. Dieses Nervengift wirkt nur auf die Körpernerven, nicht auf das Gehirn. Es lähmt das Opfer vollständig, bei vollem Bewusstsein. Der arme Zamparoni konnte sich schon kurze Zeit nach Einnahme des Giftes weder bewegen noch sprechen. Die Lähmung führt letztendlich zu Atemstillstand, Erstickung oder Herzstillstand. So wie bei unserem Sternekoch. Nur durch sofortige Notfallmaßnahmen hätte man versuchen können, sein Herz-Kreislauf-System in Gang zu halten. Was bei ihm leider nicht der Fall war.«

Brassoni hatte ihr fasziniert und gleichermaßen entsetzt zugehört.

»Dann hat man ihn also mit Tetrodotoxin vergiftet und ihm anschließend das Messer ins Herz gestoßen?«

»So muss es gewesen sein. Wir haben Spuren des Giftes am Glas und in der Cognacflasche gefunden. Zamparoni hat daraus getrunken. Der Stich mit dem Messer lässt ein sehr persönliches Motiv vermuten. Der Täter oder die Täterin muss ihn gehasst haben.«

»Und er oder sie wollte, dass man ihn findet. Alle sollten ihn sehen. Deshalb wurde er an der Rialtobrücke ins Wasser geworfen. Unter seiner Kleidung war ein zusätzlicher Schwimmgürtel, der ihn an der Wasseroberfläche hielt«, fügte Goldini hinzu.

Der Assistent, der die dicke Luft zwischen sich und Brassoni gespürt hatte (so sensibel war er dann doch, dass er merkte, wenn er den Bogen überspannte), hatte sich während Carlas Vortrag dezent im Hintergrund gehalten. Nun jedoch rief er voller Enthusiasmus in den Raum: »In der Gastronomieszene wird es ja nicht so schwer sein, sich einen Kugelfisch zu besorgen. Da ist der Täter doch schnell gefunden. Ein Normalsterblicher käme wahrscheinlich nicht so leicht an das Gift, aber in diesem Milieu …!«

Drei Augenpaare starrten Pietro Gavaldo daraufhin verärgert an.

»Wenn es so leicht ist, dann sollten Sie den Fall vielleicht lösen«, schlug Brassoni vor und widerstand dem Impuls, dem jungen Pathologieassistenten eine Kopfnuss zu verpassen. Was war denn heutzutage los mit den jungen Akademikern? Arrogant und selbstgefällig, ehrgeizig, zwar ohne jede Erfahrung, aber trotzdem in dem Glauben, ihnen gehöre die Welt.

Gavaldo ließ betreten den Kopf sinken und widmete sich wieder seiner Arbeit.

Die Gerichtsmedizinerin lenkte ihren Besucher rasch auf ein anderes Thema.

»Ansonsten war Zamparoni übrigens kerngesund. Bis auf eine Kleinigkeit; er war zeugungsunfähig, vermutlich durch eine Mumpserkrankung im Kindesalter.«

Brassoni und Goldini wechselten einen überraschten Blick. Seine Freundin, diese englische Schauspielerin, erwartete doch ein Kind.

»Ist das vollkommen sicher?«, wollte Brassoni wissen.

»Im Grunde schon, ich weiß nicht genau, wie weit die Fertilisationsmedizin heutzutage ist, aber ob man mit so wenig beweglichen Spermien eine künstliche Befruchtung wagen kann …«

Brassoni schaute kurz auf die große Wanduhr in dem gekachelten Raum.

»So spät schon, wir müssen zurück in die Questura. Um zehn Uhr haben wir die erste Vernehmung. *Mille Grazie, Carla,* du hast uns sehr geholfen. Wir sehen uns später.«

Die Kommissare verabschiedeten sich, und Brassoni empfand beim Verlassen des Raums fast ein wenig Mitleid mit dem jungen Assistenten, der ihnen verstört nachblickte. Brassoni nahm sich vor, demnächst freundlicher und offener zu ihm zu sein, denn eigentlich hatte der Enthusiasmus junger Leute ja auch etwas Positives. Vielleicht war er ja selber etwas eingerostet und eingefahren in seinen Vorstellungen.

Zurück zur Questura nahmen die beiden ein Boot und genossen den inzwischen strahlend blauen Himmel. Brassoni zog die Jacke aus und dachte über den mutmaßlichen Mörder Zamparonis nach. Bisher gab es keine Hinweise auf ein Motiv. Ob die Zeugungsunfähigkeit des Sternekochs eine Rolle spielte? Gab es Beziehungsprobleme, einen Nebenbuhler? Oder lag das Motiv im beruflichen Umfeld?

Am Nachmittag würde er sich auf einen Espresso mit Caruso im »Caffè Florian« treffen. Vielleicht hatte sein Cousin, der ein bekannter und umtriebiger Journalist war, einige Informationen für ihn. Stefan schrieb über alle wichtigen politischen und sozialen Themen und kannte sich bestens mit den Geschehnissen in Venedig aus. Er hatte Kontakte zu vielen einflussreichen und berühmten Leuten, da hatte er bestimmt auch schon mal etwas über Nicolo Zamparoni gehört.

In der Questura angekommen, verzog Brassoni sich einem spontanen Impuls folgend erst einmal in die Mitarbeitertoilette, wusch sich ausgiebig die Hände und betrachtete sich eingehend im leicht fleckigen Spiegel.

Versteckte er sich jetzt schon aus Angst vor Maria Grazia Malafante? Er hatte sie von Weitem auf dem Gang gesehen und wurde reflexartig von einem Fluchtinstinkt ergriffen. Er sollte ihre Avancen einfach ignorieren, mit der Zeit würde es schon nachlassen. Obwohl nicht hundertprozentig von diesem Gedanken überzeugt, sprach er seinem Spiegelbild aufmunternd Mut zu, holte tief Luft und wagte sich in die Höhle des Löwen. Die ersten Vernehmungen standen an.

Auf den einfachen Holzstühlen vor Brassonis Büro saßen die beiden Jungköche Marco und Giorgio.

»*Ciao, ragazzi!*«, grüßte der Commissario die beiden jungen Männer. Als er die Chefsekretärin ins Zimmer des Vice Questore Roberto Morandi verschwinden sah, war er augenblicklich besser gelaunt.

»Einen Moment noch, ich hole euch sofort herein.« Doch dann hielt er mit der Türklinke in der Hand inne, weil ihm etwas eingefallen war.

»Habt ihr etwas von Roberta Clemente gehört, der Hilfskraft? Wir können sie nicht erreichen, eigentlich sollte sie heute Morgen ebenfalls vernommen werden.«

Giorgio schüttelte nur den Kopf, aber Marco, ein gutaussehender, großer junger Mann mit dunklen, vollen Haaren, konnte seine Überraschung nicht verbergen und sah nervös vom Commissario zum Boden. Trotzdem erwiderte er nichts, so dass Brassoni beschloss, später noch einmal darauf zurückzukommen.

Er schloss die Tür hinter sich, sortierte ein paar Unterlagen und legte sich die Informationen bereit, die er über die beiden Jungköche bereits vorliegen hatte.

Ein paar Sekunden später, als er gerade aufstehen wollte, steckte Maurizio Goldini seinen Kopf durch die Tür.

»Luca, wir hatten vor ein paar Minuten einen Anruf. Die Küchenhilfe Roberta Clemente ist gestern am späten Abend überfallen worden. Ein junges Pärchen hat sich gemeldet. Sie haben sie gefunden und Erste Hilfe geleistet. Die junge Frau wollte auf keinen Fall eine Ambulanz oder einen Arzt, auch die Polizei sollte nicht gerufen werden. Die jungen Leute haben sie bis vor ihre Haustür gebracht, aber sie schien ihnen so stark verletzt zu sein, dass sie meinten, es wäre besser, auch gegen ihren Willen die Polizei zu informieren.«

»Dann wäre es am besten, du kümmerst dich um die Sache, und ich vernehme die beiden Jungköche allein. Wir treffen uns dann um zwölf Uhr vor dem ›La Bocca‹, einverstanden?«

»Kein Problem. Ich habe schon mit ihrer Mutter telefoniert, Roberta ist im Krankenhaus. Ihr Ellenbogen hat einen komplizierten Bruch, sie muss wahrscheinlich operiert werden. Ich versuche, vorher noch mit ihr zu sprechen.«

»Schickst du mir bitte einen von den Jungs da draußen rein?«

»Mach' ich!«

Mit diesen Worten verschwand Goldini wieder, und kurz darauf klopfte es zaghaft an der Tür.

»*Avanti!*«, rief der Commissario.

Marco, der zweite Jungkoch, der kurz vor dem Ende seiner Ausbildung stand, betrat zögerlich das Zimmer.

»Setzen Sie sich!«, bat Brassoni ihn freundlich und wies auf den bequemen Polsterstuhl vor dem Schreibtisch.

»Sie haben gehört, was gestern Abend mit ihrem Chef passiert ist?«, fragte er in einem kühlen, geschäftsmäßigen Ton. Er hatte das Gefühl, dass dieser Junge etwas verbarg und wollte ihm Respekt einflößen.

Marco nickte wortlos.

»Wann haben Sie gestern das Restaurant verlassen?«

»Sie können mich ruhig weiter duzen, Commissario, das macht mir nichts. Ich bin zusammen mit Giorgio, Roberta und unserem Souschef Matteo Scalfa so gegen halb acht nach Hause gegangen. Ich glaube, wir waren die Letzten.«

»Ist dir irgendetwas aufgefallen an diesem Abend? Oder kurz bevor ihr gegangen seid? Gab es Streit?«

Marco zögerte mit der Antwort.

»Aufgefallen ist mir nichts. Signor Zamparoni war schlecht gelaunt, aber das kam öfter mal vor.« Er stockte einen Moment, dann fuhr er fort.

»Roberta hatte eine Platte aus teurem Muranoglas fallen gelassen, da ist er ausgerastet. Aber das war nichts Besonderes.«

Luca Brassoni musterte den jungen Mann eingehend. Er konnte dem Commissario nicht in die Augen schauen und presste seine Hände in angespannter Haltung gegeneinander.

»Du mochtest deinen Chef nicht besonders, stimmt's?«

Marco lief rot an.

»Na ja, er hat uns nicht immer gut behandelt, er konnte sehr launisch sein. Wer die Arbeit nicht perfekt machte, der musste damit rechnen, eine Standpauke zu bekommen. Aber er war ein toller Koch, ich habe viel von ihm gelernt.«

Brassoni spürte, dass Marco Carrisi sich auf dem Polizeirevier nicht sonderlich wohlfühlte.

»Was hast du von ihm als Mensch gehalten? Du kannst ganz offen mit mir reden. Je mehr wir über deinen ehemaligen Chef erfahren, umso schneller können wir unsere Ermittlungen fortsetzen«, fügte er hinzu.

»Signor Zamparoni? Nun ja, wie schon gesagt …« Marco zögerte. Dann sah er den Commissario mit unsicheren Augen an.

»Wussten Sie, dass er sich alle zwei Wochen die Haare von einem sündhaft teuren Friseur schneiden und färben ließ? Und dass er zur Arbeit maßgeschneiderte Seidenhemden trug? Signor Zamparoni wollte meiner Meinung nach unbedingt zu den oberen Zehntausend gehören. Ich stehe nicht auf solche Leute. Mir ist es wichtiger, auf dem Boden zu bleiben.«

Diese Antwort nahm Brassoni kommentarlos hin.

»Und wie ist dein Verhältnis zu Roberta? Magst du sie? Hast du ihr geholfen? Warst du vielleicht deswegen sauer auf deinen Chef?«

»Nein, wirklich, ich meine, ich mag Roberta, aber ich hätte Zamparoni doch niemals etwas getan«, versicherte der junge Mann. »Ich weiß ja noch nicht einmal, wie er ums Leben gekommen ist.« Marco rutschte auf seinem Stuhl unruhig hin und her.

Brassoni forschte im Gesicht des Jungkochs nach Hinweisen

auf Schuldgefühle oder Lügen. Doch an dessen Mimik war nur zu erkennen, dass er nervös war und sich Sorgen machte.

»Du weißt, dass Roberta im Krankenhaus ist?«, fragte Brassoni in neutralem Ton. Augenblicklich wich alle Farbe aus Marcos Gesicht.

Er sprang auf.

»Roberta? *Che sfiga!* So ein Mist! Was ist passiert?«

Der Commissario versuchte den Lehrling zu beruhigen.

»Beruhige dich, Marco. Sie wurde gestern Abend überfallen und hat sich einen komplizierten Armbruch zugezogen. Wo warst du eigentlich gestern Abend zwischen halb acht und Mitternacht?«

Marco raufte sich entsetzt die Haare.

»Ich war zu Hause, die ganze Zeit«, log er, ohne den Commissario anzuschauen.

Brassoni notierte sich, mit Marcos Eltern zu sprechen, bei denen der junge Mann noch wohnte.

»Eine letzte Frage: Hast du schon mal gesehen, wie jemand einen Kugelfisch zubereitet? Kennst du dich damit aus?«

Marco sah den Commissario verwirrt an.

»Das dürfen nur speziell ausgebildete Köche. Der Chef war mal eine Weile in Japan und hatte einen Freund, der Fugu zubereiten konnte. Er war einmal im Jahr hier bei uns in Venedig.«

»Kennst du seinen Namen?«

»Luan Michikito oder so ähnlich. Fragen Sie doch Signor Scalfa, der hat sich öfters mit diesem Japaner unterhalten«, erwiderte Marco.

Brassoni war plötzlich hellhörig geworden. Diese Information konnte der Schlüssel zu Zamparonis Ermordung sein. Das brauchte der Junge aber nicht zu wissen.

»Ist in Ordnung, du kannst jetzt gehen. Aber halte dich bitte zu unserer Verfügung. Und wenn dir noch etwas einfällt, ruf mich an«, fügte er hinzu.

»Schick mir bitte deinen Kollegen Giorgio herein.«

Doch letztendlich erfuhr der Commissario auch von ihm nichts Neues. Giorgio hatte nichts gesehen und gehört. Brassoni hatte den Eindruck, dass er im Gegensatz zu Marco ein Duckmäuser war, der sich keine eigene Meinung erlaubte und mit durchschnittlicher Intelligenz gesegnet war.

Dies half ihm bei den Ermittlungen leider nicht weiter. Seufzend schickte er den jungen Mann nach Hause.

Kapitel 8

Roberta Clemente lag erschöpft in den Kissen ihres Krankenhausbettes. Gerade hatte ihr die Schwester eine Beruhigungstablette verabreicht, als Vorbereitung auf die Operation.

Im Geiste ließ sie die vergangenen Stunden Revue passieren. Sie hatte in der Nacht kaum geschlafen, die Schmerzen in ihrem linken Arm waren mit jeder Stunde stärker geworden. Auch der Kopf, mit dem sie hart auf den Blumenkübel gefallen war, pochte und verursachte Schwindelgefühle. Am frühen Morgen war ihre Mutter dann besorgt in ihr Zimmer gekommen, weil sie durch ihr Stöhnen und ihre Schmerzenslaute wach geworden war.

»Roberta, was ist denn los mit dir?«, hatte sie besorgt gefragt und sanft an ihrer Schulter gerüttelt.

Unter Tränen erzählte Roberta ihr die ganze Geschichte, schmiegte sich anschließend in ihre Arme. Wie tröstlich war es doch, eine Mutter zu haben, die immer für einen da war. Trotz ihrer eigenen schweren Krankheit kümmerte sie sich rührend um ihre Tochter.

»Ich werde jetzt eine Ambulanz rufen, und dann wird es dir bald besser gehen«, sagte die Mutter mit ruhiger Stimme, obwohl Roberta sehen konnte, wie bleich und erschrocken ihre Gesichtszüge waren.

»Danke, Mama, es wird wohl so am besten sein, mach dir bitte keine Sorgen.«

Sie drückte liebevoll ihre Hand, vermied es aber, ihr in die Augen zu schauen, denn sie hatte Angst vor der unausgesprochenen Frage nach dem Täter, der sie überfallen hatte. Denn dazu hatte die junge Küchenhilfe die Geschichte ein klein wenig abgewandelt und erzählt, sie wüsste nicht, warum jemand ihr etwas habe antun wollen.

Roberta fühlte, dass ihre Mutter an ihrer Aussage zweifelte, sie kannte sie einfach zu gut.

Betrübt nahm sie Abschied, als die Sanitäter sie auf die Trage legten, um sie mit dem Ambulanzboot ins Ospedale Civile zu fahren.

»Ich ruf dich an, Mama, sobald ich weiß, was die Ärzte mit meinem Arm vorhaben. Bestimmt muss ich nicht lange bleiben!«, rief sie ihr vom Hausflur aus zu.

Und nun lag sie hier im Krankenhaus und sollte in den nächsten Stunden operiert werden. »Komplizierter Haarriss im linken Ellenbogen!«, hatte der Arzt nach der Röntgenaufnahme diagnostiziert. Außerdem litt sie an einer leichten Gehirnerschütterung. Ein Wunder, dass nicht noch mehr passiert war. Zu allem Unglück sollte sie von einem Polizeikommissar vernommen werden, der noch vor der OP vorbeikommen würde. Roberta spürte Furcht in ihrem Herzen aufsteigen. Was sollte sie dem Polizeibeamten erzählen? Und was war, wenn ihr Verfolger sie im Krankenhaus aufspüren würde, weil er sie beobachtete und über jeden ihrer Schritte Bescheid wusste? Wäre es nicht besser, sich der Polizei anzuvertrauen?

Angestrengt dachte sie nach, um zu einer Entscheidung zu kommen, bevor das Verhör begann. Für einen kurzen Moment sah sie Marcos Gesicht vor sich, in den sie sich schon vor Monaten verliebt hatte. Warum nur hatte er sie so im Stich gelassen? Wie konnte er auch nur einen Moment an ihr zweifeln? Als sie merkte, dass sich erneut Tränen in ihren Augen breitmachten, beschloss sie, ab jetzt nur noch sich selbst zu vertrauen. Was sie im Restaurant gesehen hatte, würde sie für sich behalten. Zamparonis Mörder würde es nicht noch einmal wagen, sich ihr zu nähern. Früher oder später würde er gefasst werden. Schließlich wusste sie gar nicht, wie er oder sie aussah. Sie hatte im Restaurant etwas bemerkt, was dort nicht hingehörte. Das war aber auch schon alles. Sie würde es niemandem erzählen. Roberta entschied sich, ihre Angst zu verdrängen und sobald wie möglich wieder zur Arbeit zu gehen. Ihre Mutter und sie brauchten das Geld, und sie wollte ihre Stelle nicht verlieren. Außerdem glaubte sie daran, dass die Basilika Santi Giovanni e Paolo, an die sich das Krankenhaus anschloss, wie ein zusätzlicher göttlicher Schutzschild wirkte. Gerade als sie zu einer Zeitschrift griff, die die nette Schwester ihr auf den Nachttisch gelegt hatte, klopfte es an der Tür.

»*Permesso, Signorina?*«

Ein gutaussehender junger Mann mit glänzenden schwarzen Locken betrat den Raum. Er machte einen sympathischen Eindruck.

»*Signorina Roberta Clemente?*«, fragte er mit einem freundlichen Lächeln.

»Ja, das bin ich«, antwortete die junge Frau und richtete sich mühevoll auf. Dann sah sie den Kriminalbeamten erwartungsvoll aus großen, ängstlichen Augen an.

»Mein Name ist Maurizio Goldini, Commissario bei der Polizei Venedig. Sie sollten heute zu einer Zeugenvernehmung bei uns erscheinen, aber wir haben erfahren, dass es gestern Nacht zu einem Überfall kam und Sie dabei ernsthaft verletzt wurden.«

Goldini musterte die junge Küchenhilfe. Ihre langen hellbraunen Haare machten einen gepflegten Eindruck, genauso wie ihr restliches Äußeres. Sie war ungeschminkt, wirkte aber auf ganz natürliche Weise hübsch.

Roberta reagierte nicht sofort auf Goldinis Ansprache. Stumm sah sie zum Fenster hinaus auf den *Rio dei Mendicanti*, der direkt am Krankenhaus entlangführte und beobachtete die Rettungsschiffe, die an dieser Stelle wie Krankenwagen geparkt waren. Fuhr man den *Rio dei Mendicanti* weiter, kam man direkt zum offenen Meer und blickte auf die Friedhofsinsel, den *Cimitero Michele.*

»*Signorina Clemente?*«, rief Goldini leise in ihre Richtung.

Zum Glück waren die beiden anderen Betten des Zimmers leer, so wurde niemand durch sein Rufen gestört. Das Bett der jungen Frau stand am Ende des Raums, direkt neben dem Fenster. Langsam drehte sie den Kopf in seine Richtung.

»Entschuldigung, aber es war alles etwas viel in den letzten beiden Tagen. Es tut mir leid, dass Sie extra hierherkommen mussten, aber ich glaube nicht, dass ich Ihnen weiterhelfen kann.«

Verblüfft nahm Goldini diese Aussage der Küchenhilfe zur Kenntnis. Sie hatte die Sätze mit hoher, störrischer Stimme formuliert und sah ihn feindselig an. Doch der Commissario ließ sich nicht aus der Ruhe bringen.

»Signorina, Sie sind gestern Abend überfallen worden. Ist es vorstellbar, dass dieser Überfall mit dem Mord an Nicolo Zamparoni in Zusammenhang steht? Wir haben Augenzeugen, die bestätigen können, dass der Täter versucht hat, sie mit ihrem Schal zu erdrosseln. So etwas passiert hier in Venedig nicht gerade jeden Tag. Ein Diebstahl, ja, aber kein Mordversuch auf offener Straße. Hatten Sie wertvolle Dinge bei sich, als sich der Überfall ereignete? Schmuck, Bargeld?«

Roberta schüttelte resigniert den Kopf. Dem netten jungen Commissario konnte sie nichts vormachen. Als sie ihm antwortete, hatte ihre Stimme sich hörbar verändert, sie klang plötzlich viel weicher und wärmer.

»Nein, ich besitze überhaupt nichts Wertvolles. Ich … ich weiß nicht, warum ich überfallen wurde. Ich hatte eine Todesangst. Es war dumm von mir, im Dunkeln alleine nach Hause zu laufen.«

»Konnten Sie die Person erkennen, die Ihnen gefolgt ist?«

Roberta zuckte mit den Schultern.

»Es könnte ein Mann gewesen sein. Er war größer und kräftiger als ich, und er trug einen Hut. Es ging alles so schnell …

Das Gesicht habe ich nicht gesehen, er griff mich von hinten an und riss mich auf den Boden. Dann zog er meinen Schal zu, immer fester und fester … Wenn die beiden jungen Leute nicht gekommen wären …«

Ihre Stimme wurde brüchig.

Goldini ließ ihr einen Moment Zeit und notierte ihre Aussage.

»Wann haben Sie gestern Abend Ihren Arbeitsplatz verlassen?«

Die Antwort kam wie aus der Pistole geschossen.

»Um halb acht mit Luca, Giorgio und unserem Souschef Matteo Scalfa. Ich bin direkt nach Hause gefahren. Meine Mutter ist herzkrank, wir wohnen zusammen in einer kleinen Wohnung in Cannaregio.«

»Was haben Sie nach Ihrem Feierabend so spät noch in der Stadt gemacht?«

Nun zögerte sie kurz. Goldini beobachtete ihre Mimik, auf ihrem Gesicht spiegelten sich abwechselnd Angst, Ratlosigkeit und am Ende Entschlossenheit wider.

»Manchmal gehe ich abends noch los, einfach so. Meistens laufe ich zum Markusplatz, ich mag den Markusdom und den Campanile. Ich stehe einfach dort und schaue sie mir an.«

Wenigstens war das die halbe Wahrheit.

»Hat Sie jemand an diesem Abend gesehen? Waren Sie verabredet?«

Energisch schüttelte sie den Kopf.

»Nein, ich war nicht verabredet. Sicher waren noch einige Menschen unterwegs, aber ich habe mit niemanden gesprochen.«

Goldini warf der jungen Frau einen zweifelnden Blick aus zusammengekniffenen Augen zu.

Irgendetwas stimmte hier nicht. Aber Roberta Clemente hatte kurz vor seiner Ankunft schon eine Beruhigungstablette bekommen, da sie wenig später operiert werden sollte. Die Wirkung setzte jetzt offenbar schlagartig ein, denn die junge Frau blinzelte plötzlich angestrengt und sank auf ihr Kissen zurück.

»Ist gut, Signorina. Wir können zu einem späteren Zeitpunkt

noch einmal miteinander reden. Ich wünsche Ihnen alles Gute für die Operation und eine baldige Genesung!«

Die junge Küchenhilfe nickte ihm mit müden Augen zu. Goldini lächelte aufmunternd, winkte ihr zum Abschied und verließ auf leisen Sohlen das Krankenzimmer.

Draußen auf dem Flur fragte er eine Krankenschwester nach dem behandelnden Arzt von Roberta Clemente.

»Ein Stück den Flur entlang, dann das zweite Zimmer rechts, dort finden Sie Dottor Bianchi!«, wies sie ihm freundlich den Weg.

Vor dem richtigen Raum angekommen, klopfte Goldini ein paarmal gegen die Tür des Arztzimmers, bevor ein mittelgroßer, freundlich aussehender Mittvierziger mit randloser Brille ihm öffnete. Goldini zeigt ihm seinen Dienstausweis und stellte sich kurz vor.

»Mein Name ist Maurizio Goldini, wir hatten schon kurz telefoniert. Ich würde Sie gerne noch einmal zu Ihrer Patientin Signorina Clemente befragen.«

Mit einer Handbewegung wies der Arzt den Commissario an hereinzukommen.

»Wenn es nicht länger als fünf Minuten dauert, gerne.«

Goldini nahm auf einem Stuhl gegenüber Dottor Bianchi Platz. Der Arzt bot ihm von einem Teller Schokoladenkekse an, auf die der Commissario schon ein Auge geworfen hatte.

»*Grazie,* ich nehme mir gerne einen mit, allerdings besser nach unserem Gespräch. Ich bin nämlich ein Schokoladenjunkie, müssen Sie wissen.«

Der Arzt lächelte milde.

»Wenn es nichts Schlimmeres ist.«

»Na ja, irgendwann wird mir das zum Verhängnis werden, wenn ich nicht aufpasse. Aber zurück zu meinen Fragen. In welchem Zustand wurde Roberta Clemente heute Morgen hier eingeliefert?«

Der Arzt überlegte kurz.

»Tja, sie hatte Schmerzen im Arm und am Kopf, war aber stabil und ansprechbar. Ihre körperliche Konstitution ist sehr gut, sonst hätte sie die Nacht wohl kaum zu Hause verbracht.«

»Stand sie unter Schock?«

»Das kann man so sagen, allerdings versucht sie das Erlebte wohl eher zu verdrängen.«

»Hat sie Ihnen erzählt, dass der Täter sie mit ihrem Schal gewürgt hat?«

»Ja, wir haben das genauer untersucht. Außer leichten Quetschungen am Kehlkopf hat Signorina Clemente keinerlei Schaden genommen. Wer weiß, was passiert wäre, wenn ihr nicht die jungen Passanten zu Hilfe geeilt wären. Ich muss Ihnen sagen, dass wir zum Glück nicht so oft Patienten behandeln, an denen ein Mordversuch verübt wurde. Ich verstehe nicht, warum die junge Frau nicht noch am selben Abend die Polizei und die Ambulanz verständigt hat.«

Goldini pflichtete ihm bei und nahm sich zwei der Kekse.

»Um das herauszufinden, bin ich hier. Vielleicht hat die Signorina vor jemandem Angst, oder sie verschweigt uns etwas. Sollte sie sich Ihnen anvertrauen, würde ich mich freuen, wenn Sie uns informieren, falls es nicht unter die ärztliche Schweigepflicht fällt.«

Dottor Bianchi nahm die Karte des Commissario entgegen und verabschiedete sich mit einem herzlichen Handschlag.

Goldini überlegte kurz, ob er Elisabetta, seine Cousine, die als leitende Stationsschwester in der Chirurgie arbeitete, besuchen sollte, nahm aber davon Abstand, als er auf seine Armbanduhr sah. Er wollte noch kurz etwas besorgen, bevor er sich mit Brassoni vor dem »La Bocca« traf.

Sarah, seine Verlobte, hatte schon seit Wochen von einem silbernen Armreif geschwärmt, den sie in einem kleinen Kunsthandwerksladen gesehen hatte. Goldini wollte ihr damit eine Freude machen, mit dem winzigen Hintergedanken, dass sie dann die Finger von ihrem neuen Kollegen ließ.

Beschwingt durch seine grandiose Idee knabberte er an den Keksen, genoss die warme Septemberluft und freute sich, in dieser schönen Stadt arbeiten zu dürfen. Er lief zu Fuß Richtung San Marco, kaufte den Armreif in dem Geschäft in der Calle Stagneri, lächelte entspannt und freundlich den zahlreichen Passanten zu. Es war inzwischen Viertel vor zwölf, er würde rechtzeitig am Treffpunkt sein. Goldini war gespannt, was Brassoni bei den Verhören in der Questura herausgefunden hatte, und vor allem, was Frederico Alto, der Küchenchef und schärfste Konkurrent Zamparonis, zu dessen Ermordung zu sagen hatte.

Etwa zur selben Zeit, am frühen Mittag, verließ Goldinis Verlobte Sarah ihren Arbeitsplatz zu einer wohlverdienten Mittagspause. Wie immer in den letzten Tagen war sie in Begleitung ihres smarten neuen Kollegen, der ihr galant die Tür aufhielt, als sie aus der Eingangstür des Bankgebäudes trat. Sarah warf ihre dunkelbraunen, schulterlangen dunkelbraunen Naturlocken in den Nacken und lachte glockenhell über den Witz, den Marcello Zanchetti gerade gemacht hatte. Er war wirklich ein amüsanter Zeitgenosse, der den zuweilen tristen Arbeitsalltag seiner Kollegen durch seine Fröhlichkeit aufhellte.

Nach einem kurzen Spaziergang hielten sie vor einem kleinen Lokal ganz in der Nähe des Bankgebäudes, in dem beide als Juristen arbeiteten. Zanchetti überflog mit einem Blick die Sitzgelegenheiten auf der Außenterrasse und entdeckte einen freien Zweiertisch am Ende der Reihe. Aufmerksam schob er Sarah, die durch ihre schlanke, hochgewachsene Gestalt auch bei den anderen Männern im Restaurant begehrliche Blicke weckte, einen Stuhl zurecht.

»Heute lade ich dich aber ein, keine Widerrede!«, sagte er lächelnd zu Goldinis Verlobter.

Sarah winkte entrüstet ab.

»Kommt gar nicht in Frage. Ich bezahle mein Essen selber, Marcello. Wir sind Kollegen, und ich fühle mich einfach wohler, wenn wir getrennte Rechnungen haben. Was würde deine Frau dazu sagen, wenn sie erführe, dass du deine Kollegin zum Essen einlädst?«

Zanchetti senkte verlegen den Kopf.

»Ach, weißt du, meine Frau und ich … So richtig läuft das nicht mehr zwischen uns. Seit die Kinder auf der Welt sind, ist es irgendwie langweilig geworden. Jeden Tag das gleiche Theater … Kinder ins Bett bringen, Essen, Fernsehen gucken … Mit dir ist es etwas ganz anderes. Du tust mir gut, bist fröhlich und so unglaublich hübsch.«

Er ergriff die Hand der fassungslos dreinschauenden jungen Frau.

»Ich glaube, ich habe mich in dich verliebt, Sarah. Könntest du dir vorstellen, mehr Zeit mit mir zu verbringen? Ich meine, dir geht es doch genauso, oder?«

Sarah brachte ihren Kollegen mit einer knappen Handbewegung zum Schweigen.

»Marcello, das siehst du vollkommen falsch. Ich habe bereits einen Mann. Und ich finde es völlig unangemessen, wie du über deine Familie sprichst. Ich glaube, wir sollten uns außerhalb der Arbeitszeiten nicht mehr sehen!«

Mit diesen Worten griff sie nach ihrer Handtasche und stand auf. Offensichtlich war die Sache mit der Freundschaft zwischen Mann und Frau doch nur ein Märchen, wie es auch fast überall behauptet wurde. Enttäuscht kaufte sich Sarah zwei Panini mit Schinken und Salami an der Theke des Restaurants und aß sie ohne rechten Appetit auf dem Weg zurück ins Büro.

Kapitel 9

Kurze Zeit später stand Maurizio Goldini im Stadtteil San Marco vor dem »La Bocca«. Das Restaurant lag über einem Café im ersten Stock eines 1638 erbauten historischen Gebäudes. Da er seinen Chef Brassoni nirgendwo erblicken konnte, durchquerte er die Glastür und stieg die wenigen Stufen bis zum Restaurant hoch. Und tatsächlich, Luca Brassoni unterhielt sich bereits angeregt mit einem der Kellner, der schließlich durch eine Tür in die Hinterräume verschwand.

»*Ciao, Maurizio*, ich wollte uns nur schon mal anmelden. Frederico Alto wird gleich zu uns kommen. Wir sollen uns an den kleinen Tisch dort hinten setzen.«

Der Commissario wies mit der Hand auf einen Zweiertisch in einer hinteren Ecke am Fenster.

Goldini ließ seinen Blick durch das Restaurant schweifen. Unter den fein gearbeiteten Kastenholzdecken hingen eindrucksvolle Kristalllüster, die Wände waren mit Stofftapeten in dunklen Rottönen bedeckt. Ein schöner Kontrast hierzu waren die eleganten Holztische und -stühle in modernerem Design, genauso wie die edlen Kristallgläser, die auf den cremefarbenen Tischdecken bereitstanden. Das Gourmetrestaurant verstand es vorzüglich, historische Elemente mit zeitgemäßem Ambiente zu verbinden.

Kaum saßen die beiden Kommissare am Tisch, brachte der Kellner zwei kleine Teller mit Bruschetta, auf denen in Balsamico marinierter Kürbis thronte. Überrascht sahen Brassoni und Goldini ihn an, aber der wie aus dem Ei gepellte Bedienstete murmelte nur freundlich etwas wie »Kleiner Gruß des Hauses, bitte sehr, die Herren, greifen Sie zu.«.

Daneben stellte er zwei Teller mit köstlich aussehendem Thunfischtatar an Parmesancräckern sowie eine kleine Karaffe Weißwein und eine Flasche *Acqua minerale*. Dieses Angebot nahmen die hungrigen Kommissare nur zu gerne an. Genussvoll verspeisten sie die angebotenen Köstlichkeiten, tranken einen Schluck Wein dazu und konnten verstehen, dass Frederico Alto sich mit seiner Kochkunst zwei Sterne erworben hatte.

Der Küchenchef tauchte auf, als Brassoni sich eben noch mit einer Serviette den Mund abwischte.

»*Buon apetito, Signori!*«, wünschte er mit einem Schmunzeln und zog sich einen dritten Stuhl an den Tisch. Obwohl es auf die Mittagszeit zuging, waren noch nicht alle reservierten Plätze besetzt.

Brassoni hatte nicht gedacht, dass Frederico Alto so ein sympathischer, eloquenter Mann sein würde. Er hatte einen hochnäsigen, selbstverliebten Sternekoch erwartet, doch Alto war das genaue Gegenteil. Er trug eine Glatze wie Brassoni, allerdings offenbar nicht aufgrund einer Rasur, sondern eher aus Mangel an Haaren. Seine blauen Augen blitzten lustig vergnügt. Über dem Mund trug er einen imposanten schwarzen Schnurrbart, der an den Seiten gekräuselt war. Brassoni überlegte kurz, ob der Schnurrbart nicht ständig beim Probieren störte, verwarf den Gedanken aber gleich wieder, weil es ihn ja nichts anging.

Der Kommissar und sein Kollege erhoben sich zur Begrüßung halb vom Stuhl und bedankten sich überschwänglich für die kleinen Köstlichkeiten.

»Ich hoffe, Sie wollten uns nicht bestechen«, warf Brassoni nicht ganz ernstgemeint ein.

»*Mamma mia*, da kennen Sie mich aber schlecht, wenn ich Sie bestechen wollte, müssten Sie sich durch ein komplettes Fünf-Gänge-Menü futtern!«, erwiderte der Küchenchef und lachte schallend.

»Nun, der Grund, weshalb wir hier sind, ist ja nicht ihr Essen, sondern der Tod ihres Konkurrenten Nicolo Zamparoni«, erklärte Brassoni in sachlichem Ton.

Altos Miene verfinsterte sich.

»Ja, ich habe es gehört. Der arme Kerl. Nicht, dass er mein bester Freund gewesen wäre, aber so einen furchtbaren Tod wünscht man seinem ärgsten Feind nicht.«

»Sie verstanden sich nicht besonders gut?«, hakte Goldini nach.

Frederico Alto schüttelte den Kopf.

»Das kann man nicht behaupten. Zamparoni hatte ein paar Charakterzüge … – nun, wie soll ich sagen –, die es einem nicht leicht gemacht haben, ihn zu mögen. Er hatte keine Skrupel, was seine Karriere betraf. Er war ein begnadeter Koch, aber er wollte berühmt werden, koste es, was es wolle.«

»Und er hat Sie ausgestochen, als es um diese Kochsendung im Fernsehen ging, das stimmt doch, oder?«

Alto rollte mit den Augen.

»*Sì, sì,* aber deswegen hätte ich ihn sicher nicht ermordet, auch wenn das Ganze eine unfaire Sache war. Das Leben geht weiter, und mein Restaurant und meine Kochbücher laufen ganz hervorragend.«

»Wo waren Sie gestern Abend zwischen halb acht und halb zwölf?«

Der Chefkoch blickte Brassoni offen und ehrlich ins Gesicht.

»In meinem Restaurant, die ganze Zeit. Sie können jeden meiner Mitarbeiter fragen. Glauben Sie mir, ich habe Besseres zu tun, als andere Köche zu erstechen!«

Luca Brassoni sah den Küchenchef aufmerksam an.

»Die Todesursache war leider nicht der Messerstich. Zamparoni wurde mit Tetrodotoxin vergiftet. Kennen Sie sich damit aus?«

Alto wurde aschfahl.

»Du liebe Güte, Kugelfischgift? Ich habe mal gesehen, wie

Zamparonis Freund und Kollege aus Japan bei einem Showkochen in San Polo einen Fugu zubereitet hat. Ich glaube, er war erst letzte Woche wieder hier in Venedig. Aber ich selber würde mich da nicht rantrauen. Ich habe übrigens auch keine Kostprobe von dem Fugu genommen. Ist mir zu riskant.«

»Wer war noch alles bei dieser Kochshow dabei?«, wollte Brassoni wissen.

Frederico Alto überlegte einen Moment. Er stützte sein Kinn auf seiner Handfläche ab und ging im Geiste die Gästeliste durch. Dann räusperte er sich leise.

»Also, ich kenne natürlich nicht alle Gäste, die anwesend waren. Aber Zamparonis halbe Belegschaft war auf jeden Fall dort, der Souschef, die Jungköche, der Hoteldirektor mit Frau, Zamparonis Verlobte und ihr Bruder …«

Goldini notierte sich diese Information.

»Hätte einer der Gäste an das Kugelfischgift kommen können?«

Alto zuckte die Schultern.

»Darüber habe ich an diesem Abend nicht nachgedacht. Aber theoretisch wäre es sicher möglich. Ich weiß nicht, was Luan Michikito mit den ungenießbaren Fischresten gemacht hat. Es gab ja außerdem noch Sushi und verschiedene andere fernöstliche Gerichte. Michikito ist ein sehr angesehener Koch. Ich mag die japanische Küche, deswegen bin ich auch hingegangen. Man muss immer nach neuen Inspirationen suchen.«

Brassoni und Goldini hatten nun genug gehört. Sie erhoben sich und bedankten sich bei Alto. Zum jetzigen Zeitpunkt war es kaum vorstellbar, dass er etwas mit dem Tod Zamparonis zu tun hatte. Er hatte ein Alibi, und es gab kein überzeugendes Motiv.

Draußen schien die Mittagssonne auf den Markusplatz, der inzwischen von zahlreichen Touristen bevölkert war. Vor dem Campanile und dem Markusdom hatten sich Schlangen gebildet.

»Was haben deine Vernehmungen heute Morgen ergeben?«, wollte Goldini wissen.

Brassoni verzog die Mundwinkel. Beim Gedanken an die Vernehmungen fiel ihm ein, dass er in der Questura gleich wieder auf Maria Grazia treffen würde.

»Marco, der eine der beiden Jungköche, verschweigt uns was. Ich glaube, er ist mit Roberta Clemente befreundet oder in sie verliebt. Er hat ziemlich heftig reagiert, als er hörte, dass sie überfallen wurde. Seinen Chef mochte er nicht besonders, aber dass er ihn mit Gift umgebracht hat ...das kann ich mir nicht vorstellen. Aber vielleicht ist er an irgendetwas beteiligt, oder er hütet ein Geheimnis. Und Giorgio, der zweite Jungkoch, ist wahrlich kein Ausbund an Intelligenz. Er hat Marcos Angaben bestätigt, alle haben zusammen das Restaurant verlassen. Einig waren die beiden nur darin, dass Nicolo Zamparoni zwar ein guter Lehrmeister war, aber auch äußerst jähzornig sein konnte, wenn jemand einen Fehler machte. Und bevor ich es vergesse, die Spurensicherung hat sich mit ersten Ergebnissen gemeldet. Das Restaurant war eindeutig der Tatort. Die Blutspuren draußen an der Abfalltonne und am Boden stammen von Zamparoni. Am Cognacglas in der Küche wurden seine Speichelreste gefunden. Der Täter war aber so schlau und hat keine Fingerabdrücke hinterlassen. Vermutlich trug er Handschuhe. Wie lief es denn bei dir mit Roberta Clemente im Krankenhaus?«

Maurizio Goldini winkte müde ab.

»Viel habe ich nicht aus ihr herausbekommen. Meiner Meinung nach steht der Überfall auf die junge Küchenhilfe in Zusammenhang mit dem Tod Zamparonis. In Venedig hatten wir bisher noch keine Mordanschläge auf unschuldige Passanten. Ein Diebstahl, ja. Außerdem soll der Täter einen Hut getragen haben. Genau wie unser Tatverdächtiger in dem Motorboot. Wenn Signorina Clemente nach ihrer Operation wieder auf dem Damm ist, werde ich noch einmal mit ihr sprechen. Sie weiß garantiert mehr, als sie erzählt hat.«

Brassoni nickte.

»Sag mal, Mauro, was hältst du davon, morgen Abend mit

Sarah zu mir zum Abendessen zu kommen? Carla wird auch da sein. Die Frauen könnten sich kennenlernen, ich koche uns etwas Feines, und wir machen uns einen schönen Abend.«

Überrascht sah Goldini seinen Chef an. Außerhalb der Arbeitszeit hatten sie sich noch nie im privaten Rahmen getroffen. Aber warum nicht?

»Kann es sein, dass du durch unsere Ermittlungen auf den Geschmack gekommen bist? Ich meine, was die gehobene Küche angeht?«

Brassoni lächelte verlegen.

»Das wäre durchaus möglich. Aber ich bin auch neugierig, deine Verlobte endlich mal besser kennenzulernen. Also, was ist nun, kommst du?«

»Von mir aus gerne, wenn Sarah nichts dagegen hat. Was gibt es denn Schönes? Ich weiß ja, dass du auch gerne Gerichte aus dem Land deiner deutschen Vorfahren kochst.«

Der Commissario schmunzelte.

»Lasst euch überraschen. Bisher hat sich noch niemand über meine Kochkünste beschwert, auch wenn ich kein Paul Bocuse bin. Wo wir schon dabei sind, was hältst du davon, wenn wir jetzt gleich Mittagspause machen und etwas Warmes essen gehen? Ich würde die »Osteria alla Botte« am Campo San Bartolomeo auswählen. Dort machen sie eine sehr gute Lasagne, und die *tapas cichete mista* sind wirklich zu empfehlen, besonders die marinierten Sardinen.«

Goldinis Mund verzog sich zu einem breiten Grinsen.

»Einverstanden, nach all der Gourmetkost freue ich mich auf die einheimische, bodenständige Küche!«

Kapitel 10

Lavinia Miller war eine gefragte Filmschauspielerin, die auch schon eine kleine Rolle in einem Hollywoodblockbuster ergattert hatte. Nun saß sie auf der weißen Ledercouch in der Villa, in der sie gemeinsam mit Nicolo Zamparoni die letzten anderthalb Jahre gewohnt hatte. Die Spurensicherung hatte das Haus in der vergangenen Nacht auf den Kopf gestellt, aber zum Glück gab es keine Anhaltspunkte dafür, dass Nicolo hier ermordet worden war. Deshalb konnte sie nach ihrer Ankunft ihr Heim sofort wieder betreten, wenngleich sie es mit einem mulmigen Gefühl tat.

Vor einer guten Stunde erst war sie aus Sussex gekommen, wo sie und ihr Bruder ihre Eltern besucht hatten. Lavinia war eine ätherische Filmschönheit, ihre langen rotblonden Haare und ihre elfenbeinfarbene Haut standen in aufregendem Kontrast zu ihren smaragdgrünen, katzenartigen Augen. Ihr Typ war gerade sehr angesagt bei den Filmregisseuren.

Doch wo sonst ein strahlendes Lächeln über ihr glattes, makelloses Gesicht leuchtete, sah man heute nur müde, verweinte Augen und verlaufene Wimperntusche.

Sie fühlte sich einsam in dem großen Haus. Ihr Bruder war direkt nach ihrer Ankunft wieder fortgefahren, er hatte geschäftlich in Venedig zu tun. Bis zu Zamparonis Beerdigung würde Scott sich tagsüber in der Villa aufhalten und seiner Schwester helfen, die Formalitäten zu erledigen. Währenddessen wohnte er im Palazzo ihrer Großeltern, der direkt an den Canal Grande grenzte.

Lavinia kam aus einer wohlhabenden englischen Industriellenfamilie und war es gewohnt, im Luxus zu leben. Ihr Bruder und sie sprachen fließend Italienisch, da sie einen Großteil ihrer Kindheit in Venedig und der Toskana verbracht hatten.

So hatte sie eines Tages auch Nicolo Zamparoni kennengelernt. Sie aß mit ein paar Freunden im »Al Gambero« zu Abend, als der Sternekoch sich nach dem Menü bei den Gästen vorstellte und sich erkundigte, ob sie zufrieden waren. Ihre Blicke trafen sich, und Lavinia stellte erstaunt fest, dass sie sich von diesem ehrgeizigen, charmanten Mann angezogen fühlte. Er war ein paar Jahre älter als sie, großzügig und weltgewandt. Er trug sie förmlich auf Händen, seit sie sich das erste Mal verabredet hatten.

Dann zogen sie zusammen in seine Villa auf Giudecca, ein über vierhundert Quadratmeter großes, elegantes Haus mit Swimmingpool im Garten und wundervollen alten Bäumen.

Wenn Lavinia nicht grade irgendwo auf der Welt einen Film drehte, zog sie sich hierhin zurück und genoss das Leben mit Nicolo und der restlichen elitären Gesellschaft, die sich in Venedig tummelte. Als sie erfahren hatte, dass sie schwanger war, war es zuerst wie ein Schock für sie. Sie sorgte sich um ihre Karriere und ihre Figur, konnte es aber letztendlich doch nicht über das Herz bringen, sich gegen das Kind zu entscheiden. Geld war genug da, also konnte sich nach der Geburt eine Kinderfrau um das Baby kümmern. Überhaupt, das Baby … Nein, sie konnte jetzt nicht über die Schwierigkeiten nachdenken, die durch ihre Schwangerschaft entstanden waren.

Als ein leiser Knall ertönte, schaute sie sich ängstlich um. Außer ihr war niemand im Haus, die Haushälterin würde erst am Nachmittag kommen, um aufzuräumen und einzukaufen.

Lavinia stand auf und ging langsam in die Richtung, aus der das Geräusch gekommen war. Vielleicht war ein Vogel gegen eine der großen, bodentiefen Glasscheiben geflogen? Das kam öfter mal vor. Ihr Herz klopfte heftig, als sie die Terrassentür beiseiteschob und in den Garten trat. Nirgends war ein Vogel zu sehen.

»Hallo, ist da jemand?«, rief sie mit bebender Stimme in das weitläufige Grün hinein. Der Garten war von außen uneinsehbar. Eine hohe Mauer und dichte Hecken begrenzten das Grundstück.

Lavinia atmete auf, als niemand antwortete. Wäre Scott doch nur dageblieben, dachte sie bei sich. Trotz der Wärme fröstelte sie. Eilig lief sie wieder in die Villa hinein und zog die Tür hinter sich zu. Als sie sich umdrehte und in den Wohnraum blickte, erschrak sie heftig. Das Bild über dem Kamin hing schief, ganz so, als hätte es jemand verschoben bei dem Versuch, die Kassette auf dem Kaminsims zu öffnen, die sie vor einer halben Stunde dorthin gestellt hatte.

In der Kassette befand sich Schmuck, den Nicolo ihr im Laufe der Zeit geschenkt hatte. Sie hatte den ledernen Behälter aus dem Tresor im Schlafzimmer geholt, um die Stücke anzuschauen und sich an die gemeinsame Zeit zu erinnern. Nun lief es ihr kalt den Rücken herunter. Sie war sich ganz sicher, dass das Bild grade gehangen hatte, bevor sie in den Garten gegangen war. Nervös griff sie zum Telefon, um ihren Bruder anzurufen, aber die Leitung war tot. Mit zitternden Händen legte sie den Hörer wieder auf die Anlage und suchte mit einem verzweifelten Blick nach ihrem Handy. Wo hatte sie es bloß hingelegt? Es musste doch hier irgendwo sein! Ihre Augen schweiften durch den gesamten Wohnraum, tasteten Stück für Stück jede noch so kleine Ecke ab. Nichts.

Ein Gefühl von Hilflosigkeit überkam die junge Frau. Erschöpft ließ sie sich auf die Couch sinken. Im Haus war es totenstill. Doch nur einen Augenblick später ging der Horror weiter. Lavinia glaubte, Schritte auf den Holzdielen im Flur zu hören. Ihr Pulsschlag beschleunigte sich. Ruckartig hob sie den Kopf, doch sie zögerte mit der Entscheidung, was sie tun sollte. Wenn wirklich jemand im Haus war, musste sie einen Raum finden, der ihr Schutz bot. Als die Geräusche näherkamen, heftete sie ihren Blick fest auf die Küchentür. Es waren nur wenige Schritte dorthin. Klack, klack, klack. Schon wieder dieses Geräusch. Jetzt oder nie!

Voller Panik lief sie in die Küche und verschloss, so schnell es ging, die schwere Tür. Was für ein Glück war es, dass Nicolo damals beim Einzug keine offene Küche wollte, weil er es hasste, wenn der Essensgeruch durchs ganze Haus zog. Erleichtert stellte sie fest, dass sie ihr Handy neben dem Kühlschrank liegengelassen hatte, als sie sich vorhin ein Glas Wasser geholt hatte.

Mit fliegenden Fingern tippte sie die Nummer der örtlichen Polizei ein und atmete erleichtert auf, als sie eine menschliche Stimme hörte.

»Ich glaube, es ist jemand in meinem Haus. Kommen Sie schnell, bitte«, flüsterte sie mit gepresster Stimme.

»Signora, ich brauche Ihren Namen und Ihre Adresse. Sind Sie an einem sicheren Ort? Können Sie sich irgendwo einschließen? Bleiben Sie dort, und warten Sie, bis die Polizei bei Ihnen ist. Ich schicke sofort jemanden los.«

Nachdem Lavinia Miller ihren Namen und ihre Adresse genannt hatte, sprach sie noch einige Minuten mit der netten Beamtin in der Notrufannahme, die beruhigend auf sie einredete.

Dann musste sie entsetzt feststellen, dass sich jemand von außen an dem Schloss der Küchentür zu schaffen machte.

Vor Angst wie gelähmt, ließ sie das Handy sinken und starrte wie hypnotisiert auf die Tür.

Wollte Nicolos Mörder auch sie umbringen? Wie war er ins Haus gekommen? Hektisch riss sie das Handy wieder an ihr Ohr, aber der Akku hatte im selben Moment seinen Geist aufgegeben.

Tränen der Verzweiflung liefen über ihr Gesicht. Was, wenn die Polizei nicht rechtzeitig eintraf? Wie sollte sie sich und das Baby beschützen? Schlagartig wurde ihr übel, so wie in den ersten Wochen der Schwangerschaft. Sie stützte sich am Küchentresen ab und holte tief Luft, um nicht ohnmächtig zu werden. Als es ihr etwas besser ging, öffnete sie die Schublade neben dem Herd der luxuriösen roten Hochglanzküche und nahm sich eines von Nicolos Fleischmessern heraus. Gleichzeitig wurde der Schlüssel geräuschvoll aus dem Türschloss geschoben und fiel zu Boden. Ein spitzer Schrei entfuhr ihrem Mund. Angstvoll kauerte sie sich mit dem Rücken an die Kühlschranktür, mit beiden Händen das scharfe Messer umklammernd. Dann öffnete sich die Küchentür.

Luca Brassoni bekam die Nachricht von der Notrufstelle keine fünf Minuten, nachdem er wieder in seinem Büro war.

»Commissario Brassoni, wir haben einen Notruf aus der Villa des ermordeten Nicolo Zamparoni erhalten. Seine Verlobte, Signora Miller, hat sich in der Küche eingeschlossen. Sie vermutet eine fremde Person im Haus. Der Kontakt über ihr Handy ist leider plötzlich abgebrochen. Eine Zivilstreife, die wegen eines Diebstahldelikts zufällig auf Giudecca war, ist schon zum Anwesen unterwegs. Wir wollten Sie über diese Angelegenheit informieren, weil Sie den Mordfall bearbeiten.«

Brassoni bedankte sich überschwänglich, denn es war nicht an der Tagesordnung, dass der Informationsfluss zwischen den Dienststellen reibungslos funktionierte.

Eigentlich war eine Befragung der Verlobten Zamparonis erst für den späten Nachmittag anberaumt, aber nun würde der Commissario so schnell wie möglich zur Villa des Sternekochs fahren. Er hoffte, dass der jungen Schauspielerin nichts Ernsthaftes widerfahren war. Brassoni ging hinüber in das benachbarte Büro und unterrichtete seinen Kollegen Goldini, der damit beschäftigt war, den japanischen Koch Luan Michikito ausfindig zu machen, über die neuesten Entwicklungen. Goldini würde in der Questura bleiben, deshalb beschloss Brassoni, Ispettore Colludi mitzunehmen, einen Polizeibeamten, der zuverlässig und kompetent war.

Rasch bestellte Brassoni ein Polizeiboot zum nächsten Anleger. Auf dem Weg dahin unterhielt er sich mit Colludi, der gelassen wie immer seine Arbeit verrichtete. Aufmerksam hörte er dem Commissario zu, der über die Zeugenvernehmungen und den Stand der Ermittlungen berichtete, nickte hier und da oder brummte leise zustimmend vor sich hin.

»Also, dieses ganze hochtrabende Gourmetessen ist ohnehin nichts für mich«, warf er zwischendurch ein. »Ich kann nicht verstehen, wie manche Leute solche immensen Summen für ein paar Lebensmittel ausgeben, die ihnen dann übersichtlichauf einem Teller serviert werden. Da lob ich mir doch eine ordentliche Pasta, frischen Fisch und Gemüse vom Markt. Meine Frau kann ganz hervorragend kochen, wir gehen im Allgemeinen wenig auswärts essen.«

Brassoni war überrascht über Colludis ausführliche Stellungnahme, meistens hielt sich der Inspektor mit seiner Meinung eher zurück.

»Teilweise stimme ich Ihnen durchaus zu«, erwiderte Brassoni, während er in das Polizeiboot stieg.

»Aber ich muss zugeben, dass es doch auch die eine oder andere Köstlichkeit in den gehobeneren Restaurants gibt, deren Preis berechtigt ist und auf deren Geschmackserlebnis ich nicht verzichten möchte. Ich glaube, dass es viele Spitzenköche gibt, die so genial und kreativ kochen können, dass es eine wahre Kunst ist. Die einen geben Geld fürs Angeln oder Kartenspielen oder für teure Möbel aus, und wieder andere gönnen sich hin und wieder ein außergewöhnlich gutes Essen.«

Colludi runzelte kurz die Stirn und kratzte sich am Hinterkopf, enthielt sich aber eines weiteren Kommentars. Sollte doch jeder nach seiner Fasson glücklich werden. Solange die Menschen darauf achteten, dass alle satt wurden und genug zu essen hatten. Aber das war wieder ein anderes Thema.

Ein paar Minuten später erreichte das Boot die Garteninsel Giudecca. Brassoni liebte die Klosterkirche San Giorgio Maggiore auf dem gleichnamigen Inselchen, deren Fassade ihn an einen griechischen Tempel erinnerte. Wenn man sich vorstellte, dass im 16. Jahrhundert durch die Industrialisierung auf Giudecca Textil- und Nudelfabriken sowie Arbeitersiedlungen entstanden waren …Die größte davon übriggebliebene Ruine war der Ziegelbau Mulino Stucky im Südwesten Giudeccas. Hier hatten 1500 Arbeiter bis in die Fünfziger Jahre hinein Nudeln produziert. Ein Brand hatte 2003 fast das gesamte leerstehende Gebäude vernichtet.

Brassoni lenkte seine Gedanken wieder zu seinem Fall. Wer hätte einen Grund, Zamparonis Verlobte zu überfallen beziehungsweise in dessen Haus einzudringen? Der Mörder? Ist er auf der Suche nach irgendetwas, was er bei Zamparoni nicht gefunden hat? War Rache das Motiv? Man konnte nur hoffen, dass sich unterdessen kein zweiter Mord ereignet hatte.

Der Commissario beschleunigte seinen Schritt, öffnete die obersten Knöpfe seines hellblauen Hemdes ein wenig weiter, weil er bei den sommerlichen Temperaturen ganz schön ins Schwitzen kam. Colludi schien die Septemberhitze nichts auszumachen. Für den nächsten Tag war ohnehin ein Wetterumschwung angekündigt, wie er aus dem Morgenradio erfahren hatte.

Etwas atemlos kamen die beiden Polizeibeamten vor Zamparonis Anwesen an. Für einen kurzen Moment betrachtete Brassoni staunend das imposante Gebäude hinter dem schmiedeeisernen Zaun. Ringsum war es von hohen Mauern und einer Hecke umsäumt.

So ein Haus kostet doch bestimmt einige Millionen, dachte der Commissario bei sich. Hatte Zamparoni das alles alleine mit Kochen verdient? Dann hatte er, Brassoni, zweifellos den falschen Beruf gewählt. Colludi drückte gegen das halboffene Tor, das mit einem leisen Quietschen weiter nachgab. Es war ungewöhnlich still auf dem Grundstück, von den Kollegen keine Spur.

»Hallo, ist dort jemand?«, rief Brassoni in Richtung des Hauses und sah sich vorsichtig um.

Als keine Antwort kam, legte er seine Hand auf seine Dienstpistole und wies Colludi mit einer Kopfbewegung an, dem schmalen Steinweg bis hinter das Haus zu folgen, während er selber die Frontseite im Auge behalten wollte. Er hatte ein ungutes Gefühl, weil keiner der beiden Streifenpolizisten, die als Erstes vor Ort gewesen waren, auftauchte. Wäre die Lage geklärt, hätten die Polizisten bei einem Notfall schon längst eine Ambulanz gerufen und sich vor dem Haus postiert.

Mit wachsamem Blick steuerte Brassoni auf die Eingangstür zu. Immer wieder sah er sich rechts und links um, konnte aber nichts Auffälliges entdecken. Entschlossen drückte er den Klingelknopf auf dem weißen Namensschild. Nachdem er zwei Minuten gewartet hatte, ohne dass etwas passiert war, bog er nach links zu den Fenstern ab.

Verärgert musste er feststellen, dass sämtliche Jalousien runtergelassen waren. Es war still, kein Geräusch zu hören. Angestrengt lugte er durch die schmalen Schlitze der silbernen Lamellen und erahnte ein Arbeitszimmer, konnte aber keine Personen in dem Raum ausmachen. Im Hintergrund zirpte ein Vogel im Garten. Das Klingeln seines Handys unterbrach die Idylle. Hastig schaltete er auf stumm und drückte die Annahmetaste.

Auf dem Display erschien Goldinis Nummer. So leise wie möglich meldete er sich.

»*Pronto?* Maurizio, Gott sei Dank! Irgendetwas stimmt hier nicht. Die Streifenpolizisten sind nirgends zu sehen, das Haus ist abgeschlossen. Schick uns Verstärkung!«

Die Leitung brach ab, und Brassoni legte auf. Hoffentlich hatte Goldini alles verstanden. Plötzlich, vollkommen aus dem Nichts, hörte der Commissario das Zischen einer Pistolenkugel. Er duckte sich, zog sich Schritt für Schritt rückwärts hinter den schützenden Eingangsbereich des Hauses zurück und versuchte zu erkennen, woher der Schuss gekommen war.

Doch der üppige Pflanzen- und Baumbestand des Gartens bot dem mutmaßlichen Schützen eine bemerkenswert große Anzahl an Verstecken. Brassoni richtete seine eigene Waffe in die Richtung, wo er den Schützen vermutete. Dann hörte er das Klicken eines Abzughahns.

»Ispettore Colludi«, rief er laut. »Vorsicht, jemand schießt auf uns.«

Ein zweiter Schuss folgte kurz darauf. Brassoni warf sich nach rechts zu Boden, direkt neben die Fußmatte. Diesmal hatte ihn die Kugel nur um Zentimeter verfehlt.

Der Commissario atmete tief durch. Jetzt bloß Ruhe bewahren. Für den Bruchteil einer Sekunde sah er Carlas Gesicht vor sich. Er musste handeln, der Schütze war ganz in der Nähe und hatte ihn im Visier. Wo blieb Colludi nur? Wo waren die Streifenpolizisten? In seinem Kopf rasten die Gedanken. Seine einzige Chance war, in die Richtung zu laufen, in die der Inspektor verschwunden war. Nach hinten in den Garten.

Er hielt einen Augenblick den Atem an, um im nächsten Moment mit einem Satz nach vorne zu stürzen und dann, so schnell er konnte, den Steinweg entlangzurennen. Immer schön im Zickzack. Hinter sich hörte er erneut einen Schuss, der ihn jedoch weit verfehlte. Brassoni hielt seine Waffe fest umklammert. Nach Deckung Ausschau haltend, erspähte er glücklicherweise ein Gerätehaus, das er als Fluchtpunkt anvisierte. Obwohl er höchstens drei oder vier Sekunden gelaufen war, kam es ihm vor wie eine Ewigkeit, bis er sich hinter die Stahlwand des Schuppens drücken konnte.

Er keuchte und rang nach Luft, versuchte ruhiger zu atmen, um sich wieder konzentrieren zu können und seine Lage einzuschätzen. Als er sich schließlich umsah, traf es ihn wie ein Keulenschlag. Dort vorne vor der Holzterrasse, direkt neben einem großzügig angelegten Swimmingpool, lag Ispettore Colludi.

Der Commissario schloss die Augen und betete, dass der Inspektor noch lebte. Von hier aus konnte er nicht erkennen, welche Verletzungen er hatte. Der Polizeibeamte lag flach auf dem Bauch, den Kopf Richtung Terrasse gedreht.

Brassoni tastete nach seinem Handy und drückte auf Goldinis Nummer. Schon nach dem zweiten Klingeln meldete er sich.

»Mauro, wo zum Teufel bleibt ihr?«, fluchte er mit gedämpfter

Stimme. »Der Inspektor wurde überwältigt, er liegt hinten im Garten. Ich kann nicht erkennen, ob er noch lebt!«

Goldini sprach beruhigend auf seinen Kollegen ein.

»Wir sind auf dem Weg, das Polizeiboot legt jeden Moment am Anleger an. Bleib, wo du bist, und unternimm nichts alleine!«

Dann war Goldinis Stimme weg, aber der Commissario konnte endlich die Sirenen der Boote hören. Erleichtert ließ Brassoni sich in die Hocke sinken, behielt aber immer den Garten und das Haus im Auge.

Seit seiner Flucht in den Garten war kein Schuss mehr gefallen. Es war noch zu riskant, aus der Deckung zu gehen, aber als Brassoni Schritte auf dem Zugangsweg hörte und dann das Eingangstor mit einem Quietschen zufiel, war er sich sicher, dass der Schütze, wenn es denn nur einer gewesen war, das Grundstück verlassen hatte.

Hastig richtete er sich auf, seine Waffe immer im Anschlag. Kalter Schweiß stand ihm auf der Stirn. Er hatte den Angreifer nicht ein einziges Mal sehen oder auch nur dessen Statur erkennen können. Auch wenn er keine Ahnung hatte, ob die Gefahr wirklich vorüber war, wollte er unbedingt wissen, was mit Colludi passiert war. Brassoni wartete einige Minuten. Im Garten war es totenstill. Schließlich lief er einfach los. Kein Schuss mehr, nur Vogelzwitschern.

Der Commissario brauchte nur ein paar schnelle Schritte, um bei seinem Kollegen zu sein. Wenige Augenblicke später, als er sich gerade über den Inspektor beugte, hörte er auch schon die Verstärkung eintreffen.

»Ich bin hier hinten, im Garten!«; rief er aus vollem Hals. »Der Täter hat sich vermutlich bereits aus dem Staub gemacht, er muss aber noch in der Nähe sein!«

Er untersuchte Colludis Körper auf Schussverletzungen, konnte aber zum Glück keine finden. Als er ihn vorsichtig umdrehte, entdeckte er eine großflächige blutende Kopfwunde auf der rechten Seite. Der Inspektor war bewusstlos, atmete aber noch. Froh über diese Erkenntnis empfing Brassoni mit einem müden Lächeln Goldini, der mit besorgtem Gesicht zu ihm hingelaufen war.

»Alles in Ordnung, er ist nur bewusstlos, die Sanitäter sollen sich um ihn kümmern.«

Dann richtete er sich auf, begierig darauf, zu erfahren, was mit den Streifenpolizisten und Zamparonis Verlobter passiert war. Die Sondereinheit hatte inzwischen das Grundstück gesichert und war dabei, die Haustür aufzubrechen. Eine andere Einheit schwärmte grade auf der Insel aus, um nach dem unbekannten Täter zu fahnden.

»Bist du unverletzt? Hast du den Angreifer gesehen?«, wollte Goldini wissen.

Brassoni hob die Schultern.

»Mir geht es gut, aber es wurmt mich, dass ich den Dreckskerl nicht sehen konnte. Er kannte sich hier aus und hat sich hinter den Bäumen und Büschen versteckt. Ich hoffe, er wird erwischt. Weit kann er ja nicht gekommen sein. Weißt du, ich glaube, der Fall ist komplexer, als wir zu Anfang dachten. Offenbar geht es nicht nur darum, Zamparoni aus dem Weg zu räumen. Die Geschichte hat ein größeres Ausmaß, da bin ich mir sicher. Komm, lass uns ins Haus gehen, ich will endlich wissen, was mit Lavinia Miller und den anderen passiert ist.«

Kapitel 11

Der Commissario folgte Goldini zum Hauseingang der Villa, wo ein Wachposten den beiden Beamten Einlass gewährte. Schnell und effektiv hatte die Einsatztruppe kurz zuvor das gesamte Anwesen durchsucht und gesichert. Der Angreifer war tatsächlich verschwunden. Die beiden Carabinieri hatte man ebenfalls gefunden, einen im Flur, ausgeknockt durch eine heftige Schlagverletzung, den anderen schwerer verletzt im hinteren Teil des Hauses, von zwei Kugeln in Schulter und Oberschenkel getroffen.

Der Leiter der Einsatztruppe, Fausto Lombardo, schüttelte Brassoni die Hand und erläuterte ihm die Lage.

»Die beiden Carabinieri wurden vom Täter überwältigt, es hat wohl einen Schusswechsel gegeben. Bisher sind zwei Kugeln gefunden worden, sie könnten aus einer kleinkalibrigen 9-mm-Waffe stammen. Einige Räume hier im Haus sehen aus, als wären sie durchsucht worden. Ich denke, der Täter war auf der Suche nach etwas Bestimmtem. Wenn Sie mich fragen, war das kein zufälliger Einbruch.«

Brassoni war voll und ganz seiner Meinung.

»Was ist mit Signora Miller? Lebt sie noch?«

Lombardo wies auf die Küchentür.

»Dort vorne, in der Küche. Sehen Sie selbst.«

Der Commissario wandte sich mit einer schnellen Körperbewegung um. Dann zog er Goldini am Arm mit sich, den Flur entlang bis zur Küche. Er kannte Lavinia Miller zwar nur aus einer Fernsehserie, die Anfang des Jahres im italienischen TV gelaufen war, aber ihm schnürte sich der Magen zu in Erwartung einer grausam ermordeten jungen und noch dazu schwangeren Schauspielerin.

Gerade als er die Küchentür endlich öffnen wollte, platzte ein sehr aufgeregter junger Mann in teuer aussehender Kleidung in das Haus.

»Lassen Sie mich rein, bitte, Lavinia ist meine Schwester, ich muss doch wissen, wie es ihr geht«, rief er mit verzweifelter Stimme und wand sich im Griff des Wachpostens, der ihn aufzuhalten versuchte.

»Scott Miller?«, fragte Brassoni und wies den Beamten an, den jungen Mann loszulassen, als dieser mit bleichem Gesicht nickte.

»Sie müssen sich beruhigen, dann können Sie hier im Flur warten. Ich weiß selbst noch nicht, was mit Ihrer Schwester ist. Geben Sie uns ein paar Minuten.«

Ohne die Antwort abzuwarten, öffnete er die Küchentür. Seine Sicht wurde durch zwei Sanitäter und den Arzt verdeckt, die sich über eine am Boden liegende Person beugten.

Brassoni schob einen der Sanitäter unsanft beiseite und erkannte Lavinia Miller. Der Commissario sah ein großes Fleischermesser neben ihr liegen. Mit einem Kloß im Hals suchte er nach Blutspuren und Verletzungen am Körper von Zamparonis Verlobter, konnte aber zu seiner Überraschung nichts finden. Dann bemerkte er irritiert, wie sie die Augen öffnete und mit wachem Blick in die Runde starrte. Jetzt erst sah er, dass der zweite Sanitäter ihre Beine hochhielt, um ihren Kreislauf zu stabilisieren. In ihrer Armvene steckte eine Kanüle.

»Doktor, wie geht es Signora Miller? Ist sie schwer verletzt?«

Der Doktor, ein junger Arzt, den er erst einmal gesehen hatte, schüttelte den Kopf.

»Nein, keine Sorge, das ist nur der Schock. Wegen der Schwangerschaft werden wir sie aber auf jeden Fall mit ins Krankenhaus nehmen. Sie braucht jetzt erst einmal Ruhe.«

»Kann ich ihr ein paar Fragen stellen?«

»Gut, aber bitte nur kurz. Und regen Sie sie nicht auf!«

Brassoni wartete, bis die Sanitäter Lavinia Miller auf eine fahrbare Trage gebettet hatten, dann ging er zu ihr und stellte sich kurz vor.

»Signora Miller, mein Name ist Luca Brassoni, Commissario bei der venezianischen Polizei. Das neben mir ist mein Kollege Maurizio Goldini. Darf ich Ihnen ein paar Fragen stellen? Es ist sicher in Ihrem Interesse, dass wir den Täter so schnell wie möglich finden.«

Lavinia Miller nickte kraftlos, ein paar Tränen liefen ihr die Wangen herunter. Mit erstickter Stimme fing sie an zu reden.

»Ich erzähle Ihnen einfach alles, was passiert ist. Ich habe Geräusche und Schritte im Haus und im Garten gehört, deshalb versuchte ich, meinen Bruder anzurufen. Er ging aber nicht an sein Telefon, so bin ich schließlich bei der Notrufstelle gelandet. Die wollten jemanden vorbeischicken.«

»Haben Sie sich die ganze Zeit in der Küche aufgehalten?«

»Nein, nur zum Telefonieren. Ich habe mich dort eingeschlossen, aber der Einbrecher hat es geschafft, den Schlüssel durch das Türschloss zu schieben.«

Sie musste unterbrechen, weil sie von einem Weinkrampf geschüttelt wurde.

»Ich dachte, jetzt bringt er mich um. Da habe ich mir Nicolos Messer geschnappt. Aber er kam gar nicht rein, ich weiß nicht, warum. Also hab ich mich in der Speisekammer versteckt, und kurz darauf tauchten auch schon die Polizisten auf. Ich hörte Schüsse und Geschrei, dann war alles still.« Die junge Frau stockte für einen Moment. Dann erst konnte sie weitererzählen. »Ich glaube, ich war kurz ohnmächtig. Aufgewacht bin ich erst wieder, als die anderen Polizisten ins Haus kamen. Bitte, lassen Sie mich jetzt ins Krankenhaus fahren, ich bin in großer Sorge um mein Kind.«

Sie legte ihre zitternden Hände schützend auf ihren Fünf-Monats-Bauch und sah den Commissario flehend an.

»Natürlich, kein Problem, ihr Bruder steht draußen, er kann Sie begleiten, sobald wir mit ihm gesprochen haben.«

Brassoni und Goldini warteten ab, bis Scott Miller nach seiner Schwester gesehen hatte, dann baten sie ihn in den Wohnraum. Widerwillig kam der Engländer mit.

»Sie sind mit Ihrer Schwester aus England gekommen?«, begann Goldini das Verhör und zückte seinen Notizblock.

»Ja, ich wollte sie nicht alleine lassen. Es ist so schrecklich, was mit Nicolo passiert ist.«

Brassoni beobachtete den jungen Mann, während er Goldini antwortete. Trotz der ganzen Aufregung schien er jetzt wieder souverän und abgeklärt. Er sah aus wie aus dem Ei gepellt.

An seinem linken Arm glänzte eine teure Rolex.

»Und warum waren Sie nicht im Haus, als der Einbruch passiert ist?«

»Das war mit Lavinia abgesprochen, ich hatte geschäftlich in Venedig zu tun, aber leider hat mein Geschäftspartner abgesagt, als ich schon unterwegs war. Ich wohne auch nicht hier im Haus, sondern im Palazzo meiner Familie, in San Marco direkt am Canal Grande.«

Wenn Goldini von Millers großspurigem Auftreten beeindruckt war, so ließ er sich nichts anmerken.

»Und gestern Abend, zwischen halb acht und Mitternacht, wo waren Sie da?«

Scott Miller grinste.

»In England natürlich. Bei meinen Eltern. Das soll wohl ein Scherz sein? Ich mochte Nicolo, er und meine Schwester wollten heiraten.«

Brassoni schaltete sich in die Unterhaltung ein.

»In welcher Branche sind Sie eigentlich geschäftlich tätig?«, wollte er wissen.

Miller wandte sich ihm mit einem selbstgefälligen Gesichtsausdruck zu. »Im- und Export von Lebensmitteln. Luxusware, wenn Sie verstehen was ich meine. Exquisite Weine, regionale

Delikatessen, auch aus Italien. Schinken, Trüffelöl zum Beispiel, einfach alles, was sich Menschen mit gutem Geschmack und dem entsprechenden Einkommen gerne leisten.«

Miller wurde auf einmal unruhig und rutschte auf dem weißen Lederpolster hin und her. Doch wenn Brassoni von etwas beeindruckt war, dann von der Einrichtung und Größe der Villa Zamparonis. Es war erstaunlich, über welche Einkünfte der Sternekoch verfügen musste. Allein der Flachbildschirm, der die halbe Wand gegenüber der Couch einnahm, musste ein Vermögen gekostet haben.

»Kann ich jetzt gehen, ich möchte gerne zu meiner Schwester ins Krankenhaus«, riss Miller den Commissario unwirsch aus seinen Gedanken. Doch der dachte nicht daran, sich die Spielregeln von dem jungen Emporkömmling diktieren zu lassen.

»Wie haben Sie eigentlich erfahren, dass jemand in das Haus Ihrer Schwester eingedrungen ist? Sie hat doch ausgesagt, sie hätte Sie nicht erreicht?«, wollte Brassoni noch wissen, bevor er bereit war, ihn gehen zu lassen.

»Ich habe ihre Nummer auf meinem Handy gesehen, und da mein Termin sowieso schon geplatzt war, dachte ich, es wäre ein guter Gedanke, noch mal zurückzufahren und sie ein wenig abzulenken. Als ich hier ankam, war alles voller Polizei.«

Goldini und Brassoni wechselten einen kurzen Blick, dann erlaubte Goldini Lavinias Bruder zu gehen, allerdings mit der Auflage, in Venedig zu bleiben und telefonisch jederzeit erreichbar zu sein.

»Muss meine Schwester nicht bewacht werden im Krankenhaus?«, gab er zu bedenken, bevor er ging.

»Ich glaube nicht, dass sie noch in Gefahr ist. Wenn der Täter sie hätte umbringen wollen, wäre das schon längst passiert. Wir können aber veranlassen, dass eine Wache vor ihrem Zimmer postiert wird.«

Als Miller den Raum verlassen hatte, klappte Goldini sein Notizbuch zu.

»Was hältst du von ihm?«, fragte er Brassoni.

»Ein unangenehmer Typ. Wir sollten mehr über ihn herausfinden. Mit wem er Geschäfte macht, was er verdient, ob er schon mal polizeilich aufgefallen ist. Ich frage mich, warum der Einbrecher Lavinia Miller verschont hat. Erst versucht er, die Tür aufzukriegen, und dann lässt er sie in Ruhe?«

»Du hast recht, entweder er wurde genau in dem Moment durch die Carabinieri gestört oder er hatte nie vor, ihr etwas anzutun. Vielleicht kennt er sie.«

»Das habe ich mir auch schon gedacht. Ich bin gespannt, ob in dem Haus irgendetwas fehlt, dann wüssten wir, wonach der Eindringling gesucht hat. Nunzio müsste mit seinem Team doch schon so weit sein, lass uns mal nachfragen.«

Der Kriminaltechniker war kurz nach Goldini mit seinen Mitarbeitern eingetroffen. Natürlich waren die Experten noch nicht fertig mit ihrer Arbeit, Sposato gab den beiden Kommissaren trotzdem gerne Auskunft.

»*Un momento, per favore!*«, bat er und wies die beiden mit ausgestreckter Hand an, vor dem Schlafzimmer, in dem sie ihn gefunden hatten, draußen stehen zu bleiben. »Wie ihr seht, sind wir noch lange nicht fertig, auch wenn ihr immer gerne hättet, dass wir zaubern können. Um festzustellen, ob etwas gestohlen wurde, müsst ihr mit der Hausbesitzerin sprechen. Auf den ersten Blickscheint nichts zu fehlen. Schmuck, Fernseher und andere Wertgegenstände sind noch da. Ich habe keine Inventarliste, also kann ich nichts vergleichen. Wir suchen nach Fingerabdrücken, Schuhabdrücken, Einbruchspuren. Das kann noch eine Weile dauern. Ich melde mich bei euch, wenn wir so weit sind.«

Brassoni wusste, dass sie sich damit fürs Erste zufriedengeben mussten. Aber trotzdem hatten sie schon einen Hinweis darauf, dass der Täter auf der Suche nach etwas ganz Bestimmtem gewesen war und es wahrscheinlich nicht gefunden hatte.

Während sie die Treppe zum Erdgeschoss hinabstiegen, klingelte sein Handy. Der Commissario blickte kurz auf das Display und erkannte die Nummer. Zögerlich hielt er das Telefon ans Ohr und meldete sich.

»*Ciao, Luca!*«, gurrte Maria Grazia mit ihrer samtigen Stimme.

»*Ciao, Maria!*«, grüßte Brassoni betont sachlich zurück. »Was gibt es denn?«

»Der Vice Questore will dich sehen, sobald du wieder in der Questura bist.«

»Okay, wir sind hier so weit fertig. Sonst noch was?«

Kaum hatte er diesen kleinen Satz gesagt, wusste er, dass es ein Fehlergewesen war.

»Wenn du mich so fragst – was hältst du von einem *Caffè* in der kleinen Bar, wo wir früher öfter waren. Ich habe heute eher Feierabend und würde mich gerne ein wenig mit dir unterhalten.«

Brassoni zog die Stirn kraus. Ein unverbindliches Treffen ohne Hintergedanken? Das konnte er sich nicht vorstellen. Und wäre das nicht auch Carla gegenüber unmoralisch? Dann fiel ihm ein, dass er ohnehin schon mit Caruso verabredet war.

»Tut mir leid, Maria, ein andermal vielleicht. Ich habe mit dem Fall viel zu tun, außerdem bin ich schon verabredet heute Nachmittag.«

Doch die schöne Chefsekretärin gab so schnell nicht auf.

»*Che peccato!* Schade, dann eben morgen Mittag. Keine Widerrede, ich will dich ja nicht mit Haut und Haaren verspeisen. Du brauchst dir keine Sorgen zu machen! *Ciao, Luca!*«

Verblüfft starrte Brassoni auf sein Handy. Sie hatte ihn überrumpelt. Murrend steckte er das Telefon weg. Die Sonne strahlte ungetrübt vom blauen Himmel. Kaum vorzustellen, dass es bis zum morgigen Tag einen so heftigen Wetterwechsel geben sollte. Starkregen und niedriger Luftdruck waren angesagt, alle sprachen schon davon. Vielleicht würde es das erste Mal in dieser Saison *Acqua alta* geben, was zwischen September und April immer wieder passierte, wenn auch hauptsächlich im Winter.

Brassoni wischte den Gedanken ans Wetter wieder weg und stieg mit Goldini in das Polizeiboot, das sie zurück zur Questura bringen würde. Da er noch keine andere Meldung bekommen hatte, musste er davon ausgehen, dass der Täter, der in Zamparonis Villa eingedrungen war, noch nicht gefasst wurde. Ein Wunder. Er musste sich in Luft aufgelöst haben. Auch die 9-mm-Waffe war nicht gefunden worden.

Offenbar kannte der Kerl sich gut aus auf Giudecca und war untergetaucht. Ohne jegliche Personenbeschreibung würde es schwierig sein, ihn ausfindig zu machen. Vielleicht konnte ja einer der Carabinieri eine Aussage zur Person machen, wenn er wieder auf dem Damm war. Die Möwen kreischten über dem glitzernden Meer, als sie auf die Lagunenstadt zufuhren.

Giudecca wurde nur durch den Canale della Giudecca von Venedig getrennt. Dieser Kanal war auch die größte Zufahrtsstraße für die vielen Kreuzfahrtschiffe und die Jachten der reichen Touristen, die einiges zur Zerstörung Venedigs beigetragen hatten. Die weißen Vaporetto-Busse transportierten ihre Passagiere unermüdlich entlang der vielen Haltestellen über die Wasserstraße. Vor dem Markusplatz schaukelten die schwarz-blauen Gondeln in den Wellen. Brassoni wurde beim Anblick seiner Serenissima immer wieder warm ums Herz. Er dachte an Carla, die am frühen Nachmittag nach ihrem Dienst rüber zum Lido fahren wollte, um am Strand reiten zu gehen. Sie war eine leidenschaftliche Pferdeliebhaberin, die es sich nicht nehmen ließ, bei jedem annehmbaren Wetter auszureiten. Da sie auch immer noch ihre Wohnung auf dem Lido besaß, war er ein paarmal mitgekommen, um ihr zuzuschauen und dann am Strand zu lesen. Er machte sich jedoch nichts aus Pferden, was ihre zaghaften Versuche, ihn zum Reiten mitzunehmen, zunichte machte. So ein großes Tier machte ihm irgendwie Angst, er konnte es sich nicht erklären und ließ es sich auch nicht anmerken. Schließlich wollte er vor Carla nicht wie ein Feigling dastehen. Aber sie drängte ihn nicht, und er gönnte ihr das geliebte Hobby.

Als sie am Campo San Fantin ankamen, wehte die italienische Flagge über der Questura. Brassoni wertete das als gutes Zeichen. Während Goldini weitere Auskünfte über die Millers und ihre Geschäfte einholen wollte, ging Brassoni schnurrstracks auf Roberto Morandis Büro zu.

Maria Grazia Malafante stand gerade am Kopierer, als er kam. Sie drehte sich lächelnd zu ihm um und zwinkerte ihm verschwörerisch zu. Brassoni merkte, dass er errötete und vermied es, ihr in die Augen zu schauen. Sie sah toll aus in ihrem seidig glänzenden, schwarz gemusterten Wickelkleid, das sich wie eine zweite Haut an ihre Figur schmiegte. Zum Glück riss der Vice Questore in diesem Moment seine Tür auf und begrüßte ihn mit einem »Ah, Commissario, endlich, kommen Sie bitte herein!«.

Brassoni verschwand schnell in Roberto Morandis Büro, froh, Marias Wirkungskreis entkommen zu sein.

»Commissario Brassoni, wir müssen dringend über den Fall Zamparoni reden. Wie geht es seiner Verlobten?«

Brassoni erläuterte seinem Chef, was in der Villa passiert war, und endete mit der Aussage, dass er hoffe, den Fall schnellstmöglich zu lösen.

»Mhm, nun ja, das hoffen wir alle, aber wie Sie wissen, stand Zamparoni sehr stark in der Öffentlichkeit, und seine Verlobte ist eine bekannte englische Schauspielerin. Da müssen wir mit äußerster Sorgfalt und Diskretion vorgehen.«

Brassoni war verärgert, wie immer, wenn er hörte, dass öffentliche Personen anders behandelt werden sollten als Normalsterbliche.

»Lieber Vice Questore, ich behandle alle Opfer und Zeugen mit gleicher Sorgfalt. Mein Interesse gilt immer der Aufklärung von Verbrechen und dem Schutz der Bevölkerung.«

Morandi nickte zustimmend.

»Ich weiß, ich weiß. Aber ich habe Anweisungen von ganz oben, Signora Miller und ihre Familie nicht zu sehr zu belästigen. Also halten Sie sich bitte daran!«

Brassoni verzog voller Unmut den Mund, erwiderte aber nichts weiter darauf.

»Übrigens habe ich eine erfreuliche Mitteilung für Sie. Luan Michikito, der japanische Meisterkoch, hält sich noch in Italien auf. Commissario Goldini hat ihn ausfindig gemacht, und ich habe meine Beziehungen spielen lassen. Er hat sich heute Mittag bei mir im Büro gemeldet und ist bereit, vor seiner Abreise nach Japan noch zu einem Gespräch in die Questura zu kommen. Wir erwarten ihn gegen achtzehn Uhr. Ich werde bei dem Gespräch selbstverständlich dabei sein. Seine Kochshow war wirklich sehr unterhaltsam.«

Brassoni stand auf und verdrehte die Augen angesichts Morandis Einstellung zu Prominenten. Der Vice Questore war ansonsten ein fähiger, moderner Chef, aber irgendwie veränderten sich wohl die meisten Menschen, je höher sie auf der Karriereleiter stiegen, und entwickelten einen Hang dazu, ihre früheren guten Vorsätze, was die Gleichbehandlung aller Menschen ohne Ansicht von Status und Person anging, über den Haufen zu werfen.

Kapitel 12

Carla Sorrenti verließ ihren Arbeitsplatz gegen fünfzehn Uhr. Sie war seit frühmorgens auf den Beinen und freute sich, dass ihre Schicht jetzt zu Ende war. Sorgsam verstaute sie ihren Arbeitskittel in der dafür bereitstehenden Wäschekiste, machte sich im angrenzenden kleinen Duschbad ein wenig frisch und dachte voller Vorfreude auf den bevorstehenden Ausritt mit ihrem geliebten Apollo, einem schwarzbraunen Wallach, den sie schon seit vier Jahren besaß.

Kurz überlegte die Gerichtsmedizinerin, ob sie Luca anrufen sollte, entschied sich aber dagegen, weil sie wusste, dass er mit dem aktuellen Fall viel zu tun hatte. Stattdessen entschied sie sich dafür, einen kleinen Spaziergang bis zur Questura zu unternehmen, um sich selber zu vergewissern, ob er fünf Minuten Zeit für sie erübrigen konnte. Gemächlich schlenderte sie in der Nachmittagssonne vom Krankenhaus in Castello aus Richtung Rialto, wo sie einen Zwischenstopp in ihrer Lieblingsgelateria machte und ein großes Eis mitden Sorten *fragole, limone und stracciatella* bestellte.

Genüsslich löffelte sie das kühle Eis aus dem Becher, während sie die Touristen beobachtete.

Die meisten trugen eine Sonnenbrille, einige schleppten Rollkoffer hinter sich her, und wieder andere fotografierten voller Begeisterung alles, was ihnen vor die Linse kam. Für Carla waren solche Momente eine Oase der Erholung, denn hier war sie endlich unter lebendigen Menschen inmitten dieser wunderbaren Stadt.

Sie stellte sich eine Weile auf die Rialtobrücke und dachte an Nicolo Zamparoni, den man hier tot aus dem Wasser gefischt hatte. Bei der Obduktion hatte sich noch herausgestellt, dass der Sternekoch Kokain zu sich genommen hatte, und das offenbar nicht das erste Mal. Aus diesem Grund hatte die Pathologin den Bericht mitgenommen, um ihn Luca Brassoni persönlich zu überreichen.

Gut gelaunt sah sie auf die Uhr und stellte fest, dass es höchste Zeit wurde, zur Questura zu gehen, wenn sie Luca noch sehen wollte.

Mit freudigen Schritten erreichte sie den Campo San Fantin, grüßte den Wachposten vor der Questura und trat in das ehrwürdige Gebäude ein. Leichtfüßig nahm sie die Treppe zu Lucas'Etage. Oben angekommen, wollte sie gerade über den Flur zu seinem Büro gehen, als das, was sie zufällig sah, ihr den Atem stocken ließ: Luca Brassoni stand nahe bei seiner ehemaligen Geliebten Maria Grazia Malafante, so nah, dass ihre Köpfe sich berührten. Die Chefsekretärin fuhr mit der Hand liebevoll über Lucas' Kopf, dann gab sie ihm einen Kuss auf die Stirn. Brassoni nahm Maria Grazias Hand und drückte sie zärtlich. Die beiden waren immer noch ein Liebespaar!

Carla atmete tief ein und versuchte sich zu beruhigen. Dieser Schuft! Sie hatte ihm vertraut, sogar überlegt, mit ihm zusammenzuziehen. Wie konnte er ihr das nur antun! In einem Anfall von Wut machte sie auf dem Absatz kehrt. Fast hätte sie Maurizio Goldini umgerannt, dem sie nun kommentarlos den Bericht in die Hand drückte, um anschließend tränenüberströmt die Treppe hinunterzustolpern. Zur Hölle mit Luca Brassoni!

Maurizio Goldini sah der Gerichtsmedizinerin verstört nach. Was war denn nur in sie gefahren? Kopfschüttelnd ging er weiter, sah Brassoni in sein Büro gehen und rief laut nach ihm.

»Luca, warte, ich hab noch ein paar Neuigkeiten für dich, bevor du dich mit deinem Cousin triffst.«

Der Commissario winkte ihn in sein Zimmer. Er war noch ganz aufgewühlt von dem, was Maria Grazia ihm soeben erzählt hatte.

»Setz dich, Maurizio. Ich war grade beim Vice Questore, er hat uns zur Auflage gemacht, Familie Miller nicht zu belästigen. Befehl von ganz oben.«

Goldini stieß einen Pfiff aus. Dann entblätterte er ein Stück Zartbitterschokolade aus seiner Jackentasche, das er sehnsüchtig ansah.

»*Che bello!* Und wie bitte sollen wir dann ermitteln? Ich habe nämlich interessante Neuigkeiten über Scott Miller herausgefunden. Ein paar Telefonate und Recherchen, und es war klar, dass unser reicher Erbe pleite ist. Sein Im- und Exportgeschäft läuft nämlich alles andere als gut. Miller hat die Schule nach der mittleren Reife abgebrochen, eine Weile vom Geld seiner Eltern gelebt und sich dann als Geschäftsmann selbständig gemacht, meistens wenig erfolgreich. Er ist auch an verschiedenen Baufirmen beteiligt. Wovon er aktuell lebt, ist unklar. Auf jeden Fall kann er hier in Venedig umsonst in dem Palazzo seiner Großmutter wohnen. Ein Traumdomizil direkt am Canal Grande.«

Er steckte sich das Stückchen Schokolade in den Mund.

Brassoni war nicht überrascht. Es war noch nicht klar, ob diese Fakten für den Fall relevant waren, zumindest waren sie aufschlussreich.

»Ich habe nachgedacht, Mauro. Roberta Clemente sollte aus dem Weg geräumt werden, da bin ich mir sicher. Sie weiß etwas oder war an etwas beteiligt. Der Überfall in der Nacht war kein Zufall. Lavinia Miller hingegen wurde verschont – der Täter mag sie, oder sie ist für ihn nutzlos. Er hat in Zamparonis Haus etwas vermutet, was ihm gehört oder was er unbedingt haben will. Der Schlüssel zu dem Ganzen könnte in den Geschäftsbeziehungen liegen, die Zamparoni hatte. Da müssen wir noch ein bisschen nachstochern. Ich glaube nicht mehr, dass das Mordmotiv im privaten Bereich liegt, trotz des Messerstichs ins Herz. Wir müssen herausfinden, woher der Täter das Kugelfischgift hatte. Erstell eine genaue Liste von allen Personen, die zuletzt in Michikitos Kochshow waren. Einer davon muss unser Mörder sein. Vielleicht kann uns der japanische Koch dabei helfen, oder er hatte womöglich selber ein Motiv? Ich würde nichts ausschließen.«

Goldini wollte den Gedanken an einen Nebenbuhler Zamparonis noch nicht so ganz verwerfen.

»Wir haben Signora Miller noch nicht nach dem Vater ihres Kindes gefragt. Sie ist eine sehr schöne Frau und kommt viel rum, wer weiß was da alles so abgeht in ihrer Branche. Vielleicht hat der Täter den Bericht über den Vaterschaftstest gesucht, der irgendwo im Haus liegt? Ich weiß nicht, ob man wegen einer solchen Sache zum Mörder wird, aber ich habe schon niedere Beweggründe erlebt.«

Brassoni zweifelte immer noch an dieser Version.

»Wir werden sehen. Was hast du mir da mitgebracht?«

Er zeigte auf den Autopsiebericht, den Goldini in der Hand hielt.

»Ach ja, den hat Carla Sorrenti mir vorhin in die Hand gedrückt. Sie hatte es eilig und war sofort wieder verschwunden. Keine Ahnung, was los war.«

Brassoni wurde bleich. Hatte Carla ihn und Maria Grazia gesehen? Dann hatte sie womöglich falsche Schlüsse gezogen. Er musste sie sobald wie möglich anrufen.

Goldini reichte ihm den Bericht und wartete, bis Brassoni alles gelesen hatte.

»Und, gibt's was Neues?«, wollte er wissen.

»Wenn du es selbst noch nicht gelesen hast – Zamparoni nahm Drogen, in diesem Fall Kokain. Das wirft ein ganz neues Licht auf ihn und erweitert den Täterkreis. Wer war sein Dealer, woher bezog er den Koks?«

Der Commissario sah auf seine Uhr.

»Mauro, ich muss los. Du weißt, Caruso hat uns schon oft

wertvolle Tipps geben können. Und einen Caffè könnte ich jetzt auch brauchen. Kümmerst du dich um die Berichte und gehst noch mal zu Roberta Clemente? Vielleicht ist sie heute Nachmittag gesprächiger.«

Als Goldini sein Büro verlassen hatte, griff Brassoni sofort zu seinem Handy und wählte Carlas Nummer. Nach viermaligem Tuten sprang die Mobilbox an. Der Commissario versuchte es noch einmal, aber wieder lief nur das Band, auf dem man Sprachnachrichten hinterlassen konnte.

»Carla, Liebes, ruf mich doch bitte mal zurück. Ich muss unbedingt mit dir sprechen!«, stotterte Brassoni ungelenk auf die Mobilbox. Er hasste Anrufbeantworter. Seufzend steckte er das Handy wieder weg. Es war Zeit für einen Besuch im Caffè Florian. Trotz des schönen Wetters hatte er mit seinem Cousin im Inneren des dreihundert Jahre alten Nobeletablissements seinen Stammplatz, denn den Musikzuschlag von knapp sechs Euro sparten sich die beiden gerne, weil sie sich lieber in Ruhe unterhielten. Obwohl das Salonorchester wirklich gut spielte.

Als Brassoni im Florian eintraf, saß sein Cousin Stefan schon auf seinem Platz und hatte einen Cappuccino vor sich stehen. Der holz- und spiegelgetäfelte Raum mit den rotgepolsterten Holzstühlen strahlte eine gediegene, aber dennoch gemütliche Atmosphäre aus. Erschöpft von den Ereignissen des Tages ließ Brassoni sich auf seinen Sitzplatz fallen und bestellte sich einen doppelten Espresso.

Stefan, der von allen Freunden nur Carusogenannt wurde, zog die Kopfhörer seines iPods aus den Ohren und begrüßte Brassoni gutgelaunt wie immer. Seine blonden Haare waren frisch geschnitten. Aus seinen blauen Augen blitzte der Schalk.

»Altes Haus, was machst du für ein Gesicht? Das Wetter ist herrlich, wir sind gesund – was wollen wir mehr? Welche Laus ist dir denn über die Leber gelaufen?«

Brassoni musste unwillkürlich lächeln.

»Ich wünschte, ich wäre ein geborener Optimist, so wie du.

Wenn du es genau wissen willst, ich habe ein ziemlich dummes Beziehungsproblem, und in unserem Fall kommen wir auch nur langsam weiter.«

Caruso erhob den Zeigefinger.

»Aha, und da dachtest du, dein lieber Cousin könnte dir weiterhelfen, stimmt's?«

Jetzt konnte Brassoni sich ein Grinsen nicht verkneifen.

»Du kennst mich wirklich gut, mein Lieber. Aber ich freue mich in jedem Fall immer sehr auf unsere Treffen hier im Florian, das solltest du wissen.«

»Dann schieß mal los, und das meine ich jetzt nicht wörtlich!«, forderte Caruso ihn auf.

Brassoni nahm einen Schluck Espresso und biss ein Stück Keks ab, der auf dem Rand des Untertellers lag.

»Kennst du Lavinia und Scott Miller?«

Caruso machte große Augen.

»Du meinst die Schauspielerin, deren Verlobter gestern Abend tot aus dem Canal Grande gefischt wurde?«

Brassoni nickte.

»Sicher kenn ich die. Einer meiner besten Freunde ist Ottavio Russo, der Chefredakteur dieses Revolverblatts, das über Prominente schreibt. Er hat im Sommer auf seinem Ferienanwesen in Lido di Jesolo zwei Partys gegeben, da hab ich die beiden und auch Nicolo Zamparoni kennengelernt. Ein toller Koch übrigens, dieser Zamparoni. Ich war auch schon mal mit Francesco im ›Al Gambero‹ auf Giudecca essen. Schade um ihn.«

Francesco war Carusos langjähriger On- und Off-Freund, ein italienischer Journalist.

»Und was weißt du über diese Leute? Gibt es irgendwelchen ernst zunehmenden Klatsch, Gerüchte?«

Caruso überlegte kurz.

»Na ja, Scott Miller ist ein stadtbekannter Casanova und Glücksspieler. Wenn er in Venedig ist, lässt er jedes Mal eine Menge Geld im Casino. Richtig arbeiten tut er wohl nicht. Außerdem war er früher mal Amateurboxer, auf der letzten Party hatte er einen Streit mit einem Typen, der das gleiche Mädchen angebaggert hat wie er selber. Dem hat er eins auf die Nase gegeben, *mamma mia*!«

Caruso imitierte in Zeitlupe den Schlag mit der Faust ins Gesicht.

»Und Signora Miller und der Sternekoch?«

»Die schienen mir überaus verliebt zu sein. Lavinia Miller ist eine sehr schöne Frau, die jeden sofort in ihren Bann zieht. Liebenswürdig, aufmerksam, niemals herablassend – ich fand sie sympathisch. Und Nicolo Zamparoni war sehr charismatisch und selbstbewusst. Man erzählte sich, dass er überaus ehrgeizig war und fleißig an seiner Karriere geschraubt hat. Böse Zungen behaupten, dass er nur mit Miss Miller zusammen war, damit er seine Fernsehsendung bekam, aber diesen Eindruck hatte ich nicht.«

»Hast du mal was davon gehört, dass Zamparoni gekokst hat, vielleicht sogar auf einer dieser Partys?«

Der Journalist war entrüstet.

»Also, Luca, du weißt, dass ich Drogen verabscheue. So etwas habe ich nicht mitbekommen, aber wenn das wahr ist, kann ich es herausfinden.«

»Und wie sieht es aus mit einem Nebenbuhler? Gibt es Gerüchte, dass Lavinia ihren Verlobten mal betrogen hat? Sie ist doch schwanger, aber man hat bei Zamparonis Obduktion festgestellt, dass er zeugungsunfähig war.«

Jetzt war Caruso geschockt.

»Du meine Güte, er ist gar nicht der Vater des Kindes? Ich weiß nichts dergleichen. Auf einer der Partys war auch ihr Filmpartner, dieser berühmte, gutaussehende Hollywoodschauspieler, Jamie Stenton. Gut, er hat Lavinia angehimmelt, aber ob da was gelaufen ist ...Ich werde mich umhören, wenn es dir hilft, versprochen!«

Den Rest der Zeit genossen die beiden ihren Kaffee und unterhielten sich privat. Brassoni erzählte von dem nachmittäglichen Vorfall zwischen ihm, Maria Grazia und Carla.

»Das musst du unbedingt klären, Luca. Carla ist eine tolle Frau, und man hat in der letzten Zeit richtig gemerkt, dass sie dich glücklich macht. Wirf das nicht weg, Kumpel!«, ermahnte Caruso seinen Cousin.

»Übrigens, was hältst du davon, diesen Winter mit mir, Francesco und Carla für eine Woche nach Bad Tölz in den Schnee zu fahren? Ich habe ein bisschen Sehnsucht nach meiner deutschen Heimat. Du könntest mit Carla über die Weihnachtsmärkte schlendern, Glühwein trinken und ihr das Land deiner Vorfahren näherbringen. Was hältst du davon?«

Brassoni gefiel der Gedanke, mit Carla in Bayern Urlaub zu machen.

»Ich spreche mit ihr, aber ich weiß nicht, ob sie das zurzeit überhaupt noch will.«

»Ach, das wird schon. Wenn sie erst mal weiß, um was es wirklich ging mit Maria …«

Brassoni war sich da nicht so sicher.

Kapitel 13

Rosa Alvarella, von allen nur »Die Kräuterhexe von Giudecca« genannt, hatte ein wettergegerbtes Gesicht. Sie trug zum Schutz vor der Sonne ein buntes Kopftuch, das ihre langen grauen Haare verbarg. Niemand wusste, wie alt sie genau war, aber jeder Einwohner Giudeccas und Venedigs, der sie kannte, hatte Ehrfurcht vor ihrem Wissen über die vielfältigen Heilwirkungen der Kräuter. Besonders die Alten und Kranken wandten sich an sie, wenn der Arzt bei chronischen Leiden oder kleineren Unpässlichkeiten nicht weiterhelfen konnte.

Rosa wusste immer, welches Gebräu gegen eine bestimmte Krankheit helfen konnte. Man musste nur daran glauben. Von den studierten Medizinern kritisch beäugt, versah sie ihre »Tätigkeit« trotz aller Widerstände schon ihr ganzes Leben. Das Wissen um die Heilkräuter hatte sie von ihrer Mutter und Großmutter übernommen. Das Erstaunliche war, das Rosa Alvarella selbst in ihrem gesamten Leben wirklich noch nie einen Arzt gebraucht hatte. Gerade deshalb vertrauten ihr die Leute und kamen heimlich in der Abenddämmerung zu ihr in ihr kleines Häuschen, um sie um Rat zu fragen.

Der Garten ihres Hauses war groß und voller geheimer Pflanzen und Kräuter, aber die Kräuterhexe ging trotzdem zuweilen los, um auf den wilden Wiesen hinter der Ruine einer alten Nudelfabrik Nachschub für ihre Tees und Tinkturen zu sammeln.

Heute war ein ruhiger, schöner Tag. Ein sanfter Wind ließ die Blätter der Büsche rund um die verwilderte Wiese leise rascheln. Rosas Gang war trotz ihres hohen Alters leicht und geschmeidig, einzig der Rücken machte ihr zu schaffen. Mit nachdenklichem Blick sah sie über das brachliegende Areal. Viel war in diesem Herbst nicht mehr zu holen. Dies würde das letzte Mal sein, dass sie sich auf der Wiese umsah. Über den Winter trocknete sie die Kräuter in ihrem Schuppen, manche wanderten auch in die kleine Gefriertruhe, die in ihrer Küche neben dem Herd stand.

Aufmerksam durchforstete sie die Stellen, an denen Pflanzen wuchsen, die sich für ihre Rezepte eigneten. Ihr Gesicht hatte immer einen leicht griesgrämigen Ausdruck, obwohl sie von Natur aus liebenswürdig und einfühlsam sein konnte. So manch einer fürchtete aber auch ihre Flüche und die verschwörerisch vor sich hin gemurmelten Sprüche, wenn sie Patienten behandelte. Man konnte ja nie wissen, was sie einem an den Hals hexte.

Rosa Alvarella zog ihren braunen Umhang ein wenig fester um die Schultern und bückte sich ächzend nach einem Objekt ihrer Begierde, als sie aus dem Augenwinkel einen dunklen Schatten im hohen Gras vor der Mauer der Ruine ausmachte.

Argwöhnisch verengten sich ihre kleinen grauen Augen. Sie stieß einen tiefen Seufzer aus, weil sie unterschwellig spürte, dass Gefahr und Tod von dem Objekt ausging, das verborgen unter zahlreichen Steinen begraben lag. Doch sie hatte keine Angst, nur Respekt, und so entschloss sie sich an diesem späten Nachmittag, nachzusehen, was sich am Rande der Wiese ereignet hatte.

Mit vorsichtigen Schritten näherte sie sich der Mauer, die Augen wachsam wie ein Luchs auf die Umgebung gerichtet. Was sie dann schließlich sah, erschütterte sie bis ins Mark. Ein junger Mann lag mit einer Schussverletzung am Kopf seltsam verrenkt unter den Trümmern. Sein Gesicht war blutüberströmt. Er konnte noch nicht älter als Anfang, Mitte zwanzig gewesen sein. Rosa schlug die runzeligen Hände vors Gesicht. Sie wusste sofort, dass ihm nicht mehr zu helfen war.

Eilig drehte sie sich um, ihren langen Rock über das Gras schleifend, und lief, so schnell sie konnte, zu ihrer Nachbarin, die eines dieser neuzeitlichen Handys besaß. Sie betete, dass die Polizei den Übeltäter so bald wie möglich finden würde, damit wieder Frieden auf Giudecca einkehrte.

Maurizio Goldini musste vor Roberta Clementes Krankenzimmer eine halbe Stunde warten, denn sie war noch nicht wieder aus der Narkose erwacht. Als der behandelnde Arzt aus dem Zimmer kam, schüttelte er den Kopf und zog den Commissario zur Seite.

»Hören Sie, Commissario, das wird heute nichts mehr mit der Befragung. Die Operation hat länger gedauert als geplant, und Signorina Clemente schläft jetzt. Sie ist noch nicht ganz bei sich. Kommen Sie morgen wieder, dann können Sie bestimmt mit ihr sprechen.«

Goldini hob bedauernd die Hände.

»Natürlich, das verstehe ich. Sie ist eine wichtige Zeugin in einem Mordfall, deswegen bin ich hier, das wissen Sie ja bereits. Sagen Sie, hatte sie noch Besuch vor ihrer Operation? Freunde oder Verwandte vielleicht?«

Dottor Bianchi, mit dem Goldini am Mittag schon das Vergnügen gehabt hatte, schob seinen Zeigefinger unter seiner Nase hin und her und überlegte. Schließlich rückte er seine Brille zurecht.

»Also, wenn ich mich recht erinnere, dann war kurz nach Ihnen ein ziemlich aufgeregter junger Mann hier. Die Schwestern wollten Signorina Clemente gerade für die Operation vorbereiten, da kam er hereingestürmt und bat darum, wenigstens fünf Minuten mit ihr reden zu dürfen. Wir haben es ihm erlaubt, aber die beiden haben sich wohl gestritten, und die junge Frau hat sich sehr aufgeregt, deswegen mussten wir ihn bitten, wieder zu gehen.«

»Konnten Sie hören, worüber die beiden gesprochen haben?«

Der freundliche Arzt zuckte mit den Schultern.

»Das war nicht zu überhören, zumindest teilweise. Er sagte immer wieder zu ihr: ›Darum ging es also? Warum hast du mir das nicht schon eher erzählt? Ich werde es ihm heimzahlen‹, und so weiter. Er war richtig in Rage, und die Signorina fing an zu weinen. Sie war durch die Beruhigungsmittel schon gar nicht mehr ganz bei sich.«

»Wissen Sie, wie der junge Mann hieß?«

»Sie hat ihn Marco gerufen, ja, das war wohl sein Name. ›Bitte, misch dich nicht ein, es könnte gefährlich sein, Marco! ‹, rief sie ihm noch hinterher. Aber der junge Mann sah nicht so aus, als wollte er sich so bald wieder beruhigen.«

Diese Entwicklung war brisant. Goldini bedankte sich bei Doktor Bianchi, der weiter zu seiner Visite musste. »*Mille Grazie, Dottor Bianchi,* Sie haben mir sehr geholfen. Ich wünschte, alle Ärzte wären so nett wie Sie!«

Der Arzt hob die Hand zum Gruß und lächelte geschmeichelt. Dann verschwand er im nächsten Zimmer.

Goldini suchte sich Marcos Telefonnummer heraus und versuchte, direkt von seinem Handy aus den Jungkoch zu erreichen. Da heute der Ruhetag des Restaurants war, konnten sich die Angestellten aufhalten, wo sie wollten, das machte die Sache nicht einfacher. Roberta Clemente hatte ihrem Arbeitskollegen also wahrscheinlich erzählt, was sie der Polizei verheimlicht hatte. Möglicherweise den Grund, weshalb sie überfallen worden war. Wenn der junge Mann nur nichts Unüberlegtes tat!

Ungeduldig wartete der Commissario darauf, dass Marco abnahm, aber es sprang bei jedem Versuch nur die Mailbox an. Verdrossen brach er die Anrufe ab und überlegte, was zu tun war. Mit einem Mörder war nicht zu spaßen, egal um was es ging. Entschlossen rief er in der Questura an und bat den diensthabenden Beamten, eine Fahndung nach Marco Carrisi herauszugeben. Er musste gefunden werden, bevor ein weiteres Unglück passierte.

Und Goldini hatte so eine Ahnung, dass Zamparoni nicht die einzige Leiche in diesem Fall bleiben würde. Wenn sie doch nur endlich wüssten, was das Motiv für den Mord an Nicolo Zamparoni war. Er musste unbedingt noch einmal mit dem Hoteldirektor und dem Souschef des »Palazzo Callieri« reden. Wenn etwas im Restaurant vor sich gegangen war, so mussten die beiden doch davon gewusst haben.

Als Goldini in die Questura zurückkehrte, war alles in heller Aufregung.

»Man hat eine Leiche gefunden, auf einer Wiese auf Giudecca!«, raunte ihm einer der Beamten zu, die abwechselnd Dienst am Empfang der Polizeistation verrichteten.

»Konnte der Leichnam schon identifiziert werden?«, wollte Goldini sofort wissen.

»Laut der Unterlagen, die er bei sich hatte, ein gewisser Marco Carrisi. Er wurde erschossen. Die Kugeln haben wohl das gleiche Kaliber wie bei dem Einbruch bei Signora Miller.«

Der Commissario fuhr sich entsetzt durch seine dunklen Locken.

»Wer hat ihn denn gefunden?«

Der Beamte überlegte kurz, dann antwortete er mit einem schiefen Lächeln:

»Rosa Alvarella, die Kräuterhexe von Giudecca. Sie ist eine entfernte Cousine meiner Mutter.«

Maurizio Goldini entfuhr ein leises Stöhnen. Er hatte schon einige Schauergeschichten über die Kräuterhexe gehört, einmal war sie von einem der hiesigen Hausärzte wegen Kurpfuscherei verklagt worden.

»Wie ist sie auf Carrisi gestoßen? Hat sie etwas mit seiner Ermordung zu tun?«

Der Beamte riss entrüstet die Augen auf.

»*Ma no, Commissario!* Rosa könnte doch niemals jemandem etwas Böses antun. Sie wollte ein paar Pflanzen sammeln, da hat sie ihn gefunden. Sie hat sich sofort bei uns gemeldet.«

»*Merde!*«, entfuhr es Goldini. Er hatte doch geahnt, dass der Jungkoch eine Dummheit begehen würde.

»Commissario Brassoni ist übrigens bereits am Tatort. Wir haben ihn auf seinem Diensthandy informiert. Sie sollen hier auf ihn warten, falls er nicht rechtzeitig zu dem Termin mit einem gewissen Luan Miki … äh, Moment mal, hier steht's … ach ja, Michikito wieder im Haus ist.«

Der stämmige Polizist mit der Physiognomie eines Elefanten und dem Gemüt eines Faultieres schüttelte resigniert den Kopf.

»Mit ausländischen Sprachen hab ich's nicht so.«

Goldini klopfte ihm beruhigend auf die Schulter.

»Macht nichts, ich weiß ja, um wen es geht. Informieren Sie mich bitte, wenn es etwas Neues gibt. Ich bin in meinem Büro und versuche Commissario Brassoni zu erreichen.«

Der Beamte nickte gehorsam.

Goldini wählte schon auf dem Weg zum Büro Brassonis Nummer.

Nach fünfmaligem Klingeln nahm er endlich ab.

»*Ciao, Luca,* ist es wirklich wahr? Jemand hat Marco Carrisi ermordet?«

»Genauso ist es. Er hat zwei Schüsse abbekommen. Einen in den Rücken und einen tödlichen Schuss in den Kopf. Er hat wohl noch versucht wegzulaufen …«

»Luca, ich war eben bei Roberta Clemente im Krankenhaus. Sie war noch nicht vernehmungsfähig, aber laut ihrem behandelnden Arzt war der Kochlehrling heute Mittag bei ihr. Sie muss ihm etwas erzählt haben, was ihn sehr aufgeregt hat. Daraufhin ist er aus dem Krankenhaus gestürmt.«

»Ist gut, Mauro. Da ich ohnehin noch auf Giudecca bin, werde ich dem ›Palazzo Callieri‹ einen Besuch abstatten. Mal sehen, wie es mit Scalfas und da Silvas Alibi ausschaut. Hast du schon was von den beiden verletzten Carabinieri und Ispettore Colludi gehört?«

»Ja, Colludi hat zum Glück nur eine Gehirnerschütterung

erlitten, ebenso wie einer der Carabinieri. Der andere wurde operiert, ist aber nicht in Lebensgefahr. Und Signora Miller soll schon wieder aus dem Krankenhaus entlassen worden sein, sie ist jetzt bei ihrem Bruder hier in San Marco.«

Kapitel 14

Luca Brassonis Blick schweifte von Rosa Alvarella, deren ärmliche Kleidung abgenutzt, aber sauber im Licht der Sonne in den verschiedensten Farben leuchtete, zum Horizont Richtung Lido, wo er Carla Sorrenti an der Küste entlang auf ihrem Pferd vermutete. Sie hatte sich immer noch nicht gemeldet, und dem Commissario fiel es schwer, den Gedanken an sie zu unterdrücken.

Am Himmel flog ein Schwarm Vögel in dichter Formation über die Insel hinweg. Brassoni sah ihnen zu, bis sie immer kleiner wurden und zwischen dem hellen Blau des Himmels und einigen weißen Quellwolken verschwunden waren.

Dann zwang er sich, sich wieder auf seine Arbeit zu konzentrieren. Die Leute von der Spurensicherung durchkämmten immer noch in ihren weißen Schutzanzügen den Bereich des Tatorts, um nach Hinweisen auf den Täter zu suchen. Mehrere Schuhabdrücke waren schon gefunden worden, von denen die Kollegen Gipsabdrücke machten in der Hoffnung, dass einer davon dem Mörder gehörte. Nachdem die Leiche des Jungkochs abtransportiert war, wandte sich Brassoni noch einmal der Kräuterhexe zu.

»Signora Alvarella, Sie haben wirklich niemanden gesehen in der Nähe der Wiese? Vielleicht, als Sie gekommen sind? Der junge Mann ist noch nicht allzu lange tot, die Schüsse müssen also unmittelbar vor Ihrem Eintreffen gefallen sein.«

Die Kräuterhexe schüttelte den Kopf.

»Wissen Sie, Commissario, ich verrate Ihnen ein Geheimnis,

aber nur, wenn Sie es nicht weitererzählen. Ich habe Schwierigkeiten mit dem Gehör. An manchen Tagen ist es schlimm, so wie heute, zumindest auf dem einen Ohr.«

Sie deutete mit dem Zeigefinger auf ihr rechtes Ohr.

»Auf dem Weg zur Wiese habe ich nicht mitbekommen, dass jemand geschossen hat. Und gesehen habe ich auch niemanden. Es ist eine Schande, dass Menschen sich gegenseitig so etwas antun. Bisher war es immer so friedlich hier bei uns. Manchmal bin ich froh, dass ich schon so alt bin. Mein Leben war erfüllt und ist voller guter Erinnerungen. Ich habe vielen Menschen helfen können, das war mir immer wichtig.«

Brassoni betrachtete die alte Frau plötzlich mit anderen Augen. Er hielt nicht viel von Kräuterhexerei und alternativer Medizin. Aber vielleicht war für manche Menschen ja schon die Art von Zuwendung wichtig, die sie ihnen gab, um gesund zu werden. Welcher Arzt nahm sich denn heute noch richtig Zeit für die Sorgen und Nöte seiner Patienten.

»Signora Alvarella, wenn Ihnen noch etwas einfällt, können Sie mich jederzeit in der Questura anrufen. Ich wünsche Ihnen, dass Sie noch lange bei guter Gesundheit bleiben. Und vielleicht sollten Sie wegen ihrem Ohr doch einmal einen Arzt aufsuchen.«

Die Kräuterhexe lächelte verschmitzt, und Brassoni spürte unterschwellig, dass sein Ratschlag bei ihr nicht auf fruchtbaren Boden fallen würde. Jeder Mensch hatte eben seine eigene Lebensphilosophie. Nachdenklich sah er ihr nach, als sie mit ihrem langen Rock und dem großen Lederbeutel vom Grundstück schlurfte. Vielleicht war das Geheimnis eines glücklichen Lebens ja, in sich zu ruhen und sich genug Zeit für die wirklich wichtigen Dinge zu nehmen.

Der Commissario schwor sich, ab jetzt mehr auf sein Privatleben zu achten. Und seine Eltern, die ihren Ruhestand wegen gesundheitlicher Probleme auf Sardinien verbrachten, würde er demnächst zu sich einladen, um sie wieder öfter zu sehen. Das

Leben konnte so kurz sein, da durfte man keine Zeit verschwenden. Nunzio Sposato riss ihn unsanft aus seinen Gedanken.

»Luca, ich hab' hier was für dich. Ein paar Meter entfernt vom Fundort der Leiche des jungen Mannes lag ein kleiner abgerissener Zettel im Gras. Ich habe versucht, ihn zu entziffern, aber schau du ihn dir bitte noch mal an.«

Brassoni nahm das Tütchen mit dem Papierfetzen und kniff angestrengt die Augen zusammen, um die Zahlen auf dem Zettel entziffern zu können. Nicht mehr lange, und er würde eine Lesebrille brauchen.

»Sieht aus wie eine Telefonnummer, was meinst du?«

»Ja, das denke ich auch. Vielleicht stammt der Zettel von Carrisi, wer weiß!«

Brassoni notierte sich die Nummer direkt in sein Handy und wählte neugierig Ziffer für Ziffer.

Erst tutete es ein paarmal, dann war die Verbindung beendet.

»Keine Mobilbox, kein Name. Da werden die Spezialisten sich drum kümmern müssen«, sagte er enttäuscht zu Sposato und gab ihm das Beweisstück zurück.

Tomaso Pippo, der neue Kriminaltechniker in Sposatos Team, stieß auf einmal einen lauten Triumphschrei aus. Überrascht sahen Brassoni und Sposato in die Richtung, aus der der Schrei gekommen war. Sposato rollte genervt mit den Augen.

»Muss er sich immer so aufspielen«, seufzte er müde.

»Commissario, ich habe die Pistole gefunden!«, schallte es nun etwa hundert Meter vom Tatort entfernt nahe der alten Mauer.

Brassonis Puls beschleunigte sich augenblicklich. Rasch lief er zu dem jungen Mann, Sposato im Schlepptau.

»Zeigen Sie mal!«, forderte der Commissario Pippo auf, als er endlich etwas außer Atem bei ihm angekommen war. Zum Glück trug Brassoni noch seine Latexhandschuhe.

Konzentriert untersuchte er die Waffe.

»Tatsächlich, eine 9-Millimeter, die passt zu beiden Tatorten.

Warten wir ab, was die Ballistiker dazu sagen. Wenn wir Glück haben, können sie uns sogar etwas zur Herkunft der Waffe mitteilen. Seht mal hier, die Seriennummer ist noch ganz gut zu erkennen.«

Pippo stand mit stolzgeschwellter Brust neben den beiden erfahrenen Männern.

»Gut gemacht, Tomaso. Das war ganz exzellent!«, lobte ihn Brassoni.

»Wo haben Sie sie gefunden?«

Pippo zeigte auf eine Spalte in der Mauer.

»Hier zwischen den Steinen. Offensichtlich hatte der Täter es eilig, denn er hat die Waffe nur unzureichend abgedeckt. Sie lag einfach dazwischen.«

Auch Nunzio Sposato nickte seinem Mitarbeiter anerkennend zu.

»Prima, Tomaso. Aber jetzt kümmern Sie sich bitte um die Analyse der Bodenproben aus den Fußabdrücken, die wir in der Nähe des Tatorts gefunden haben. Sie sind mir für diesen Teil der Beweisaufnahme verantwortlich, verstanden?«

Pippo nickte eifrig und verschwand eilig mit seinem Equipment.

»Sei doch nicht immer so streng mit dem Jungen, Nunzio. Er ist so voller Motivation und Ehrgeiz. Er will seinen Job eben gut machen«, raunte Brassoni seinem Kollegen zu.

»Ich weiß, er ist einer meiner Besten. Aber das muss er ja nicht wissen, sonst steigt es ihm noch mehr zu Kopf. Er muss lernen, sachlicher und ruhiger zu werden. In unserem Job ist Präzision und Gelassenheit gefragt, sonst übersieht man leicht mal etwas.«

Endlich hatten sie die Tatwaffe gefunden. Brassoni hoffte, dass die Spur zum Täter dadurch enger wurde. Stück für Stück würde er sich an ihn herantasten, bis er schließlich die Schlinge zuziehen konnte. Er würde die Wache vor Roberta Clementes Zimmer verdoppeln, möglicherweise war sie die Kronzeugin in einem spektakulären Mordfall. Sie mussten so bald wie möglich mit ihr sprechen. Aber jetzt würde er sich erst einmal Matteo Scalfa und da Silva vorknöpfen.

Der Hoteldirektor hatte eine kleine Wohnung im Dachgeschoss des Hotels Callieri, und der Souschef wohnte in einer nahegelegenen Apartmentanlage. Brassoni beschloss, zuerst sein Glück bei Matteo Scalfa zu versuchen.

Es war immer noch sehr warm, ein wunderschöner Septembertag. Die weißgestrichenen Holzlatten der Zäune schimmerten in der milden Nachmittagssonne. Der Commissario sah im Vorbeigehen einen Garten mit blühenden Rosen, Efeu, Oliven- und Feigenbäumen und einem Kräuterbeet mit duftendem Basilikum, der ihn sofort an die *Rigatoni genovese* seiner Mutter erinnerte.

Brassoni sog die Aromen ein. Wer weiß, wenn er nicht Polizeibeamter geworden wäre, vielleicht hätte er sich dann auch für die Laufbahn eines Spitzenkochs entschieden. Aber vor zwanzig Jahren erschien ihm Kochen eher als Hobby denn als Beruf.

Der Commissario studierte die Klingelschilder an Scalfas Wohnanlage. Schon der dritte Name war der richtige, und Brassoni drückte entschlossen auf den Klingelknopf.

»*Chi è?*«– »Wer ist da?«, hallte es kurz darauf ungehalten durch die Sprechanlage.

»*Permette? Signor Scalfa?* Ich bin es, Commissario Brassoni. Ich würde mich gerne noch einmal mit Ihnen unterhalten«, sprach Brassoni in die Anlage hinein.

Als Antwort summte der Türöffner, und der Commissario trat ein.

Matteo Scalfa wohnte im zweiten Stock. Seine Wohnung war klein, aber penibel aufgeräumt.

Ein Wohnzimmer, eingerichtet mit einer geräumigen schwarzen Ledercouch und einem offenen Schrank, dazu eine kleine Küche und ein gemütliches Schlafzimmer.

»Sie leben alleine hier?«, fragte Brassoni, nachdem er in alle Zimmer einen Blick geworden hatte.

Der Souschef sah abgekämpft und erschöpft aus. Brassoni fragte sich, woher seine desolate Verfassung kam. Als Scalfa mit einladender Geste auf den Esstisch neben der Couch wies, nahmen beide dort Platz. Dann erst antwortete er.

»Ja, ich lebe alleine. Als meine Frau sich von mir getrennt hat, bin ich für den neuen Job nach Venedig gekommen. Aber ich weiß nicht, warum Sie das interessiert.«

Brassoni ignorierte Scalfas Einwand.

»Woher kommen Sie ursprünglich?«, wollte der Commissario wissen, denn ihm war Scalfas leichter Dialekt bereits aufgefallen.

»Ich bin in Neapel geboren und aufgewachsen«, teilte der Souschef widerwillig mit.

»Was haben Sie in den letzten zwei bis drei Stunden gemacht? Heute ist doch Ihr freier Tag, oder?«

Irritiert starrte Scalfa den Commissario an.

»Ich war eine Runde joggen und habe mir dann etwas zu essen gekocht. Ich verstehe immer noch nicht, warum Sie mich das fragen.«

»Zeigen Sie mir Ihre Joggingschuhe, bitte?«

Scalfa ging zum Bad und reichte Brassoni anschließend ein blitzsauberes Paar Sportschuhe.

»Wieso sieht man hier kaum Spuren von Staub, Gras, oder Erde?«, fragte der Commissario argwöhnisch.

»Ich habe die Schuhe gleich saubergemacht. Ich kann es nicht leiden, wenn schmutzige Schuhe bei mir rumstehen.«

Brassoni beobachtete Scalfa ganz genau. Sein rechtes Auge zuckte nervös. Aber vielleicht fühlte er sich einfach nur unwohl in Gegenwart der Polizei.

»Ich muss Ihre Sportschuhe leider mitnehmen«, offenbarte der Commissario dem skeptisch dreinschauenden Mann.

»Weshalb?«

»Ihr Lehrling Marco Carrisi ist vor etwa zwei Stunden ermordet worden. Hier auf Giudecca. Man hat ihn erschossen.«

Der Souschef wurde schneeweiß.

»M…M…Marco?«, stammelte er entsetzt. »Madonna, der arme Junge! Weshalb denn nur? Wer tut so etwas?«

Scalfa wollte aufstehen, taumelte aber kurz und ließ sich stöhnend auf seine Couch fallen.

Brassoni sah sich um, goss ihm rasch in der Küche ein Glas Wasser ein und reichte es Scalfa.

»Wenn Sie eine Ahnung haben, was im Restaurant vor sich ging, worin Zamparoni oder Carrisi verwickelt waren, dann sagen Sie es mir jetzt, bevor noch mehr Morde geschehen.«

Scalfa versuchte zu lächeln, doch dieses Lächeln erreichte seine Augen nicht.

»Ich weiß gar nichts, glauben Sie mir, ich habe keine Ahnung, worum es geht. Ich bin völlig geschockt!«

Brassoni trat ein Stück zurück, weil ihm Scalfas penetrantes Rasierwasser in die Nase stieg.

Argwöhnisch musterte er den Souschef, der seine schmalen Lippen aufeinandergepresst hielt.

Irgendetwas stimmt mit dem Mann nicht. Ich werde es schon noch herauskriegen, dachte er insgeheim. Kurze Zeit später verabschiedete er sich, um Vittorio da Silva aufzusuchen.

Kapitel 15

Caruso, der im wahren Leben auf den unscheinbaren Namen Stefan Mayer hörte, saß zu Hause am Schreibtisch und kratzte sich zerstreut hinterm Ohr. Er arbeitete seit Jahren als freier Journalist für verschiedene angesehene Zeitungen, und er konnte gar nicht mehr zählen, wie oft sein Cousin und bester Freund Luca ihn schon für seine Ermittlungen eingespannt hatte. Obwohl Caruso das eine oder andere Mal bereits in eine missliche Situation geraten war, konnte er von dem Adrenalinkick nicht genug bekommen, wenn es darum ging, der Polizei bei der Suche nach Mördern und anderen Verbrechern zu helfen.

Fieberhaft überlegte er, welche Kontakte er am besten anzapfen konnte, um mehr über Nicolo Zamparonis Privatleben zu erfahren. An erster Stelle erschien ihm jedes Mal Ottavio Russo vor seinem geistigen Auge, der Chefredakteur einer großen Illustrierten, der mit dem Sternekoch ganz gut befreundet gewesen war.

Caruso stand auf und legte die CD von Ed Sheeran in seine Musikanlage, um sich musikalisch auf das gleich folgende Telefongespräch vorzubereiten. Sehr laut und in gar nicht mal so falscher Tonlage sang er das Lied »I See Fire« mit, dann war er in der richtigen Stimmung. Brassoni hatte ihm mal vorgeschlagen, doch einem Chor beizutreten, doch dafür fehlte dem Journalisten die Zeit. Außerdem sang er lieber alleine als mit anderen zusammen.

Er griff zum Hörer seines Telefons und wählte Russos Büronummer. Nach zweimaligem Klingeln meldete sich Alessandra Fontane, Russos bildhübsche Sekretärin.

»Ich stelle Sie gleich durch, einen Moment noch«, versprach sie ihm.

Nach vier Minuten in der Warteschleife hörte Caruso endlich die tiefe Stimme des Chefredakteurs.

»*Ciao, Caruso,* was verschafft mir die Ehre?«, fragte er gutgelaunt.

»*Ciao, Ottavio!* Ich will nicht lange drum herumreden, es geht um Nicolo Zamparoni, den Sternekoch. Du hast ihn doch gut gekannt und Exklusivinterviews mit ihm für deine Zeitschrift gemacht. Ich habe ihn auf einer deiner Partys kennengelernt. Du weißt ja, dass er auf schreckliche Art umgekommen ist. Hast du Zeit, dich mit mir ein bisschen über sein Privatleben zu unterhalten? Vielleicht gibt es da ja Dinge, von denen die Polizei nichts weiß.«

Es gab eine Denkpause, in der Caruso Russos Gehirn förmlich rattern hörte. Dann räusperte er sich kurz.

»Tja, sagen wir mal so, eigentlich fällt das alles unter freundschaftliche Schweigepflicht. Aber eine Hand wäscht die andere. Wenn du mir zusagst, dass ich exklusiv darüber berichten darf, wenn es neue Ermittlungserkenntnisse im Fall Zamparoni gibt, dann wäre ich eventuell bereit, mich mit dir zu treffen. Ich kann dir aber nicht garantieren, dass meine Informationen der Polizei weiterhelfen können.«

Carusos Herz hüpfte vor Freude.

»*Grazie, Ottavio!* Treffen wir uns heute Abend in Harry's Bar, neun Uhr, was hältst du davon?«, schlug Caruso vor.

»*D'accordo, va bene!* Du hast Glück, ich wollte ohnehin noch mal für ein paar Tage in mein Ferienhaus nach Lido di Jesolo fahren. Nach meinem Fahrradunfall vor vier Wochen hat mein Orthopäde mir geraten, es ruhiger angehen zu lassen. Der gebrochene Fuß macht mir immer noch zu schaffen. Wir sehen uns also um neun Uhr. *Buona giornata!*«

Mit diesen Worten hatte er aufgelegt. Caruso rieb sich die Hände. Auf diesen Erfolg passte nur eine Arie aus Puccinis

Oper »La Boheme«. Der Journalist ließ sich auf sein gemütliches Sofa sinken und hörte mit entzücktem Gesicht den großartigen Stimmen zu. Diesmal sang er nur ganz leise mit, um den Genuss nicht zu verderben. Das Leben war schön, zurzeit war er mit Francesco wieder glücklich, der bei einer regionalen Zeitung als Kulturreporter arbeitete, die Sonne schien, und er konnte sich am Abend einen der berühmten Bellinis gönnen, denn dafür war Harry's Bar berühmt.

Luca Brassoni grüßte freundlich die Touristen, die ihm aus dem »Palazzo Callieri« entgegenkamen. Scalfas Turnschuhe hatte er in einem Plastikbeutel verstaut, den ihm der Souschef netterweise noch geliehen hatte. Der Commissario kam sich neben den gut betuchten Gästen des Hotels vor wie ein Clochard. Das Hemd verschwitzt, die Tüte in der Hand – er fühlte sich sichtlich unwohl und hätte alles für ein Glas Wasser und eine erfrischende Dusche gegeben. Wenigstens konnten ihm die Haare nicht am Kopf kleben, denn die rasierte er sich seit zwei Jahren jeden Morgen gründlich ab.

An der Rezeption angekommen, wurde er von einer jungen Angestellten, die er noch nicht kannte, herablassend gemustert. Sie machte keinerlei Anstalten, ihn zu bedienen, und drehte sich abrupt zu dem Schlüsselkasten um, als er auf sie zutrat. Geschäftig tat sie so, als müsste sie etwas Wichtiges suchen.

»*Buona sera, Signora*«, grüßte Brassoni sie mit ruhiger Stimme.

Die junge Frau drehte sich betont langsam um und musterte ihn aus großen hellbraunen Augen. Ihre dunklen Haare waren kunstvoll zu einem Dutt zusammengesteckt. Sie trug eine weiße Rüschenbluse unter einem schwarzen Blazer.

»Was kann ich denn für Sie tun?«, fragte sie jetzt neugierig.

Der Commissario legte die Tüte ab und kramte seinen Dienstausweis aus seiner Hosentasche.

»Luca Brassoni, Commissario bei der venezianischen Polizei.

Ich würde gerne Ihren Hoteldirektor sprechen, Signor Vittorio da Silva.«

Jetzt kam endlich mehr Leben in die Rezeptionistin.

»Ja natürlich, einen Augenblick, er müsste in seinem Büro sein, ich rufe ihn kurz an.«

Während sie telefonierte, behielt sie Brassoni argwöhnisch im Auge. Der Commissario schielte derweil auf ihr Namensschild, das sie am Revers trug. Chiara Rugetti. Netter Name.

Einen Augenblick später bat sie ihn, ihr zu folgen. Brav trottete Brassoni mit seiner Plastiktüte hinter ihr her und bewunderte ihre schlanken Beine in dem schwarzen Bleistiftrock, passend zum Oberteil.

»Sagen Sie, arbeiten Sie schon lange hier im Hotel?«, fragte er sie in einem betont harmlosen Ton.

Signora Rugetti drehte sich überrascht um.

»Seit etwa anderthalb Jahren. Warum fragen Sie das?«

»Uns interessieren alle Angestellten. Verstehen Sie sich gut mit dem restlichen Personal? Auch mit dem vom Restaurant?«

Kurz sah er ein misstrauisches Aufflackern in ihren Augen. Dann hatte sie sich auch schon wieder gefangen.

»Mit dem einen versteht man sich besser, mit dem anderen weniger. Wie das so ist. Und natürlich kenne ich auch die Mitarbeiter des Restaurants. Nicolo Zamparoni war ein begnadeter Koch. Manchmal durfte ich von seinen Menüs probieren, wenn etwas übrig geblieben ist. Matteo …« Sie korrigierte sich schnell. »Signor Scalfa, der Souschef, lud uns öfter zu Probeessen ein.«

Damit war offenbar alles gesagt, denn sie drehte sich wieder um und ging weiter.

Vor einer Bürotür mit da Silvas Namen blieb sie stehen, verabschiedete sich eine Spur freundlicher als zuvor und lächelte ihm sogar zu.

Brassoni merkte, wie er angesichts ihrer attraktiven Erscheinung nervös wurde, und lächelte zurück. Dann klopfte er an die Tür und wartete auf die Erlaubnis einzutreten.

Kurz darauf stand er im Büro von Vittorio da Silva, der ihn, fahrig und überspannt wie beim ersten Zusammentreffen, mit ausgestreckter Hand begrüßte.

»Mein lieber Commissario, was kann ich für Sie tun?«, fragte er mit einem liebreizenden Lächeln, das ihm sogleich wieder gefror, als Brassoni den Grund für sein Kommen nannte.

»Das ist eine Katastrophe für unser Hotel! Gleich zwei Mitarbeiter ermordet, heilige Madonna! Was geht denn nur vor unter den Angestellten?«

Erschöpft wischte er sich einige Schweißtröpfchen von der Stirn. Sein Gesicht hatte eine ungesunde, blasse Farbe angenommen. Brassoni befürchtete, dass der Hoteldirektor jeden Moment einen Nervenzusammenbruch erleiden könnte, aber überraschenderweise fing er sich nach einigen wortlosen Sekunden wieder.

Er trug denselben Anzug wie am Vortag, das war dem Commissario gleich aufgefallen.

»Wo waren Sie in den letzten drei Stunden?«, fragte Brassoni in geschäftsmäßigem Ton.

Überrascht richtete da Silva sich auf. Ein Ausdruck von Erstaunen breitete sich auf seinem Gesicht aus.

»Brauche ich etwa ein Alibi? Ich war hier im Hotel, das können zahlreiche Angestellte bezeugen«, entgegnete er brüsk. »Zu Mittag war ich eine Kleinigkeit essen, alleine«, fügte er hinzu. »Welchen Grund sollte ich haben, einen Kochlehrling zu erschießen?«

Brassoni ließ sich nicht aus der Ruhe bringen. Es klopfte an der Tür, und Signora Rugetti brachte ein Tablett mit zwei Tassen Kaffee und einer Karaffe Wasser. Dankbar nahm der Commissario die angebotenen Getränke an. Der Kaffee war gar nicht mal so schlecht.

»Signor da Silva, in was auch immer Zamparoni und sein Kochlehrling verwickelt waren – ich kann mir nicht vorstellen, dass niemand etwas bemerkt haben soll. Sie kannten Nicolo

Zamparoni gut, ist Ihnen an seinem Verhalten in der letzten Zeit etwas aufgefallen? Denken Sie noch einmal genau nach.«

Der Hoteldirektor ließ seine Arme auf den Schreibtisch sinken und spreizte seine Finger gegeneinander. Angestrengt dachte er nach.

»Also wenn ich es mir recht überlege, war Zamparoni seit einer Woche gereizter als sonst. Es kam mir vor, als ob ihn etwas bedrückte. Aber ich kümmere mich nicht um das Privatleben unserer Angestellten, das ist deren Sache, also habe ich nicht nachgefragt. Was nicht heißt, dass ich nicht für unsere Mitarbeiter da bin, wenn sie ein Problem haben. Ich dränge mich nur nicht auf!«, versicherte er mit einem falschen Lächeln.

»War Zamparoni oft alleine im Restaurant? Hat sein japanischer Freund Michikito ihn hier besucht?«

Vittorio da Silva wackelte mit dem Kopf hin und her.

»Na ja, natürlich war er auch oft außerhalb der Öffnungszeiten hier. Er hat Rezepte ausprobiert, vorbereitet, Pläne erstellt ... Was eben so zu seinen Aufgaben gehörte. Und Signor Michikito hat uns mehrere Male die Ehre gegeben – ein sehr interessanter Mann.«

Seine Augen leuchteten auf, als er den Namen des Japaners nannte.

»Sie waren auch bei Michikitos Kochshow?«

»Ja, so gut wie alle Mitarbeiter waren eingeladen. Sein Sushi ist vorzüglich, und besonders neugierig war ich auf die Zubereitung des Fugu. Obwohl, wenn man im Nachhinein bedenkt, dass ausgerechnet unser Chefkoch mit diesem Gift getötet wurde ...«

Er schüttelte sich angewidert. Dann fiel ihm etwas ein.

»Die Liste mit den Namen aller eingeladenen Mitarbeiter unseres Hauses ist Ihnen heute übrigens bereits zugegangen.«

»Wissen Sie, was Michikito mit den Fischabfällen gemacht hat, nach der Show, meine ich?«, fragte Brassoni interessiert.

»*Mi dispiace.* Ich habe keine Ahnung. Ich glaube, dass die giftigen Teile so entsorgt werden, dass für niemanden eine Gefahr besteht.«

»Hat sich einer Ihrer Mitarbeiter mal hinter den Kulissen umgesehen? Nach der Show, meine ich?«

Der Hoteldirektor wedelte entrüstet mit den Händen.

»*No, no, Commissario.* Ich habe niemanden weggehen sehen. Wir sind ein Luxushotel mit anständigen, ehrlichen Mitarbeitern. Niemand tut so etwas Schreckliches.«

Der Commissario wusste, dass er nicht mehr aus da Silva herauskriegen würde, und bedankte sich für das Gespräch

Kapitel 16

Brassoni fuhr mit dem Vaporetto zurück nach Venedig. Er stand im Außenbereich des Wasserbusses und ließ sich den Fahrtwind um die Ohren streichen. Neben ihm telefonierte eine ältere Signora lautstark mit ihrem Handy. Der Commissario schloss die Augen und blendete alle anderen Geräusche bis auf das Rauschen des Meeres und das Kreischen der Möwen aus. Es war ein anstrengender Tag gewesen. Als er auf das Vaporetto wartete, hatte er noch mehrmals versucht, Carla zu erreichen, aber sie war nicht an ihr Handy gegangen.

Sie wird immer noch mit Apollo unterwegs sein, dachte er, um sich selber zu beruhigen. Früher oder später meldet sie sich, und wir können das Missverständnis aufklären. Jetzt stand erst einmal das Gespräch mit dem japanischen Koch an. Brassoni würde es gerade noch rechtzeitig in die Questura schaffen. Manchmal beneidete er die Touristen, die sich treiben lassen konnten, den Markusdom ansahen oder auf den Campanile fuhren, um den herrlichen Ausblick über La Serenissima zu genießen.

So viel gab es in Venedig zu entdecken, die wasserumspülten Paläste entlang der großen Kanäle, die kleinen Gassen, einzigartige Kunstschätze und architektonisch reizvolle Kirchen. Die Lagunenstadt bot unzählige Möglichkeiten zu Besichtigungen, aber auch zum Entspannen. Brassoni fühlte, dass auch er müde war und am liebsten nach Hause in seinen geliebten Garten verschwunden wäre, um alle Verbrechen dieser Welt von sich abzuschütteln und ein wenig Ruhe zu finden. Aber bis dahin dauerte es noch ein Weilchen.

Um zehn nach sechs traf er in der Questura ein. Eilig brachte er Scalfas Turnschuhe zur Spurensicherung und hastete dann die Treppe hoch zu seinem Büro. Maria Grazia warf ihm einen verschwörerischen Blick zu, der ihm die Röte ins Gesicht trieb. Ihre Augen leuchteten auf, als er verhalten lächelte. Er winkte ihr kurz zu und wandte sich dann seinem Kollegen zu, der bereits auf ihn wartete. Zum Glück hatte der Vice Questore den illustren Gast bereits ganz in Beschlag genommen und servierte ihm soeben eine alkoholfreie Limonade, wie Goldini ihm grinsend erzählte.

»Wir sollen in ein paar Minuten dazustoßen. Morandi will bei dem Gespräch unbedingt dabei sein.«

»Und wie ist dieser japanische Koch so?«, wollte Brassoni wissen. »Meinst du, er kommt als Täter in Frage, ich meine, bei dem Fachwissen um das Kugelfischgift?«

Maurizio Goldini schüttelte den Kopf.

»Das kannst du vergessen. Er ist ein höflicher, kleiner Mann. Soweit ich recherchiert habe, hat er kein Motiv, Zamparoni zu töten. Die beiden waren gute Freunde, sie haben sich mehrmals jährlich gegenseitig besucht. Also warum sollte er ihn aus dem Weg räumen wollen?«

Brassoni hob die Augenbrauen.

»Er hat das Wissen und die Möglichkeit. Das darfst du nicht außer Acht lassen. Ich bin gespannt, was er uns zu erzählen hat. Auf jeden Fall ist es gut, dass er noch hier in der Gegend war, sonst hätten wir ihn nur schwerlich aus Japan hierher zurückbeordern können.«

Der Commissario wusch sich schnell die Hände und machte sich frisch, dann betraten die beiden Polizisten das Büro des Vice Questore.

Luan Michikito, ein gutaussehender Asiate mit dichten dunklen Haaren und mandelförmigen Augen, erhob sich höflich von seinem Stuhl, verbeugte sich kurz und begrüßte die Männer mit einem freundlichen Lächeln.

Roberto Morandi bat den Meisterkoch und seine beiden Untergebenen, Platz zu nehmen.

Dann nickte er Brassoni zu, der das Gespräch eröffnen sollte. Doch kurz bevor der Commissario auch nur ein Wort sagen konnte, fing Michikito schon an zu reden. Sein Italienisch war nicht schlecht, aber Brassoni musste sich wegen des japanischen Akzents sehr anstrengen, um ihn zu verstehen.

»Ich wollte Ihnen nur sagen, dass ich sehr schockiert bin über den Tod meines guten Freundes Nicolo Zamparoni. Ich kann es immer noch nicht glauben, dass ihm jemand ausgerechnet Kugelfischgift gegeben hat. Deshalb möchte ich Ihnen helfen, so gut ich kann.

Fragen Sie mich alles, was Sie wissen wollen!«

Entweder war das nun ein kluger Schachzug, oder der Meisterkoch meinte es wirklich ehrlich.

Mit offenem Blick wartete der kleine, schmale Japaner auf die Fragen der beiden Kommissare. Brassoni wandte sich ihm als Erster zu.

»*Signor Michikito,* wir danken Ihnen sehr für Ihr Kommen. Wann haben Sie Signor Zamparoni das letzte Mal gesehen?«

Michikito musste nicht lange überlegen.

»Das war vor vier Tagen, wir waren zusammen bei einem Kollegen in Cavallino essen. Nicolo war wie immer, ein wenig müde und gereizt vielleicht.«

»Hat sich in den letzten Wochen jemand auffällig dafür interessiert, wie Tetrodotoxin wirkt? Als Sie hier in Venedig waren, meine ich? Wurden Sie darüber befragt?«

Michikito schüttelte den Kopf.

»Nein, das wäre mir aufgefallen. Allerdings spreche ich in meiner Kochshow allgemein über die Gefährlichkeit des Kugelfischgiftes. Ich bin lizenzierter Koch mit praktischer Prüfung. Ich erkläre den Leuten, während ich den Fisch bearbeite, dass die giftigsten Organe der Rogen und die Leber sind. Zuerst wird dem lebenden Kugelfisch der Kopf abgetrennt, anschließend die ledrige Haut abgezogen, und zum Schluss entnehme ich die Innereien durch die Bauchhöhle. Essbar ist nur das ungiftige Filet. Meist wird es roh als Sashimi gegessen, es ist sehr teuer.«

Brassoni und Goldini sahen sich angewidert an, während Morandi Michikitos Worten interessiert zuhörte. Brassoni war kein großer Freund rohen Fisches.

»Was passiert mit den giftigen Resten des Fisches?«, fragte Goldini neugierig.

»Da gibt es strikte Regeln. In Japan werden die Reste direkt in Kugelfischzentralen gebracht oder in geschlossenen Mülltonnen verwahrt und dann verbrannt. Früher sind in meiner Heimat oft Obdachlose gestorben, wenn sie in Restaurantabfällen nach Nahrung gesucht haben und aus Versehen Fugu-Innereien verzehrten. Deshalb müssen wir streng auf eine sichere Entsorgung achten. Ich nehme das sehr ernst.«

Der Vice Questore schaltete sich nun ein.

»Wie war das denn bei Ihrer letzten Kochshow hier in Venedig. Fehlte etwas von dem Fugu-Abfall, hat sich einer der Gäste für die Entsorgung interessiert?«

Luan Michikito wurde verlegen.

»Ich muss Ihnen leider sagen, dass diesmal mein Assistent für die Entsorgung zuständig war, weil es hinterher noch einen Empfang gab, für den ich mich umziehen musste. Aber da ich nichts Gegenteiliges gehört habe, gehe ich davon aus, dass es kein Sicherheitsrisiko gab. Die meisten Menschen hier in Europa schauen sich das Filetieren des Fisches gerne an, haben aber einen großen Respekt davor, ihn zu verzehren. Das machen nur die ganz Mutigen.«

»Dann bitte ich Sie doch noch einmal mit Ihrem Assistenten zu sprechen und uns Bescheid zu sagen, ob er etwas Auffälliges bemerkt hat«, warf Brassoni ein.

Der Meisterkoch nickte zustimmend.

»Natürlich, das werde ich tun. Venedig ist so eine gastfreundliche Stadt. Ich bin immer gern hierhergekommen.«

Nachdem der Vice Questore Michikito mit dem gebührenden Respekt verabschiedet hatte, tauschten Brassoni und Goldini noch ihre neuesten Ermittlungsergebnisse aus.

»Von den Ballistikern habe ich noch nichts gehört, das wird wohl noch bis morgen früh dauern«, erzählte Goldini. »Auf jeden Fall haben die Kugeln aus der gefundenen Pistole in beiden Fällen das gleiche Kaliber. Roberta Clemente ist immer noch nicht ansprechbar, es gab wohl Komplikationen bei der Narkose. Ich rufe morgen wieder in der Klinik an. Sowohl die beiden Carabinieri als auch Colludi konnten noch keine Angaben zur Beschreibung des Täters machen. Der Ispettore ist schon wieder auf den Beinen. Er wurde seiner Aussage nach von hinten niedergeschlagen, genau wie einer der Carabinieri. Unsere ganzen Hoffnungen liegen bei dem zweiten Kollegen, der wegen seiner Schussverletzungen operiert wurde. Aber auch er wird erste morgen Vormittag vernehmungsfähig sein.«

Brassoni streckte die Arme von sich und gähnte. »Ich habe von Scalfa und da Silva auch nicht viel mehr erfahren. Der Hoteldirektor hat mir allerdings erzählt, dass Nicolo Zamparoni seit einer Woche irgendwie durch den Wind war. Wir müssen herausbekommen, was zu dem Zeitpunkt passiert ist. Vielleicht ist das die richtige Fährte. Ich werde Zamparonis Verlobte morgen noch einmal aufsuchen. Sie hat mit ihm zusammengelebt, vielleicht hat er ihr davon erzählt, was ihn bedrückte. Ach, bevor ich es vergesse, ich habe Scalfas Joggingschuhe zu den Kriminaltechnikern gegeben. Ist doch recht seltsam, dass er zu der Zeit joggen geht, in der Marco Carrisi ermordet wird, findest du nicht?«

Maurizio Goldini konnte nur beipflichtend nicken.

»Das ist wohl wahr. Wenn wir nur einen Anhaltspunkt für das Mordmotiv hätten.«

Brassoni ließ seine Augen über die Akten vor ihm wandern.

»Ich habe so eine Ahnung, dass der Schlüssel des Ganzen im ›Al Gambero‹ liegt. Jede Spur führt irgendwie dorthin zurück, es ist der Dreh- und Angelpunkt des Verbrechens.«

Goldini verzog nachdenklich die Mundwinkel.

»Wie dem auch sei, wir sollten jetzt Feierabend machen. Morgen ist auch noch ein Tag. Ich fühle mich müde und ausgelaugt. Sarah wartet schon zu Hause auf mich. Es gibt Sardinen nach Art ihrer Großmutter, *Sarde Saor*. Zwei Tage mit Weißwein, Pinienkernen, Rosinen und Zwiebeln eingelegt, ein Gedicht. Die Sache mit ihrem Kollegen hat sich übrigens von alleine erledigt. Sarah hat mir entrüstet erzählt, dass er ihr Avancen gemacht hat, obwohl er verheiratet ist und zwei Kinder hat. Jetzt geht sie ihm aus dem Weg. Du kannst dir nicht vorstellen, wie froh ich bin.«

Er zwinkerte seinem Kollegen zu, bevor er fortfuhr.

»Sie freut sich übrigens darauf, morgen Abend zu euch zum Essen zu kommen. Ich habe schon mit ihr gesprochen.«

Brassoni knetete nervös seine Hände.

»Nun ja, ich hoffe auch, dass es ein schöner Abend wird. Wenn Carla überhaupt kommt.«

Denn da war er sich noch nicht so sicher.

Kapitel 17

Gegen halb neun machte Caruso sich auf den Weg zu Harry's Bar. Der Wind hatte aufgefrischt, dunkle Wolken bedeckten den Himmel, der angekündigte Wetterwechsel schickte erste Vorboten. Trotzdem waren die Temperaturen noch angenehm. Der Journalist begegnete vielen Passanten, die in kurzärmeliger Kleidung umherflanierten. Er selber war gutgelaunt wie immer. Die Freude auf eine angeregte Unterhaltung mit einem guten Freund war Caruso anzusehen. Und zudem würde er Luca helfen können.

Harry's Bar lag westlich am Markusplatz in der Calle Vallaresso. Caruso besuchte die Bar in regelmäßigen Abständen, um dort einen Drink zu nehmen und vor allem, um in Nostalgie zu schwelgen. Das weiße Backsteinhaus, 1931 von Giuseppe Arrigo Cipriani und seinem Namens- und Geldgeber Harry Pickering gegründete Etablissement avancierte in den 50er Jahren zum Treffpunkt zahlreicher Größen aus der internationalen Film- und Literaturszene. Und so nahm Caruso gerne auf einem der mit braunem Leder bezogenen Barhocker Platz und fühlte sich, als ob er inmitten dieser illustren Gäste säße. Leider kamen heutzutage hauptsächlich neugierige Touristen in die Bar und bestellten die berühmten Drinks und Gerichte zu exorbitanten Preisen.

Aber Stefan Mayer wusste genau, wo sein Limit lag, ein oder zwei Bellini, das reichte, um ein gutes Gespräch zu führen. Er hatte zwei Plätze vorbestellt, man wusste ja nie, wie voll es werden würde. Vor der Doppelholztür mit Milchverglasung und dem Schriftzug »Harry« angekommen, sah er auf seine Uhr. Es war erst zehn vor neun. Ottavio Russo war selten pünktlich, da konnte er sich in Ruhe an die Bar setzen und mit dem Barkeeper ein wenig plaudern.

Caruso öffnete die Tür, trat ein, erspähte einen freien Barhocker und setzte sich rasch und mit Schwung auf das Sitzmöbel. Dabei stieß er gegen den Arm seines rechten Sitznachbarn, der ein wenig den Halt verlor und sein Glas Wein verkippte.

»*Scusi, Signore!*«, rief Caruso sofort erschrocken und griff nach den Servietten auf der Theke.

Ein fröhliches Gesicht mit warmen braunen Augen strahlte ihn an.

»*Non fa niente!*«

»Wie, das macht nichts?«, stammelte der Journalist verwirrt, denn die Hose des gutaussehenden Mannes war von Rotweinflecken übersät.

»Darf ich Ihnen wenigstens ein neues Glas Wein spendieren?«, fragte er höflich.

Wieder dieses alles überstrahlende Lächeln. Wie weiß seine Zähne sind, dachte Caruso einen Augenblick lang.

»*Sì, volentieri, buona idea.* Warum nicht? Ich heiße übrigens Claudio«, stellte der etwa dreißigjährige Mann mit den hellbraunen Haaren sich vor, während er den Rotwein mit den Servietten von seiner Hose tupfte.

»Stefan, angenehm, meine Freunde nennen mich Caruso.«

Claudio verfiel in ein herzliches Lachen, bei dem sich seine Augen zu kleinen Schlitzen zusammenzogen.

»Du singst gerne, hab' ich recht? Das gefällt mir, ich mag Musik«, meinte er und machte eine anerkennende Geste.

»Bist du hier verabredet?«

»Ja, mit einem guten Freund, aber er ist noch nicht da. Und du, kommst du hier aus Venedig? Man hört es an deinem Dialekt.«

Claudio nickte.

»Ja, waschechter Venezianer. Ich bin Rechtsanwalt und teile mir eine Kanzlei mit einem Kollegen. Was machst du beruflich?«

»Ich bin freier Journalist, gebürtiger Deutscher, lebe aber schon seit Jahren hier in Venedig.«

Es entspann sich ein lebhaftes Gespräch, bei dem Caruso gar nicht merkte, wie schnell die Zeit verging. Claudio war sechsunddreißig Jahre alt, ledig, und jeder seiner Blicke verursachte bei dem Journalisten ein irritierendes Kribbeln im Bauch. Erst als Ottavio Russo gegen halb neun die Tür der Bar aufstieß und suchend nach Caruso Ausschau hielt, kehrte dieser wieder in die Wirklichkeit zurück.

»Vielleicht sieht man sich mal wieder?«, fragte er den Rechtsanwalt hoffnungsvoll. Der griff in sein Portemonnaie und zückte eine Visitenkarte.

»Hier, ruf mich doch mal an!«, zwinkerte er Caruso fröhlich zu.

Überrascht nahm der Journalist die Karte an sich. Dann begrüßte er Russo überschwänglich und ging mit ihm zu dem kleinen reservierten Tisch.

»Na, eine neue Bekanntschaft?«, neckte ihn der Freund mit seiner tiefen Bassstimme.

»Ein sehr netter Typ, wir haben uns nur unterhalten«, erwiderte Caruso verlegen.

»Ich bin mit Francesco zusammen, das weißt du doch.«

»Schon gut, ich wollte dir nicht zu nahe treten.«

Der Ober kam, Caruso bestellte seinen zweiten Bellini, Russo ein Carpaccio und einen Weißwein.

»Gibt`s was Neues in Bezug auf unseren gemeinsamen Freund Zamparoni?«, fragte Russo nach dem ersten Schluck.

»Nicht wirklich. Aber es hat einen weiteren Mord gegeben, ein Kochlehrling aus dem gleichen Restaurant. Er wurde erschossen.«

Ottavio Russo spitzte die Ohren.

»Noch ein Mord? Unglaublich. Ich weiß nicht, ob meine

Informationen über Zamparoni dir weiterhelfen können. Wir waren nicht die besten Freunde, aber es gab in internen Kreisen da so einen Tratsch über ihn, der durchaus stichhaltig ist, glaube ich.«

Caruso musterte den Chefredakteur gespannt. Russo schob sich gerade eben eine Gabel voll Carpaccio in den Mund und kaute andächtig darauf rum. Wallendes braunes Haar fiel über sein kantiges Gesicht. Seine äußere Erscheinung wirkte durchaus furchteinflößend bei manchen Personen, die dem kräftigen, ein Meter fünfundneunzig großen Mann lieber aus dem Weg gingen. Seine Augen waren fast schwarz, und seine Hände so groß wie Schaufeln. Doch vom Charakter her war er großzügig und großherzig, das wusste Caruso zu schätzen.

»Nun erzähl schon, was sagt man denn so über Zamparoni?«

»Nun ja, er hatte einen ziemlich kometenhaften Aufstieg, für den er auch hart gearbeitet hat. Aber du weißt ja, wie das bei manchen Menschen so ist. Zamparoni wollte immer mehr, bloß schnell reich werden. Er hat das teure Haus auf Giudecca gekauft, eine Villa in Südfrankreich – er wollte Lavinia etwas bieten. Seine Fernsehkarriere war erst angelaufen, die Kochbücher liefen bisher nur schleppend ...Ich will nicht lange drum herumreden. Man munkelte, er wäre in irgendwelche Drogengeschäfte verwickelt. Nicolo schnupfte selber gerne mal eine Nase Kokain, das habe ich mit eigenen Augen gesehen. Ich habe ihn in meinem Bad erwischt. Aber man bringt das ja nicht an die Öffentlichkeit.«

Caruso stieß einen Pfiff aus. Wenn das stimmte, dann war Zamparoni möglicherweise an die falschen Leute geraten.

»Das könnte der Durchbruch bei den Ermittlungen werden. Der Saubermann Zamparoni macht Drogengeschäfte.«

Russo hob abwehrend die Hände.

»Halt mich daraus. Ich will nicht öffentlich aussagen müssen. Meine Reputation bei den restlichen Prominenten in diesem Land steht sonst auf dem Spiel. Niemand wird mir mehr ein Interview geben, wenn ich alle schmutzigen kleinen Geheimnisse verrate.«

»Ich weiß, und so weit es geht, werde ich mein Versprechen auch halten. Aber bedenke bitte, dass es hier um Mord geht. Luca Brassoni, der Commissario, ist ein Mann, der unsere Unterstützung verdient. Ich danke dir auf jeden Fall für dein Vertrauen.«

Caruso erhob sein Glas, und Russo stimmte brummend mit ein.

»*Salute!* Auf die rückhaltlose Aufklärung der Morde an Nicolo Zamparoni und Marco Carrisi!«

Die beiden Männer stießen an und beendeten danach das Kapitel Zamparoni. Denn Caruso hatte schon eine Idee, wen er nach mehr Informationen über die Drogenmafia in Venedig ausfragen könnte. Als Russo nach mehreren Gläsern Wein die Toilette aufsuchte, schrieb er schnell eine SMS an einen seiner Informanten.

Den Rest des Abends unterhielten die beiden sich ungezwungen und privat über alle möglichen Themen. Politik, Arbeit, Liebe, Naturkatastrophen … Caruso bestellte noch einen dritten und vierten Bellini. Der schöne Fremde war zwischenzeitlich verschwunden, wie Caruso nach einem vorsichtigen Seitenblick enttäuscht bemerkte. Angeheitert verließ er gegen Mitternacht mit Ottavio Russo die Bar.

Gleich am nächsten Morgen würde er Luca informieren.

Es war eine stürmische Nacht. Der Wind wütete in den Straßen und auf dem Meer. Fensterläden klapperten, Regen prasselte gegen die Scheiben. Venedigs Gassen waren wie leergefegt. Blitze zuckten am schwarzen Himmel. Blätter wurden aufgewirbelt, das Wasser schwappte über die Promenade.

Im hellen Schein seiner Taschenlampe stand ein einzelner Mann vor dem Anwesen Zamparonis. Ein paar Meter weiter lief eine Frau mit einem kleinen Hund schimpfend die Straße entlang, durchnässt vom Regen, wütend darüber, bei diesem Wetter noch vor die Tür zu müssen. Der Mann zog sich den Hut tiefer ins Gesicht und drehte sich zur Seite, doch die Frau schenkte ihm keinerlei Beachtung. Sie hatte die Berichte im Fernsehen nicht gesehen, in denen ein Mann mit Hut im Zusammenhang mit dem Mord am Chefkoch des Luxushotels ganz in ihrer Nähe erwähnt worden war. Eilig verschwand sie im Dunkel der Nacht.

Mit regloser Miene öffnete der Mann das schwere Gartentor und betrat das weitläufige Grundstück. In den Fenstern des Hauses brannte kein Licht. Atemlos blieb er vor der Haustür stehen. Einen Augenblick lang schien er innezuhalten, schließlich streckte er die rechte Hand aus, beleuchtet von der Taschenlampe in der linken, und steckte den Ersatzschlüssel in das Schloss. Er hatte ihn schon vor drei Wochen anfertigen lassen, kurz nachdem er das entscheidende Gespräch mit Nicolo geführt hatte.

Es war ein Leichtes gewesen, Zamparonis Hausschlüssel für eine Weile zu entwenden. Der Meisterkoch war immer derart beschäftigt, dass er solche Kleinigkeiten gar nicht bemerkte. Rasch schlüpfte der Mann in den Hausflur. Er trug Handschuhe, um keine Spuren zu hinterlassen, genau wie beim letzten Mal, als alles schiefgegangen war. Seine Augen waren kalt wie Eis. Er musste die Diamanten finden. Heute noch. Und dann würde er verschwinden, weit weg.

Andächtig strich er mit den Fingerspitzen über ein Porträt von Lavinia Miller, das im Flur hing. So eine schöne Frau. Nicolo hatte alles gehabt, was er sich auch gewünscht hatte. Eigentlich müsste ihm dieses Haus gehören. Aber mit den Diamanten, die Nicolo aus den Erträgen seiner Drogengeschäfte angesammelt hatte, würde er endlich so leben können, wie es ihm zustand.

Zamparoni musste sie hier im Haus versteckt haben, im Restaurant hatte er schon alles durchsucht. Leise schlich er die Treppe hinauf in den ersten Stock. Hier war er am Vormittag gestört worden. Jetzt verspürte er einen unwillkürlichen Drang, die Diamanten endlich zu finden. Koste es, was es wolle.

Kapitel 18

Luca Brassoni war schon lange wieder zu Hause, doch die Ereignisse des Tages ließen ihn nicht los. In den beiden Mordfällen kamen sie nur langsam voran, und Carla hatte er auch noch nicht erreicht. Sie ließ ihn absichtlich schmoren, dessen war er sich sicher. Vielleicht würde der nächste Tag bessere Ergebnisse bringen. Wenn Roberta Clemente wieder vernehmungsfähig war, kamen sie dem großen Geheimnis um Zamparoni vielleicht auf die Spur und hatten zumindest einen Hinweis auf das Motiv zum Mord an dem Kochlehrling.

Caruso hatte sich auch noch nicht gemeldet. Wie Brassoni seinen Cousin kannte, würde dieser sicher nicht lockerlassen, bis er alles über den Sternekoch erfahren hatte, was auch nur irgendwie von Bedeutung war. Es war gut, wenn man sich auf die Menschen in seinem Umfeld verlassen konnte. Brassoni schätzte sich glücklich, eine Handvoll guter Freunde und Verwandter zu haben, von denen er das sagen konnte.

Der Commissario ging zum Fenster und beobachtete das Unwetter, das seit einer Stunde draußen wütete. Der Regen klatschte unaufhörlich gegen die Hauswand, schon sah man kleine Wasserbäche die schmale Gasse entlanglaufen. Brassoni hoffte, dass das Wetter sich nicht zum ersten Acqua alta des beginnenden Herbstes entwickeln würde.

Diese Überschwemmung entstand, wenn der Scirocco bei niedrigem Luftdruck und besonders starker Flut das Wasser landeinwärts in die Lagune von Venedig drückte. Für die Venezianer gehörte Acqua alta zwar alljährlich zu einem immer wiederkehrenden Übel, das man gelassen hinnahm und dem man im Ernstfall mit hohen Gummistiefeln und Regenkleidung trotzte, aber Brassoni hasste die unbequemen Stiefel. Lieber band er sich eine Plastiktüte um seine Straßenschuhe.

Jetzt war es schon Viertel vor elf. Brassoni beschloss, es ein letztes Mal bei Carla zu versuchen, die nach ihrem Ausritt in ihrer Wohnung auf dem Lido geblieben war. Sie fehlte ihm, er wollte ihre Stimme hören und ihr die missliche Situation vom Nachmittag erklären.

Als er ihre Nummer wählte, glaubte er nicht mehr daran, dass sie heute noch abnehmen würde, denn ihr nächster Dienst begann schon um sechs Uhr am Morgen. Umso überraschter war er, als sie sich mit verschlafener Stimme plötzlich meldete.

Verunsichert stockte er einen Moment, bevor er ihr antwortete.

»Carla, Liebes, ich bin's, Luca. Ich bin so froh, deine Stimme zu hören. Ich konnte dich den ganzen Tag nicht erreichen. Warum willst du nicht mit mir sprechen?«

Mit klopfendem Herzen wartete er auf eine Reaktion. Es dauerte gefühlte fünf Minuten, ehe Carla sich äußerte.

»Luca, es ist schon spät. Ich wollte dir einfach nur sagen, dass du mich nicht mehr anrufen sollst. Zweiundzwanzig Versuche, das reicht doch dann wohl. Ich muss jetzt schlafen.«

»Aber hör doch, wegen heute Nachmittag, es ist nicht so …«

Carla unterbrach ihn brüsk.

»Ist es nicht immer nicht so, wie es aussieht? Ich kann mir darüber jetzt keinen Kopf mehr machen. Ich weiß nur, dass du mich verletzt hast. Ich habe dir vertraut. Ich muss eine Nacht darüber schlafen, vielleicht rede ich morgen mit dir. Ich melde mich. Und jetzt wünsche ich dir eine gute Nacht. *Basta!*«

Erschrocken starrte Brassoni den Hörer an. Das war nicht so gelaufen, wie er es sich gewünscht hatte. Doch er musste ihre Haltung akzeptieren. Müde und erschöpft legte er sich alleine in sein Bett und dachte noch eine ganze Weile über ihre gemeinsamen Erlebnisse nach. Hoffentlich würde sich alles noch zum Guten wenden.

Am nächsten Morgen war es dann passiert. Das Sirenensystem Venedigs meldete einen Wasserspiegel von 110 cm über dem Normalstand, das hieß, ein kleiner Teil der Stadt, etwa zehn Prozent, stand unter Wasser. Halb so schlimm, dachte Brassoni, der extra früh aufgestanden war, um ein paar Lebensmittel vom Markt nahe der Rialtobrücke zu besorgen. Er würde heute Abend auf jeden Fall für Maurizio und Sarah kochen, so viel stand fest. Und er würde Carla von seiner Liebe zu ihr überzeugen, das hatte er sich vorgenommen. Am Blumenstand kaufte er einen extragroßen Strauß rote Rosen, die er ihr in der Mittagspause vorbeibringen wollte.

In der Pescheria, einem neugotischen Gebäude mit Arkaden, wo schon seit dem 14. Jahrhundert der Fischmarkt abgehalten wurde, suchte er sich frische Calamari, Scampi und Seezunge aus, dazu besorgte er noch Gemüse und etwas Obst für den Nachtisch, um anschließend zufrieden die Lebensmittel zu sich in die Wohnung zu bringen. Das eigentliche Marktgeschäft spielte sich zwischen sechs und neun Uhr morgens ab, lange bevor die Touristen die Stände überschwemmten.

Pünktlich um acht Uhr saß Brassoni dann in seinem Büro. Maria Grazia steckte kurz den Kopf in die Tür, um ihn zu begrüßen. Zuerst fühlte er sich unwohl bei dem Gedanken, in Carlas Abwesenheit schon wieder mit ihrer angeblichen Rivalin zu plaudern, doch dann verwarf er jeden Anflug von Schuldgefühl. Er hatte nichts Unrechtes getan, und Maria war einfach nur nett zu ihm.

»*Buon giorno, Maria.* Komm ruhig rein. Wie geht es dir?«, fragte er freundlich, woraufhin die Chefsekretärin ihm gutgelaunt einen Kuss auf jede Wange gab und euphorisch die Arme von sich streckte. Sie ließ sich in einen der beiden Stühle vor seinem Schreibtisch sinken.

»*Bene, grazie, Luca.* Mir geht es sehr gut. Ich soll dir sagen, dass Signora Lavinia Miller um neun Uhr hier in der Questura eintreffen wird. Sie ist gestern nach kurzer Behandlung aus dem Krankenhaus entlassen worden. Ihr und dem Baby geht es gut, und sie möchte unbedingt mit dir sprechen.«

Das passte dem Commissario ganz gut, er hatte ohnehin noch einige Fragen an sie.

»Sag mal, findest du diese Schauspielerin eigentlich hübsch?«, fragte Maria Grazia und legte den Kopf ein wenig schief.

Brassoni sah sie erstaunt an.

»Warum interessiert dich das?«

»Ich meine ja nur so, ich kenne Fotos von ihr aus der Zeitung. Findest du sie attraktiver als mich?«

Sie klimperte mit ihren langen Wimpern und sah ihn treuherzig an.

»Also, Maria, wirklich. Sie ist eine sehr schöne Frau, aber ein ganz anderer Typ als du. Und die Schönste für mich ist sowieso Carla Sorrenti. Ich finde übrigens, an jeder Frau kann man etwas Schönes finden. Man muss nur genau hinschauen.«

Maria verzog den Mund zu einem gespielten Schmollen. Dann reichte sie dem Commissario einen großen Umschlag.

»Hier, du Casanova. Das ist das Phantombild, das der zweite Carabinieri gestern Abend angefertigt hat. Eigenhändig übrigens, er hat in seiner Freizeit Zeichenkurse belegt. Ich hoffe, du kannst etwas damit anfangen.«

Sie stand auf und strich sich ihr enganliegendes dunkelblaues Etuikleid zurecht. Dann warf sie ihr langes, glänzendes schwarzes Haar in den Nacken und schenkte Brassoni einen verschmitzten Blick.

»Ich hoffe, du weißt manchmal, was du an mir hattest!«

Der Commissario rollte nur mit den Augen, nahm sich den Umschlag und zog das Bild aus der Hülle. Als Maria gegangen war, betrachtete er es neugierig.

Die Konturen waren unscharf, man konnte den Kopf eines Mannes mit schmalen Lippen und stechenden Augen erkennen.

Aber eine wirkliche Hilfe war die Zeichnung nicht. Es gab keine offensichtliche Ähnlichkeit mit einer der verdächtigen Personen. Offenbar hatte der Carabinieri den Angreifer im Dunkeln nicht richtig erkennen können. Doch dann stutzte der Commissario. Der Polizist hatte eine kleine, kaum sichtbare Zickzacknarbe an den Rand der Zeichnung gemalt mit dem Hinweis, der Täter habe so eine Narbe an der Innenseite des Handgelenks gehabt, direkt hinter dem Saum des Lederhandschuhs. Das war natürlich ein Volltreffer. Die Identifizierung würde jetzt um einiges leichter werden. Doch bisher war ihm noch bei keinem der Verdächtigen eine slche Narbe aufgefallen. Sollte der Täter etwa ein völlig Unbekannter sein? Oder hatten sie etwas übersehen?

Zufrieden ließ Brassoni die Zeichnung auf seinen Schreibtisch sinken und goss sich einen Kaffee aus der Warmhaltekanne ein, die Maria ihm noch vor seinem Eintreffen auf den Tisch gestellt hatte. Gegen halb neun erhielt er eine SMS von seinem Cousin Caruso:

> Habe gestern Abend erfahren, dass Zamparoni in
> Drogengeschäfte verwickelt war. Befrage dazu noch
> einen Informanten. Melde mich später noch mal.
> Gruß Caruso

Diese Information brachte sie dem Mordmotiv ein ganzes Stück näher. Entweder war es also um Geld gegangen, oder der Sternekoch hatte sich mit üblen Kriminellen eingelassen, die keinen Spaß verstanden. Man musste Zamparonis Haus noch einmal auf Drogenspuren untersuchen. Dann griff er zum Telefon, um Nunzio Sposato, den Chef der Kriminaltechniker, anzurufen.

»*Pronto?*«, meldete sich dessen immer noch überreizt wirkende Stimme durch die Leitung.

»Nunzio, *ciao*, ich bin es, Luca. Habt ihr schon was von den Ballistikern gehört?«

»Du hast Glück, der Bericht ist gerade eben frisch eingetroffen. Die Waffe, mit der Marco Carrisi getötet wurde, ist dieselbe, mit der der Täter in Zamparonis Haus geschossen hat. Aber der Knüller ist – und jetzt halt dich fest laut Seriennummer gehört diese Waffe Andrea Vito Grande, dem Mafiakiller, der angeblich vor zwei Jahren in Turin nach einer Gallenblasenoperation im Krankenhaus verstorben ist.«

Brassoni war sprachlos. Die Indizien machten die Ermittlungen nicht einfacher. Wie kam die Waffe eines toten Kriminellen nach Venedig?

»Was war mit der Telefonnummer auf dem Zettel am Tatort?«

»Die muss von einem Wegwerfhandy stammen. Die Nummer ist nicht zurückzuverfolgen. Vielleicht gehört sie zu einem Komplizen des Täters, wer weiß!«

»*Grazie, Nunzio*, schick mir den Bericht hoch, sobald du kannst. Ach, und ihr müsst noch mal in Zamparonis Haus. Kann sein, dass er in Drogengeschäfte verwickelt war. Ich beantrage einen Durchsuchungsbeschluss. Stellt alles auf den Kopf, vielleicht werdet ihr dort fündig!«

Sposato versprach, dies so schnell wie möglich zu tun und den Bericht zusammen mit den forensischen Untersuchungsergebnissen zu Brassoni hochzuschicken.

»*Un momento, Luca.* Es gibt etwas, was für dich noch interessant sein dürfte«, fügte Sposato hinzu, »Die Turnschuhe, die du uns mitgebracht hast, sind nagelneu und noch nie im Außenbereich benutzt worden. Von außen konnten wir Spuren von Erde und Kieselsteinen ausmachen, aber von innen gab es keinerlei Faser- oder Schweißreste. Ein Paar Füße hat da noch nie dringesteckt. Entweder Scalfa hat dich aufs Kreuz gelegt, oder er hat sich mit den Schuhen vertan!«

Brassoni verschlug es die Sprache. Hatte er doch geahnt, dass Scalfa Dreck am Stecken hatte.

Zum Glück klopfte Maurizio Goldini im selben Moment an die Tür, so konnte der Commissario seinem Kollegen gleich die Neuigkeiten erzählen.

Goldini war beeindruckt.

»*Mamma mia, Scalfa* führt uns an der Nase herum, und Zamparoni war in Drogengeschäfte verwickelt. Das würde erklären, wie er sich den luxuriösen Lebensstil leisten konnte. Meinst du, Nicolo Zamparoni hatte Verbindungen zur Mafia?«

Brassoni schüttelte energisch den Kopf.

»Das kann ich mir überhaupt nicht vorstellen. Wir wissen noch nicht, wie der Täter an die Waffe gekommen ist, aber das heißt ja nicht automatisch, dass die Mafia an den Verbrechen beteiligt war. Bisher hatten wir hier in Venedig noch keine Probleme. Ich hoffe auch, dass das so bleibt. Nein, ich glaube immer noch, dass Zamparonis Mörder in seinem näheren Umfeld zu finden ist. Denk an den Messerstich ins Herz. Für mich weist das eindeutig auf eine Beziehungstat hin. Außerdem kann ich mir gut vorstellen, dass der Mörder sich das Kugelfischgift bei der letzten Kochshow Michikitos besorgt hat. Warten wir ab, was der Japaner sagt, wenn er seinen Assistenten befragt hat.«

Goldini fand Brassonis Gedankengänge logisch. Und nun war es an der Zeit für eine Befragung Lavinia Millers, die jeden Moment in der Questura erscheinen würde. Der Vice Questore wollte die Schauspielerin persönlich in Empfang nehmen, also warteten die beiden Kommissare geduldig auf deren Erscheinen.

Ein paar Minuten später fanden sich Roberto Morandi und Lavinia Miller in Brassonis Büro ein.

»Ich überlasse Ihnen dann mal die Signora, meine Herren. Strapazieren Sie sie nicht über Gebühr, die Dame ist freiwillig hier und nicht in bester Verfassung!«, ermahnte der Vice Questore seine beiden Kommissare.

Die rothaarige junge Schauspielerin sah tatsächlich müde und mitgenommen aus. Ihre cremefarbene Seidenbluse unterstrich ihre Blässe. Ihren Babybauch versteckte sie unter einer weiten schwarzen Hose. Sie wirkte trotz der Schwangerschaft schmal und graziös. Kein Wunder, bei dem was in den letzten zwei Tagen passiert war.

»Nehmen Sie Platz, Signora Miller. Kann ich Ihnen etwas zu trinken anbieten?«, fragte Brassoni höflich.

»Ja danke, ein Tee, das wäre nett.«

Brassoni fragte sich insgeheim, ob Tee zum Repertoire der Getränke in der Questura gehörte, denn er hatte noch nie einen während der Arbeitszeit getrunken.

Doch Goldini war schon aufgesprungen und bot an, den Tee zu besorgen. Kurz darauf war er schon wieder da und verkündete, die Chefsekretärin würde sich um alles kümmern. Weitere fünf Minuten später erschien Maria Grazia mit einem großen Tablett voller Tee, frischem Kaffee und Plätzchen, das sie auf den Schreibtisch stellte. Brassoni entging nicht, dass sie die junge Engländerin ausgiebig beäugte. Sie hielt sich aber zurück und verschwand ebenso lautlos wieder, wie sie gekommen war. Nachdem alle mit Getränken versorgt waren, begann der Commissario die Befragung.

»Signora Miller, Sie haben von sich aus um den Termin gebeten. Was wollten Sie uns denn noch erzählen?«

Lavinia Miller stieß einen Stoßseufzer aus.

»Gestern war ich nicht in der Lage, mich vernünftig mit Ihnen zu unterhalten. Aber es ist mir wichtig, dass Sie Nicolos Mörder finden, deshalb möchte ich Ihnen alles erzählen, was dafür notwendig ist. Im Krankenhaus habe ich noch mal über alles nachgedacht, und da fiel mir ein, dass Nicolo sich seit einer Woche so komisch benommen hat. Er kam eines Abends nach Hause und war völlig aufgebracht.«

»Hat er Ihnen erzählt, was passiert war?«

»Nein, er wollte es mir nicht sagen. Er meinte, das Problem löse sich von alleine. Es muss irgendetwas mit seiner Arbeit zu tun gehabt haben, denn er sprach davon, dass es ihm von nun an schwerfallen würde, ins Restaurant zu gehen. Vorgestern redete er sogar davon, hier wegzugehen und woanders neu anzufangen. Ich war besorgt, aber er spielte alles runter und meinte, er regele das schon.«

Eine Träne lief ihr die Wange hinunter. Brassoni reichte ihr ein Papiertaschentuch.

»Und Sie haben wirklich keine Ahnung, wer oder was ihn da so unter Druck gesetzt hat?«

Lavinia sah ihn erbost an.

»Nein, ich sage die Wahrheit. Nicolo war der Typ Mann, der immer glaubte, ein ganzer Kerl spricht nicht über seine Probleme. Ein typischer Italiener eben.«

»Schon gut, Signora, regen Sie sich nicht auf!«

Goldini goss ihr etwas Tee nach, den sie dankbar annahm. Dann stellte er ihr die nächste wichtige Frage.

»Sagen Sie, hatten Sie Kenntnis davon, dass ihr Verlobter Drogen nahm? Bei der Obduktion wurden Spuren von Kokain bei ihm festgestellt.«

Lavinia Miller stöhnte auf und vergrub ihr Gesicht in den Händen.

»Nicolo hat wirklich nur ab und zu Kokain genommen, als ich ihn kennenlernte. Aber das war schlimm genug. Er hat mir vor langer Zeit versprochen, dass er damit aufhört!«

»Hat er selber mit Drogen gehandelt? Wir haben Grund zur Annahme, dass Ihr Verlobter in Drogengeschäfte verwickelt war.«

»Ich habe keine Ahnung, glauben Sie mir. Er hatte viele Freunde, einige davon waren mir nicht sehr sympathisch. Inzwischen glaube ich, dass ich ihn gar nicht so gut gekannt habe, wie ich dachte.«

»Eine letzte Frage noch, Signora, dann können Sie wieder nach Hause gehen und sich ausruhen. Ist Nicolo Zamparoni der Vater Ihres Kindes?«, fragte Brassoni nüchtern.

Die Engländerin sah ihn bestürzt an.

»Wie kommen Sie darauf? Ich meine, das ist doch …« Sie brach ab, besann sich und knetete ihre Hände, bis die Knöchel weiß wurden.

»Zamparoni war zeugungsunfähig, wahrscheinlich durch

eine Mumpserkrankung im Kindesalter. Hat er Ihnen das nicht erzählt?«

Sie schüttelte betrübt den Kopf.

»Vielleicht hat Nicolo es selber nicht gewusst. Dann kann nur Jamie Stenton der Vater meines Kindes sein, ein Kollege. Es war ein einziger One-Night-Stand ... Mein Gott, das habe ich nicht gewollt.«

Sie schluchzte laut auf.

»Können Sie sich vorstellen, dass Ihr Kollege eifersüchtig auf Ihren Verlobten war und dazu in der Lage wäre, ihn umzubringen?«

Lavinia Miller machte große Augen.

»Jamie? Nein, so ein Quatsch! Wir sind überhaupt nicht verliebt, und er hat auch eine feste Freundin. Außerdem war er in den letzten Wochen zu einem Filmdreh in Amerika. Er kann es gar nicht gewesen sein.«

Brassoni fand ihre Aussage glaubhaft.

»Eine letzte Frage: Kennen Sie einen Mann mit einer kleinen, zickzackförmigen Narbe am Handgelenk? Ist Ihnen eine solche Narbe bei irgendeiner Person mal aufgefallen?«

Lavinia Miller dachte angestrengt nach. Dann schüttelte sie den Kopf.

»Nein, Commissario, tut mir leid. Mir ist kein Mann mit einer solchen Narbe bekannt, wirklich.«

Brassoni und Goldini wechselten einen übereinstimmenden Blick.

»Gut, Signora, das wäre dann alles. Wir danken Ihnen und möchten Sie bitten, Ihren Bruder zu informieren, heute Nachmittag ebenfalls noch einmal in die Questura zu kommen. Er soll mich anrufen wegen der Uhrzeit!«, fügte Brassoni hinzu.

Die Kommissare verabschiedeten sich von der Schauspielerin, und Goldini geleitete sie zum Haupteingang. Wenn sie Stentons Alibi überprüft hatten, konnten Sie Zamparonis Nebenbuhler und wohl auch seine Verlobte als Tatverdächtige ausschließen.

Brassoni warf einen Blick auf den Strauß Rosen, den er in einer Vase an Maria Grazia vorbeigeschmuggelt und in den Schrank gestellt hatte. Er überlegte, wann der beste Zeitpunkt wäre, um die Gerichtsmedizinerin aufzusuchen. Aber diese Frage hatte sich erübrigt, als ein paar Minuten später die vorläufigen Ergebnisse von Marco Carrisis Obduktion eintrafen. Der Commissario musste jetzt ohnehin noch einmal in die Gerichtsmedizin.

Kapitel 19

Caruso sah sich aufgeregt um. Nach dem Gespräch mit seinem Informanten hatte er sich entschlossen, die Zielperson erst einmal selber genau unter die Lupe zu nehmen. Er hatte heute Vormittag Zeit, denn sein Artikel für eine große deutsche Zeitung musste erst in einer Woche fertig sein. Er schrieb an einem Reisebericht über den Karneval in Venedig, und die meisten Fakten waren schon recherchiert.

Nun versuchte er, sich auf die Beschreibung des Mannes zu konzentrieren, die ihm der Informant gegeben hatte. Es ging darum, dass man sich in den kriminellen Kreisen Venedigs erzählte, jemand habe Beziehungen zu einem Mafioso, der vor zwei Jahren für tot erklärt worden war, aber in Wahrheit quicklebendig in Italien sein Unwesen trieb. Er hatte seinen behandelnden Arzt vor der Operation erpresst und dessen Familie mit dem Tod bedroht, so dass dieser ihm einen falschen Totenschein ausstellte und ihm half, unerkannt abzutauchen, nachdem eine weitere kosmetische Operation seine Gesichtszüge gravierend verändert hatte.

Dieser Andrea Vito Grande sollte sich noch in Venedig aufhalten. Angeblich wohnte er mit gefälschten Papieren in einem Hotel in der Nähe des Markusplatzes. Auffällig an ihm sei seine schmale, operierte Nase, außerdem trage er immer eine schwarze Kappe. Jeden Morgen mache er gegen neun Uhr einen Spaziergang zum Caffè Quadri, wo er einen Espresso zu sich nähme. Nun stand Caruso also mehr oder weniger unauffällig inmitten der Touristen und hielt Ausschau nach einem ihm unbekannten

Mann, der in Verbindung mit dem Mord an Nicolo Zamparoni stehen könnte. Der große, blonde deutsche Journalist überragte die meisten Passanten um eine Kopflänge. Deshalb hielt er den Kopf leicht gesenkt und tat so, als studierte er eine Straßenkarte von Venedig. Endlich, um exakt fünf vor neun, bog ein Mann um die Ecke der Piazza San Marco, auf den die Beschreibung des Verdächtigen zutraf.

Caruso überlegte kurz, ob er Luca nicht doch besser hätte informieren sollen, sagte sich aber dann, dass er schließlich erst einmal schauen musste, ob an den Gerüchten überhaupt etwas dran war. Der angebliche Mafioso trug eine schwarze Hose, ein graues Hemd und hatte sich Plastiktüten über seine Straßenschuhe gezogen, um sich vor dem leichten Hochwasser zu schützen, das bis auf den Markusplatz gedrungen war. Caruso bevorzugte einfache blaue Gummistiefel, die er zu seinen Jeans trug.

Nachdem es die ganze Nacht unentwegt geregnet hatte, klarte der Himmel schon wieder auf. Die ersten Sonnenstrahlen bahnten sich ihren Weg durch die Wolken. Caruso rieb sich die Hände. Er würde dem Mafioso folgen und ihn dabei beobachten, wen er traf und wohin er ging. Doch plötzlich blieb Andrea Vito Grande stehen, griff in seine Hosentasche und ging an sein lautstark klingelndes Handy.

Als er nach dem Gespräch auf einmal auf seinem Weg kehrtmachte und direkt auf Caruso zusteuerte, fuhr diesem der Schreck in die Glieder. Angestrengt starrte er wieder in seine Straßenkarte, konnte aber nicht vermeiden, dass ihre Blicke sich kurz vorher trafen. Eine Hitzewelle durchfuhr seinen Körper. Wenn der Typ nur nicht merkte, dass er ihn observieren wollte.

Als Grande an ihm vorbei war, wagte er einen schrägen Blick nach vorne. Der Mann ging schnellen Schrittes auf den Campanile zu. Was wollte er bloß dort? Als Grande sich noch einmal abrupt umdrehte, versteckte Caruso sich hinter einem amerikanischen Pärchen, das vor ihm stehen geblieben war, um fasziniert die Tauben auf dem Markusplatz zu knipsen. War Caruso aufgeflogen?

Doch der Journalist folgte seinem Zielobjekt weiterhin mit größter Vorsicht. Grande stellte sich in die Schlange vor dem Turm, Caruso reihte sich ebenfalls hinter einer deutsch sprechenden Familie ein. Seine Handflächen waren inzwischen ganz feucht, denn eigentlich hatte er furchtbare Höhenangst. Dass es auf den Campanile gehen würde, damit hatte er schließlich nicht gerechnet.

Ein einziges Mal hatte er sich während seines gesamten Aufenthalts in Venedig dazu überreden lassen, den über 98 Meter hohen Turm zu besteigen. Damals war auch noch der Fahrstuhl ausgefallen. Der Ausblick vom im 10. Jahrhundert errichteten Turm war zugegebenermaßen phantastisch, bei gutem Wetter reichte die Sicht bis zu den schneebedeckten Alpen, und ansonsten sah man über die Dächer der Altstadt und hatte einen Panoramablick rund um die Lagunenstadt. Caruso schaute nervös hoch zur Spitze des Campanile, wo eine goldene Statue des Erzengels Gabriel thronte. Konnte er es wirklich noch einmal wagen, bis hinauf in den Glockenturm zu fahren? Angstschweiß brach ihm aus. Die Menschentraube bewegte sich immer näher an den Eingang des Turms heran.

Vielleicht wollte der Mafioso sich mit einer wichtigen Person auf dem Turm treffen? Caruso ließ seinen Blick über die Leute schweifen, die vor und hinter ihm in der Schlange standen.

Er kannte niemanden davon und konnte nicht sagen, ob einer von ihnen ein Komplize Grandes war. Wenn er es nicht bis in den Glockenturm schaffte, würde er es nie erfahren.

Als er kurz davor war, das Eintrittsgeld an der Kasse zu bezahlen, verließ ihn für einen Moment der Mut. Doch dann sah er Grande in den Fahrstuhl steigen und riss sich zusammen.

Mit weichen Knien und zittrigen Händen folgte er den übrigen Touristen in den Aufzug. Der Mafioso stand mit dem Rücken zur Fahrstuhlwand. Carusos Herz klopfte in Todesangst, als das wackelige Beförderungsmittel sich in Bewegung setzte. Krampfhaft versuchte er, an seine gemütliche Couch zu Hause zu denken, auf der er in Gedanken lag und seine Lieblingslieder von Freddy Mercury hörte. Leise summte er mit, um das Geräusch des Fahrstuhls zu übertönen. Schließlich blieb der Fahrstuhl mit einem Ruck stehen, und als Caruso die Augen öffnete, fing er für einen Moment den Blick Grandes ein, der ihn argwöhnisch musterte.

Aus der Nähe wirkte dessen Nase wirklich ungewöhnlich klein und grade, und außerdem fielen Caruso die feingliedrigen Hände des Mafioso auf, als dieser sich über die Oberlippe strich. Der Journalist versuchte zaghaft zu lächeln, obwohl es in seiner Magengegend verdächtig kribbelte. Wenn er sich jetzt in Gegenwart seiner Zielperson übergeben müsste, wäre das …

Doch die Menschen schoben ihn schon hinaus in den Glockenturm. Mit Beinen weich wie Pudding betrat er den im Mosaikmuster ausgelegten Fliesenboden und vermied es, durch die vergitterten Fenster des Aussichtsturmes zu blicken. Er versuchte, den Mann, den er verfolgte, im Auge zu behalten, was hier oben nicht so schwer war.

Caruso sah Grande an den Rand des Innenraums treten, dann näherte sich ihm ein anderer Mann, etwa Mitte dreißig, der wie aus dem Nichts hinter einer Reisegruppe hervorgekommen war. Grande nickte ihm zu, und der andere Mann, der eine auffallend scharf geschnittene Nase hatte und einen dunklen Hut trug, sah sich aufmerksam um, dann zog er einen Umschlag aus seinem teuren Mantel und überreichte ihn Grande.

Hektisch fingerte der Journalist in seiner Jackentasche nach seinem Handy. Jetzt ein Foto machen, dann hätte er möglicherweise einen schlagenden Beweis in der Hand. Caruso lehnte sich halbverdeckt hinter eine Säule und visierte die beiden Männer mit seiner Kamera an. Irritiert stellte er fest, dass plötzlich nur noch der zweite Mann auf dem Bildschirm zu sehen war. Wo war Grande abgeblieben? Diese Frage hatte sich erübrigt, als ihn eine brutale Hand am Schlafittchen packte, an die Mauer drückte und ihm unverhohlen eine Pistole in die Magengegend presste.

»Sei ganz ruhig und tu so, als ob wir beide uns unterhalten!«, zischte der Typ ihn mit rauer Stimme an.

Caruso starrte dem Mafioso angstvoll in die dunklen Augen und nickte stumm.

»Wer bist du? Was willst du von mir? Du bist mir gefolgt, meinst du, das wäre mir nicht aufgefallen?«, fragte Grande ungehalten. Seine Augen funkelten böse. Der Journalist überlegte fieberhaft, was er antworten konnte.

Doch sein Kopf war leer, er fühlte sich an wie vollgestopft mit Watte.

»Bitte tun Sie die Pistole weg!«, stammelte er. »Ich bin nur ein ganz normaler Tourist, ehrlich.«

Grande verzog keine Miene.

»Los, geh da zur Tür. Und mach keinen Aufstand, sonst knalle ich dich gleich hier ab«, flüsterte er in barschem Ton. Eine ältere Dame sah misstrauisch zu den beiden herüber, wandte sich aber gleich wieder ab, als der Mafioso ihr einen finsteren Blick zuwarf.

Mit holprigen Schritten erreichte Caruso die große Tür, die zum Treppenhaus führte.

Er öffnete sie und sah sich nach Hilfe heischend um, doch die vielen Menschen rundum hatten nur Augen für die schöne Aussicht. Verzweifelt betrat er das dunkle Gemäuer, in dem sich außer ihm und Grande nun keiner mehr befand. Der zweite Mann war verschwunden.

Grande scheuchte ihn zwei Stockwerke die Treppen hinunter, immer mit der vorgehaltenen Pistole in der Hand.

Schließlich hielt er Caruso an der Schulter fest.

»So, stopp mal, jetzt erzählst du mir, was du über mich weißt. Warum bist du mir hinterhergelaufen?«

Er zielte mit der Waffe direkt unter Carusos Nase. Dem Journalisten wurde vor Angst speiübel.

»Hören Sie, ich kenne Sie doch gar nicht. Ich meine, ich gebe ja zu, dass ich für einen Moment dachte, Sie wären der berüchtigte Mafiaboss Andrea Vito Grande …«

Der Mafioso sah ihn merkwürdig nüchtern an. Caruso wusste in dem Moment, dass etwas Schlimmes passieren würde.

»Seit zwei Jahren lebe ich unbehelligt hier in Venedig. Und da glaubst du, du könntest mich mal soeben auffliegen lassen?«

Er fuchtelte mit der Waffe vor Carusos Gesicht herum. Dann entfernte er sich ein Stück, zielte erst auf Carusos Bauch, dann auf seine Schulter.

Der Journalist hob abwehrend die Hände.

»Bitte, tun Sie das nicht. Ich werde niemandem etwas erzählen, das verspreche ich.«

Doch es war zu spät.

»Zur Hölle mit dir, du verdammter Idiot!«, stieß Grande noch aus, bevor er abdrückte.

Caruso spürte einen scharfen Schmerz im linken Oberkörper, dann sah er Blut an seinem Bauch herunterlaufen. Er wollte um Hilfe schreien, bekam aber keinen Ton mehr über die Lippen. Grande war verschwunden. Caruso rutschte die blutige Wand hinunter und blieb auf den Steinstufen liegen. Er spürte sein Herz erst ganz heftig, dann immer langsamer klopfen, und schließlich wurde alles dunkel um ihn herum. Die Menschen, die eilig die Treppe hinuntergelaufen kamen, sah er nicht mehr.

Kapitel 20

Brassoni hatte die Rosen in einer extragroßen Leinentasche verstaut, um sie unauffälliger transportieren zu können. Weil das Wetter trotz der vorherigen Nacht noch einmal unerwartet schön geworden war, beschloss der Commissario, zu Fuß zu gehen. Er verdrängte das flaue Gefühl im Magen, das ihn beschlich, wenn er daran dachte, seiner Freundin in Kürze gegenüberzustehen.

Freundin, wie sich das anhörte. Als ob er fünfzehn wäre und nicht zweiundvierzig. Carla war seine Geliebte, seine Frau. Ja, am liebsten würde er sagen: meine Frau. Das hörte sich gut an. Beschwingt beschloss er, sich Gedanken über einen romantischen Heiratsantrag zu machen. Dann konnten sie endlich zusammenziehen.

Brassoni durchquerte den Stadtteil San Marco, kam zum Campo Santa Maria Formosa und beobachtete die Passanten, die an ihm vorbei Richtung Rialto-Viertel flanierten. Der Commissario mochte die gleichnamige Kirche auf dem für ihn schönsten und einladendsten Platz Venedigs, die zahlreiche sehenswerte Zunftaltäre beherbergte. Sein Weg führte ihn weiter zum Campo Santi Giovanni e Paolo, von den Venezianern schlicht »Zanipolo« genannt. Auch hier beherrschte eine im 14. und 15. Jahrhundert von Dominikanern erbaute gotische Kirche das Bild. Sehnsüchtig streifte sein Blick das Caffè Rosa Salva, in dem er schon so manches leckere Eis oder ein besonderes Gebäckstück gekauft hatte. Jetzt war aber keine Zeit für die Delikatessen seiner Heimatstadt.

Er schaute auf die Scuola Grande San Marco, seit 1815 das städtische Krankenhaus. Immer wieder führte sein Weg ihn aufgrund von Ermittlungen in die Gerichtsmedizin oder eines der Krankenzimmer. Brassoni war froh, selber bisher nur einmal als Patient in dieser Klinik gelegen zu haben. Vor der Tür zu Carla Sorrentis Abteilung zögerte er einen kurzen Moment, bevor er tief Luft holte und die Türklinke herunterdrückte. Schließlich landete er vor dem Obduktionsraum, klopfte zweimal und drückte die Glastür nach innen auf.

Carla, die gerade mit einer anderen Autopsie beschäftigt war, sah auf, erkannte ihn, legte ihr Sektionsbesteck beiseite, streifte die Handschuhe ab und wusch sich die Hände. Brassoni schaute sich in der Zwischenzeit nach allen Seiten um, konnte Pietro Gavaldo, Carlas neuen, übereifrigen Assistenten, zum Glück nirgends entdecken. Erleichtert zog der Commissario den Rosenstrauß aus der Tasche und überreichte ihn der überrascht dreinblickenden Rechtsmedizinerin.

»Hast du ein schlechtes Gewissen?«, fragte sie und sah ihn mit einem durchdringenden Blick an.

Er wusste nicht, was er darauf antworten sollte, denn er hatte wirklich ein schlechtes Gewissen, weil sie durch die falsch verstandene Situation unglücklich geworden war. Das konnte er ihr ansehen. Ihre Augen waren verweint, von tiefen Schatten umgeben. Ihr Blick war leer und traurig.

»Carla, bitte, glaub mir doch. Es war nicht so, wie du denkst. Wenn du mir gestern nur einen Moment zugehört hättest …«

Die hübsche blonde Gerichtsmedizinerin schüttelte den Kopf.

»Ich habe so etwas schon einmal erlebt, weißt du. Ich möchte das alles gar nicht hören.«

Brassoni nahm ihr die Rosen aus der Hand, stellte sie in ein großes Glasgefäß, das er auf der Ablage fand und füllte es mit Wasser auf.

Dann nahm er Carlas Hände in seine und zog sie mit sich zu den beiden Stühlen, die vor dem Fenster standen.

»Jetzt setz dich bitte mal hin und lass mich dir erzählen, was gestern wirklich passiert ist!«

Widerwillig nahm die Pathologin Platz. Brassoni lächelte sie liebevoll an und begann ihr die wahre Geschichte vorzutragen.

Je länger der Commissario sprach, desto mehr veränderte sich Carlas Gesichtsausdruck.

Als er geendet hatte, leuchteten ihre Augen zaghaft auf.

»Ist das wirklich wahr? Darum ging es also?«

Brassoni nickte stumm, voller warmer Gefühle für die Frau, die vor ihm saß. Glücklich beobachtete er, wie sich Erleichterung auf ihrem Gesicht breitmachte.

»Dann habe ich wohl überreagiert und muss mich bei dir entschuldigen.«

Liebevoll strich sie mit der Hand über seine stoppelige Wange.

»Du hast dich nicht richtig rasiert, dir fehlt wohl eine weibliche Hand im Haus, die für dich sorgt«, sagte sie leise.

Als Antwort küsste er zärtlich ihre Hand.

»Wann ist es denn so weit?«, fragte sie neugierig.

»Maria Grazia ist erst im dritten Monat«, erwiderte er und zuckte die Schultern. »Also ungefähr in sechs Monaten? Ich kenne mich da nicht so aus.«

Er lachte und zog Carla an sich.

»Sie ist wohl wieder sehr glücklich mit ihrem Mann. Ich freue mich, dass sie es mir erzählt hat. Und du brauchst dir überhaupt keine Sorgen zu machen!«

Eine Weile blieben sie so sitzen, eng umschlungen und wieder vertraut. Doch dann platzte Gavaldo in den Raum und machte große Augen. Carla Sorrenti löste sich verlegen vom Commissario und stand auf. Sie strich ihren Kittel glatt und suchte rasch ihre Unterlagen. Gavaldo tat, als hätte er nichts gesehen. Schließlich winkte Carla Brassoni zu sich und deutete auf eine bestimmte Seite im Bericht.

»Schau hier, wir haben DNA unter Marco Carrisis Fingernägeln gefunden, die von seinem Mörder stammen könnten. Außerdem gibt es ein paar Kratzspuren an seinen Händen und blaue Flecken an den Oberarmen. Der Tathergang könnte wie folgt abgelaufen sein:

Marco Carrisi stellt jemanden zur Rede, es kommt zu Handgreiflichkeiten und einer kleinen Rangelei, bei der der Täter den jungen Mann an den Oberarmen von sich weghält. Dann zieht der Täter eine Waffe, Carrisi will weglaufen, wird in den Rücken getroffen, fällt, der Mörder läuft zu ihm und schießt ihm in den Kopf, um sicherzugehen, dass er tot ist. Dann bedeckt er ihn notdürftig mit Mauerresten, weil er schnell verschwinden muss. Die Waffe versteckt er in einer Spalte.«

Brassoni hatte Carla aufmerksam zugehört.

»Interessante Hypothese. Genauso könnte es abgelaufen sein. Jetzt müssen wir nur noch den Menschen mit der passenden DNA dazu finden. Was leider nicht so leicht ist. Aber ich danke euch für die hervorragende Arbeit!«

Er gab Carla einen Kuss auf die Wange, ohne sich an ihrem Assistenten zu stören.

»Wir sehen uns heute Abend? Sarah und Maurizio freuen sich schon auf das Essen. Du wirst sehen, seine Verlobte ist auch sehr nett!«

Die Gerichtsmedizinerin lächelte verschmitzt und warf dem Commissario eine Kusshand zu.

Pietro Gavaldo blickte irritiert zu Boden. Eine Ungehörigkeit war das, Beruf und Privatleben so zu vermischen. Er schwor sich, dass ihm das nie passieren würde. War doch peinlich für Außenstehende, diese Turteleien mit anzusehen.

Keiner von ihnen ahnte, dass zur selben Zeit ein guter Freund um Leben oder Tod rang. So nahe konnten Glück und Unglück zusammenliegen. Brassoni verließ das Krankenhaus in bester Laune. Während er sich auf den Rückweg machte, beschloss er, Scott Miller in dessen Palazzo einfach aufzusuchen, statt auf seinen Anruf zu warten. Er wollte jedem einzelnen Verdacht nachgehen, bis dieser entkräftet war. Und Lavinia Millers Bruder hatte auf ihn irgendwie einen verschlagenen Eindruck gemacht.

Außerdem gab es Ungereimtheiten bezüglich seines Alibis für die Mordnacht. Wer weiß, was der junge Mann noch alles auf dem Kerbholz hatte. Unterwegs rief er Maurizio Goldini an.

»*Ciao, Maurizio!* Hast du was Neues über Scott Miller rausgekriegt? Ich werde ihm gleich einen Besuch abstatten.«

»*Ciao,Luca!* Scott Miller hat in England eine Vorstrafe wegen Sachbeschädigung und Körperverletzung. Da war er noch sehr jung. Außerdem wurde er schon mal von einigen Casinos gesperrt, weil er hohe Spielschulden hatte. Und Morandi macht Druck wegen des ganzen Presserummels. Nicolo Zamparoni war eine öffentliche Person. Alle Welt will seinen Mörder auf dem Präsentierteller serviert bekommen.«

»Das verstehe ich. Wie geht es Roberta Clemente? Wirst du heute mit ihr sprechen können?«

»Ich wollte mich gleich auf den Weg ins Krankenhaus machen. Übrigens, wo du doch in der Gerichtsmedizin warst, hättest du ruhig auf der Station nach ihr fragen können«, setzte er ein wenig vorwurfsvoll hinzu.

»*Scusa, Mauro*, ich hatte so viel im Kopf ... Außerdem ist das dein Part, sie kennt dich, und du hast ihre Aussage aufgenommen. Es gibt übrigens einen Lichtblick aus der Forensik dank der Untersuchung von Marco Carrisi. Er hat fremde DNA-Spuren unter seinen Fingernägeln.«

Goldini war erfreut das zu hören.

»*Fantastico!* Finden wir den Mörder und vergleichen die DNA! So langsam kommen wir der Sache doch schon näher!«

»Dazu brauchen wir jemanden, der kein plausibles Alibi für beide Taten und ein entsprechendes Motiv hat. Wir sind nicht auf eine Spur fixiert. Ach übrigens, falls Caruso in der Questura anruft, sag ihm, ich bin auf dem Handy zu erreichen. Bis später!«

Brassoni musste eine Weile laufen, bis er vor seinem Ziel stand.

Der Palazzo der Familie Miller befand sich in San Marco, direkt am Canal Grande, zwischen dem Palazzo Tiepolo und dem

Palazzo Contarini Fasan. Ein alter Freund von Brassonis Vater hatte mal gesagt, wenn die Venezianer verschwinden, verschwindet Venedigs Seele. So viele Häuser und Wohnungen waren inzwischen in Besitz ausländischer Käufer, und die Einheimischen mussten sich Arbeit und Unterkunft auf dem Festland suchen. Das konnte so nicht weitergehen, fand Brassoni.

Entschlossen drückte der Commissario auf die Klingel des vornehm herausgeputzten Prachtbaus. Keine zwanzig Sekunden vergingen, bis ein adrett angezogenes Dienstmädchen ihm die Tür öffnete. Fragend sah sie ihn an.

»Ich möchte zu Signor Scott Miller.«

Er hielt ihr seinen Dienstausweis unter die Nase, woraufhin sie ihn bat, im großzügigen Eintrittsbereich einen Moment zu warten. Ein kleiner weißer Malteser schoss aus dem Nebenraum und bellte den Commissario wütend an.

Kurze Zeit später trottete ein verschlafen aussehender Scott Miller im Bademantel die Treppe aus dem ersten Stock herunter.

»Filippo, hierher, aus!«, brüllte er den Hund an.

»Entschuldigen Sie, er ist völlig harmlos, hat aber das Selbstbewusstsein eines Löwen. Commissario Brassoni, Sie hier? Ich dachte, ich soll heute Nachmittag zu Ihnen ins Büro kommen?«

»Das ist auch richtig, aber die Zeit drängt, und da ich gerade hier in der Gegend war …«, log der Commissario.

»Dann kommen Sie doch bitte mit in die Bibliothek, dort können wir uns ungestört unterhalten. Meine Schwester hat sich hingelegt, die ganze Sache nimmt sie sehr mit.«

Brassoni folgte dem jungen Erben in eine klassisch gestaltete Bibliothek, wo die beiden sich auf zwei antiken Sesseln niederließen.

»Valentina, zwei Scotch!«, rief er der Angestellten zu.

Brassoni lehnte dankend ab.

»Nein, für mich nicht, keinen Alkohol um diese Tageszeit. Außerdem bin ich im Dienst.«

»Dann vielleicht einen Cappuccino? Valentina macht einen ganz vorzüglichen, Sie sollten ihn unbedingt probieren.«

Brassoni stimmte zu, und kurze Zeit später brachte das italienische Hausmädchen die Getränke. Wie versprochen war der Cappuccino ausgezeichnet.

»Signor Miller«, begann Brassoni das Gespräch, »Wir haben herausgefunden, dass Ihre finanzielle Lage nicht gerade« – der Commissario suchte nach dem passenden Wort – »optimistisch aussieht.«

Scott Miller blickte Brassoni unverhohlen an.

»Tja, ich habe mir schon gedacht, dass Sie darauf herumreiten würden. Ich gebe zu, ich bin zurzeit etwas glücklos, was meine Geschäfte angeht. Aber deswegen bin ich noch lange kein Verbrecher.«

Er nahm einen Schluck Scotch, schlug den dunkelblauen Bademantel über seinen nackten Beinen zu und bemühte sich, entspannt zu wirken. Doch Brassoni hatte schon zu viele Leute vernommen, als dass man ihm etwas vorspielen könnte.

»Wie war Ihr Verhältnis zu Ihrem Schwager? Konnten Sie ihn gut leiden?«

Miller war anzusehen, dass er fieberhaft nachdachte.

»Er war o.k. für mich. Ich meine, Lavinia war verrückt nach ihm, also musste ich ihn mögen. Wenn ich ehrlich bin, Nicolo war ein hervorragender Koch, aber sein Charakter war nicht gerade der beste. An erster Stelle kamsein Ego. Wenn er nicht im Mittelpunkt stand, konnte er manchmal ganz schön ungemütlich werden.«

»Sie haben Vorstrafen wegen Körperverletzung und Sachbeschädigung!«, schoss der Commissario scharf dazwischen. »Also sind Zurückhaltung und Gewaltlosigkeit auch keine Ihrer besten Charaktereigenschaften.«

Scott Miller wurde blass. In seiner Stimme schwang jetzt Wut mit.

»Das waren Jugendsünden. Ich bin dafür bestraft worden.

Wollen Sie mir das ewig vorhalten? Ich bemühe mich gerade, mein Leben in den Griff zu bekommen und zu ändern.«

Doch Brassoni setzte nach.

»Haben Sie immer noch Kontakte zu kriminellen Kreisen? Der Mafia womöglich? Besitzen Sie eine Waffe?«

Auf Millers Gesicht machte sich zunehmend Beunruhigung und Verärgerung breit.

»Was soll das? Ich kenne keine Mafiaverbrecher. Und ich habe noch nie eine Waffe besessen.«

»Nach Ihrer eigenen Aussage sind Sie am Abend des Mordes an Nicolo Zamparoni zusammen mit Ihrer Schwester in England gewesen. Wir haben das überprüft. Sie saßen nicht mit ihr im selben Flugzeug am nächsten Tag. Wo also sind Sie gewesen?«

Scott Miller stieß einen Fluch aus und schleuderte sein halbleeres Glas gegen die Wand.

Der kleine Malteser sprang jaulend auf und versteckte sich unter dem Sofa.

Brassoni sprang auf, um einzugreifen, doch Miller hatte sich ebenso schnell wieder beruhigt, wie er an die Decke gegangen war. Er rief die Hausangestellte in aller Seelenruhe in die Bibliothek, um sich ein neues Glas bringen zu lassen. Die junge Frau wirkte, als erlebte sie so einen Vorfall nicht zum ersten Mal.

Ohne ein Wort zu sagen, kehrte sie die Scherben zusammen und wischte die Möbel und die Holzvertäfelung notdürftig ab. Brassoni war schockiert.

»Mister Miller, wenn Sie noch einmal so ausfallend werden, werde ich Sie wegen Verdachts auf eine Falschaussage und tätlichen Angriffs mit in die Questura nehmen. Dort können Sie sich dann überlegen, wie Sie Ihren Charakter bilden können.«

Miller winkte verächtlich ab.

»Sie können mir nicht drohen. Wir haben gute Anwälte, die holen mich innerhalb einer halben Stunde wieder da raus. Ich entschuldige mich. Manchmal brennen mir einfach die Sicherungen durch. Es tut mir leid.«

Der Commissario war nicht gewillt, Miller so schnell zu verzeihen. Er verabscheute Lügner und Betrüger, und jede Form von Jähzorn war ihm verhasst.

»Sie haben meine Frage noch nicht beantwortet. Wenn Sie Ihre Schwester nicht auf dem Flug begleitet haben, waren Sie womöglich schon am Vorabend in Venedig.«

Lavinias Bruder schlug plötzlich einen versöhnlicheren Tonfall an.

»Hören Sie, Commissario, ich habe aus einem ganz bestimmten Grund gelogen. Ich war wirklich für ein paar Tage bei meinen Eltern. Aber …« – er zögerte einen Augenblick – »es ist so: Ich habe eine Freundin, eine verheiratete Freundin. Ihr Mann musste für ein paar Tage verreisen, und so bat sie mich, einen Tag früher nach Venedig zu kommen. Ich wollte sie schützen. Natürlich kann sie mir ein Alibi geben. Aber wenn unsere Affäre bekannt wird …«

»Wie heißt diese Frau?«

Brassoni machte große Augen, als er den Namen hörte. Die Frau eines bekannten venezianischen Adeligen. Sie war jung, ihr Gatte schon in den Fünfzigern. Und Scott Miller war als Casanova weithin bekannt.

Der Commissario notierte sich den Namen und die Adresse der Dame.

»Kann das bitte unter uns bleiben, Commissario?«, bat Miller ihn mit einem flehentlichen Blick.

Brassoni zuckte mit den Schultern.

»Das kann ich Ihnen nicht versprechen. Wir müssen Ihr Alibi überprüfen. Ich werde die Angelegenheit möglichst diskret behandeln.«

Sein Handy klingelte. Erleichtert über die Unterbrechung entschuldigte er sich bei Miller, verließ kurz den Raum und nahm den Anruf an. Zu seiner Überraschung war es nicht Caruso, sondern sein Kollege Maurizio Goldini.

»Luca, Luan Michikito hat sich vor ein paar Minuten gemeldet. Sein Assistent hat ihm gestanden, dass etwas von dem Fugu-Abfall gefehlt hat. Offensichtlich hat er die Fischreste aus den Augen gelassen, anstatt sie sofort zu entsorgen. Michikito macht sich furchtbare Vorwürfe, aber wenigstens wissen wir jetzt, wie der Mörder an das Gift gekommen ist. Und wir können die Täterliste auf die Menschen eingrenzen, die die letzte Kochshow besucht haben.«

Brassoni kaute auf seiner Unterlippe, wie immer, wenn er aufgeregt war.

»Ist gut, Mauro, danke für die Information. Überprüf mal bitte das Alibi von Scott Miller. Ich gebe dir einen Namen und eine Adresse. Aber sei behutsam, die Dame ist verheiratet.

Warst du schon bei Roberta Clemente?«

»Nein, keine Chance, sagen die Ärzte. Sie hat nach der Operation zweimal einen Kreislaufkollaps erlitten, irgendeine Arzneimittelunverträglichkeit. Frühestens morgen früh darf ich sie noch einmal vernehmen.«

»Und Caruso? War er bei dir? Er wollte mir etwas Wichtiges erzählen?«

»*Un momento, prego!*«, rief Goldini in den Hörer.

Brassoni bekam mit, wie er die Chefsekretärin fragte, ob sie etwas von Brassonis Cousin gehört hatte. Sekunden später war er wieder am Hörer.

»Nein, tut mir leid. Aber Maria Grazia meint, es sei etwas im Campanile passiert. Offenbar eine Schießerei. Man hat Kollegen von der Questura in Mestre eingeschaltet, weil die sich zufällig in unmittelbarer Nähe des Tatorts befanden. Sie waren auf dem Weg zu einer Übung.«

»Weißt du, was genau passiert ist?«

»Nein, aber ich werde mich gleich schlaumachen. Ich melde mich dann wieder!«

Brassoni verstaute mit nachdenklicher Miene sein Handy. Irgendwie hatte er ein ungutes Gefühl. Er ging zurück zu Scott Miller in die Bibliothek.

»Signor Miller, zwei Fragen noch, dann sind Sie mich los. Sie waren doch auch bei Luan Michikitos letzter Kochshow. Ist Ihnen da jemand aufgefallen, der sich ganz besonders für die Zubereitung des Fugus interessiert hat?«

Miller fuhr sich durch die ungewaschenen Haare und dachte nach.

»Eigentlich nicht. Ich meine, es ist ja normal, dass Nicolo, sein Souschef Scalfa und die beiden Jungköche sich besonders für die Zubereitung interessierten. Sie sind ja schließlich vom Fach, oder?«

Brassoni konnte ihm da nicht widersprechen.

»Trotzdem, einer von den Gästen hat diese Vorführung dazu benutzt, um an das Gift heranzukommen, mit dem Zamparoni später ermordet wurde. Wenn Ihnen noch etwas dazu einfällt, rufen Sie mich bitte an.«

Der Commissario sah Miller eindringlich an.

»Und jetzt würde ich gerne einmal Ihre Handgelenke sehen, wenn Sie nichts dagegen haben!«

Scott Miller wirkte überrascht, kam Brassonis Forderung aber ohne zu zögern nach. Der Commissario ließ seinen Blick über die glatte, unversehrte Haut an Millers Armen schweifen.

»In Ordnung, vielen Dank! Denken Sie daran, uns wichtige Informationen nicht vorzuenthalten und geben Sie acht auf Ihre Schwester!«

Der junge Mann nickte sichtlich zerknirscht. Der kleine Malteser, der inzwischen wieder friedlich schlafend zu Millers Füßen gelegen hatte, sah halbherzig auf, als Brassoni den Raum verließ.

Kapitel 21

Luca Brassoni wurde von einer seltsamen Unruhe erfasst. Er stand vor dem Palazzo der Millers in der frischen Luft, doch es gelang ihm nicht, den Gedanken an die Schießerei im Campanile zu verdrängen. Er musste unbedingt wissen, was dort passiert war. Von hier aus waren es nur wenige Minuten bis zum Tatort. Er beschloss, sofort dorthin zu gehen und unterwegs auf Goldinis Anruf zu warten.

Als der Anruf endlich kam, hatte er sein Ziel fast erreicht. Abrupt blieb der Commissario stehen.

»Maurizio, endlich. Ich bin jetzt fast am Campanile. Schieß los!«

Doch sein Kollege ließ sich Zeit, was Brassoni nur noch aufgeregter machte.

»Luca, ich habe erfahren, dass ein Mann im Treppenhaus des Campanile angeschossen worden ist. Reg dich jetzt nicht auf, ich habe nur die Beschreibung, aber demnach ...«

Ein paar Sekunden verstrichen. »...Also, es könnte dein Cousin Stefan sein. Er hatte keinen Ausweis bei sich und ist lebensgefährlich verletzt. Die Ärzte kämpfen im Hospital um sein Leben.«

Goldinis Worte hingen wie ein Damoklesschwert über Brassoni. Er hatte das Gefühl, nicht mehr atmen zu können. Kurzzeitig wurde ihm schwindlig. Dann erst erfasste er die gesamte Tragweite der Information. Er zwang sich, ruhig zu bleiben.

»Mauro, ich sehe mir den Tatort mal an. Die Kollegen können mir bestimmt genauere Auskünfte geben.«

»Luca, ich weiß nicht, ob das so eine gute Idee ist. Vielleicht solltest du ...«

Doch Brassoni unterbrach seinen Kollegen brüsk.

»Sag mir nicht, was ich tun oder lassen soll. Wenn Stefan in die Sache verwickelt ist, will ich es wissen. Kümmer du dich bitte darum, vom Krankenhaus zu erfahren, wie es um ihn steht. Ich werde sofort zu ihm fahren, wenn er derjenige ist, der angeschossen wurde.«

Mit diesen Worten legte er auf. Wenn er sich dazu hinreißen ließ, die Stimme zu erheben, dann musste es sich um etwas von Bedeutung handeln.

Mit zittrigen Fingern wählte er anschließend Carlas Nummer. Sie war die Einzige, deren Stimme er jetzt unbedingt hören musste.

»Luca? Du warst doch eben erst bei mir. Was ist passiert?«, fragte sie intuitiv beunruhigt.

Mit belegter Stimme erklärte Brassoni seiner Freundin, was Caruso allen bisherigen Erkenntnissen nach widerfahren war.

»Luca, du weißt, ich vertrete das Prinzip, mich erst dann zu sorgen, wenn ich genau weiß, dass es einen Grund dazu gibt. Ich bete für Stefan, dass nicht er das Opfer ist. Aber ich würde genauso wie du handeln. Ich bin in Gedanken bei dir. Ruf mich wieder an, wenn du Genaueres weißt!«

Brassoni war froh, eine so einfühlsame und gescheite Partnerin zu haben. Das stärkte ihm den Rücken. Er schloss für einen Augenblick seine Augen und atmete langsam in seinen Bauch, bis sein Puls sich etwas beruhigt hatte.

Dann holte er tief Luft und mobilisierte alle seine Kräfte. Er durfte jetzt nicht durchdrehen. Vielleicht war das alles nur ein großer Irrtum. Immer wieder hatte er sich gefragt, ob es richtig war, den Journalisten in seine Ermittlungen mit einzubeziehen. Allerdings hatte Caruso auch noch nie einen Alleingang hingelegt. Also musste das alles eine Verkettung unglücklicher Umstände sein.

Mit klopfendem Herzen lief Brassoniauf das Wahrzeichen des Markusplatzes zu. Der Turm war geschlossen worden und mit einem Absperrband versehen. Eine ganze Horde Touristen stand neugierig um den Campanile herum, schoss Fotos und diskutierte aufgeregt. Brassoni drängte sich durch die Menschentraube, zeigte dem Polizisten, der vor dem Campanile stand, seinen Dienstausweis. Glücklicherweise ließ der ihn ohne Probleme hinein. Da auch der Aufzug gesperrt war, musste er die vielen Stufen nach oben zu Fuß laufen. Er wusste ja auch gar nicht, in welcher Etage sich das Drama abgespielt hatte. Völlig außer Atem stieß er, nachdem er zwei Drittel der Treppe zum Turm hinaufgestiegen war, endlich auf die Kollegen von der Spurensicherung.

Nunzio Sposato war nicht dabei, aber aus dem Augenwinkel sah er Tomaso Pippo, den neuen Mitarbeiter.

»Tomaso!«, rief Brassoni ihm zu und winkte ihn zu sich.

Der junge Mann kam sofort zum Commissario.

»Signor Brassoni, was machen Sie denn hier?«

Doch der Commissario ignorierte die Frage.

»Wer ist der ermittelnde Kommissar? Ich habe gehört, Kollegen aus Mestre haben sich des Falles angenommen? Wo kann ich sie finden?«

Pippo zeigte nach oben zum Glockenturm.

»Es ist eine Frau, die ermittelt. Signora Lucia Moscati. Sie befragt Zeugen oben im Glockenturm.«

»Wo genau ist das Unglück passiert. Dort drüben?«

Brassoni zeigte eine halbe Treppe hinauf auf die Wand und den Boden. Beides war über und über mit Blut verschmiert.

»Genau. Der Täter muss den armen Mann mit einem gezielten Schuss niedergestreckt haben. Die Kugel steckt noch im Körper des Opfers, die Tatwaffe haben wir bisher nicht gefunden.«

»Haben Sie das Opfer gesehen?«

Pippo nickte.

»Ja, kurz. Die Ärzte haben versucht, ihn zu reanimieren. Mit Erfolg. Er war kollabiert und hatte eine Menge Blut verloren.«

»Wie sah er aus, der angeschossene Mann?«, fragte Brassoni mit fester, klarer Stimme.

Pippo sah den Commissario argwöhnisch an.

»Warum wollen Sie das wissen? Kennen Sie das Opfer?«

»Vielleicht. Nun erzählen Sie schon.«

»Tja, soweit ich mich erinnere, war er groß, hatte kurze blonde Haare, trug eine Jeans und blaue Gummistiefel. Und ein weißes Hemd. Er hatte eine Kette mit einem Sternzeichen um, Fische, glaube ich.«

Brassoni brach der Schweiß aus. Caruso, es musste Caruso sein. Er hatte immer seine Sternzeichenkette um, ein Geschenk seiner verstorbenen Mutter.

»Danke, Tomaso. Ich will Sie nicht weiter von der Arbeit abhalten.«

Der Anblick des Tatorts war grausam für den Commissario. Lieber Gott, lass ihn bitte überlebt haben, murmelte er, während er die letzten Stufen den Turm hinauf stieg.

Oben erwarteten ihn mehrere Kollegen aus Mestre, die sich angeregt mit einer älteren Touristin unterhielten, die sich tränenüberströmt gegen das Mauerwerk lehnte.

Brassoni erkannte Antonio Londani, einen Inspektor aus Mestre, den er vor zwei Jahren bei einem Lehrgang kennengelernt hatte. Londani winkte ihm zu, und der Commissario stellte sich zu der Gruppe. Die einzige Frau unter den Beamten, die wahrscheinlich die ermittelnde Kommissarin war, wie Brassoni sich dachte, unterbrach das Gespräch und sah ihn misstrauisch an.

»Wer sind Sie, und wie kommen Sie hierher?«, fragte sie in scharfem Ton.

»Das ist Commissario Luca Brassoni«, mischte Ispettore Londani sich ein. »Er ist der zuständige venezianische Kommissar.«

Der Gesichtsausdruck der jungen Frau wurde eine Spur milder. Sie konnte höchstens Anfang dreißig sein, vermutete Brassoni. Sie reichte ihm ihre schmale Hand. Ihr Händedruck war fest und selbstbewusst.

»Kommissarin Lucia Moscati. Freut mich, Sie endlich mal kennenzulernen. Sie genießen in der Stadt einen sehr guten Ruf«, fügte sie hinzu.

Ihre hellen Augen strahlten ein zurückhaltendes Lächeln aus.

»*Grazie.* Freut mich ebenfalls, Signora Moscati. Sie vernehmen hier oben die Zeugen?«

»Ja, der Dame hier sind zwei Männer aufgefallen, die sich seltsam verhalten haben. Der eine davon hat wohl das Opfer bereits hier im Glockenturm bedroht und es gezwungen, in das Treppenhaus zu gehen. Sie wollte sich noch einmischen, aber der Täter hat sie schon mit Blicken dermaßen eingeschüchtert, dass sie sich nicht getraut hat. Jetzt macht sie sich große Vorwürfe.«

Moscati wies mit einer Kopfbewegung auf die ältere Frau, die von ihrem Mann gestützt wurde und immer wieder in Tränen ausbrach.

»Das hat ihr wahrscheinlich das Leben gerettet, dass sie sich zurückhielt. Habt ihr eine Beschreibung des Täters?«

»Ja, ein mittelgroßer Mann Ende vierzig, schwarze Baseballkappe, dunkle Hose, graues Hemd. Sie sagt, sein Gesicht sähe irgendwie operiert aus. Unnatürlich.«

Brassoni dachte sofort an Andrea Vito Grande, den totgesagten Mafioso. Was, wenn er sich hier in Venedig aufhielt. Das würde auch erklären, wieso seine Waffe für den Einbruch in Zamparonis Villa und für den Mord an Marco Carrisi benutzt wurde.

»Und dieser andere Mann, von dem Sie eben sprachen. Wie sah der aus?«

Moscati sah auf ihrem Notizblock nach.

»Etwa Mitte dreißig, schlank, dunkler Hut und eine auffallend längliche Nase. Ach ja, die Zeugin hat gesehen, wie dieser Mann dem anderen einen Umschlag übergeben hat. Dabei fiel ihr eine Narbe an seinem Handgelenk auf, die soll ungefähr so aussehen.«

Lucia Moscati zeigte dem Commissario eine Zeichnung, die der des angeschossenen Carabinieri ähnelte. Ein Zickzackmuster mit einer Länge von circa ein bis zwei Zentimetern.

»Sieht nach einer Unfallnarbe aus«, mutmaßte die Kommissarin.

»Ja, ich habe von dieser Narbe schon einmal gehört, in Zusammenhang mit einem Verbrechen, in dem wir ermitteln. Die Männer, die sich heute hier auf dem Glockenturm aufgehalten haben, scheinen etwas damit zu tun haben. Vielleicht hat der Täter diese Narbe bisher mit etwas verdeckt oder sie geschickt überschminkt, so dass sie uns nicht aufgefallen ist. Der Mann, der geschossen hat, könnte der Mafiaboss Andrea Vito Grande gewesen sein, der fälschlicherweise vor zwei Jahren für tot erklärt worden ist. Mit seiner Waffe wurde ein junger Mann ermordet. Die Identität des zweiten Verdächtigen ist mir nicht ganz klar, allerdings trug der Mörder des Sternekochs Nicolo Zamparoni auch solch einen Hut. Das haben wir auf Überwachungskameras sehen können. Ich wäre Ihnen sehr dankbar, wenn Sie mich über Ihre Ermittlungsergebnisse auf dem Laufenden hielten, Signora Commissario!«

Lucia Moscati hatte angesichts Brassonis Ausführungen überrascht die Augenbrauen gehoben.

»Da stecken wir ja mitten in einem wichtigen Fall, der ein ziemlich großes Ausmaß hat. Wollen Sie mich nicht bei den weiteren Befragungen unterstützen? Immerhin sind die Vorfälle auch für Ihre Ermittlungen von Bedeutung.«

Brassoni schüttelte heftig den Kopf.

»Nein, tut mir leid, im Moment nicht. Ich muss jetzt auf dem schnellsten Weg ins Krankenhaus. Der angeschossene Mann ist mein Cousin und bester Freund. Außerdem wäre ich wohl auch befangen durch meine persönliche Beziehung.«

Die Kommissarin sah ihn verständnisvoll an.

»Das tut mir leid, Commissario Brassoni. Ich drücke Ihrem Freund die Daumen, dass er durchkommt. Allerdings sind Sie mir dann noch eine Erklärung schuldig, was er hier oben zu suchen hatte mit den beiden Kriminellen.«

Brassoni zuckte mit den Schultern.

»Wenn ich das nur wüsste, Signora. Ich hoffe, er wird es uns bald selber sagen können. Vermutlich hat er einen Tipp bekommen, wo Grande sich aufhält. Stefan Mayer ist Journalist und verfügt über viele Kontakte.«

Er schrieb der Kommissarin alle wichtigen Daten zu Caruso auf einen Zettel und verabschiedete sich eilig.

Auf dem Weg zum Polizeiboot, das ihn ins städtische Hospital bringen sollte, meldete sich Maurizio Goldini noch einmal bei ihm.

»Luca, der angeschossene Mann ist Caruso, das steht jetzt fest. Sein Freund Francesco hat ihn identifiziert, er ist bei ihm im Krankenhaus. Die Ärzte operieren noch, es sieht wohl so aus, als hätte er eine Chance.«

Dieser kleine Hoffnungsschimmer hellte Brassonis Laune etwas auf.

»*Grazie, Maurizio.* Die Beschreibung des Täters passt übrigens auf Andrea Vito Grande. Es gab noch einen zweiten Verdächtigen, der der Beschreibung nach unser Mann im Fall Zamparoni sein könnte. Signora Commissario Lucia Moscati ist für die Ermittlungen zuständig. Setz dich mit ihr in Verbindung und gib eine Fahndung nach den gesuchten Männern raus.«

Das Polizeiboot brachte den Commissario schnell und sicher zum Rio dei Mendicanti an den Anleger des Ospedale Civile.

Brassoni bedankte sich bei dem Bootsführer, stieg eilig aus und rannte den Weg entlang zum Eingang des Krankenhauses. Der Pförtner nannte ihm Station und Etage, auf der Caruso behandelt wurde. Der Commissario nahm den Fahrstuhl, ungeduldig und von Sorgen um seinen Cousin gequält. Endlich in der richtigen Station angekommen, stürmte er den Flur entlang, wo er schon von Weitem Francesco, Stefans Lebensgefährten, erkannte.

»Francesco, wie geht es ihm?«, fragte er voller Angst.

Der junge Mann hatte tiefe Ringe unter den Augen.

»Ich weiß es nicht, Luca. Sie operieren ihn noch. Ich verstehe nicht, wie so etwas passieren konnte. Stefan tut doch keiner Seele etwas zuleide. Kannst du mir das erklären?«

Brassoni, der sich mitschuldig fühlte, blieb die Antwort schuldig.

»Ich weiß es nicht, aber ich werde mit dir hier warten, bis wir Gewissheit haben, ob Caruso überlebt. Er wird es schaffen, nein, er muss einfach!«

Kapitel 22

Der Mann mit dem dunklen Hut schmiss seine Kopfbedeckung voller Wut in die Ecke seines Wohnraums. Er trug sie niemals in der Nähe seiner Wohnung oder seines Arbeitsplatzes, denn er wollte nicht, dass ihn jemand mit dem Mord an Nicolo Zamparoni in Verbindung brachte. Die Zeitungen waren inzwischen voll von Beschreibungen des mutmaßlichen Täters. Er würde den Hut verbrennen und sich eine andere Tarnung ausdenken.

Die Sache auf dem Campanile war gerade noch einmal gutgegangen. Er kannte Andrea Vito Grande seit seiner Jugend. Sie waren seit Jahren eng befreundet. Grande hatte ihm die Waffe gegeben, und er hatte ihn großzügig dafür bezahlt. Wenn er doch nur endlich die Diamanten finden würde, dann könnte er verschwinden, sonst war alles umsonst, was er gemacht hatte.

Aber sie waren wie vom Erdboden verschluckt. Auch bei seinem zweiten Einbruch in Zamparonis Haus hatte er die Edelsteine nicht finden können. Erschöpft ging er in seine Küche und goss sich ein Glas Rotwein ein. Gierig trank er das Glas in einem Zug aus. Wer war bloß dieser Typ, der Andrea heute Morgen verfolgt hatte? Er konnte sich lebhaft ausmalen, was Grande mit ihm gemacht hatte. Mit einem Mafioso legte man sich besser nicht an.

Und wie war man ihnen eigentlich auf die Spur gekommen? Er musste noch vorsichtiger sein. Bisher ahnte niemand, dass er etwas mit Nicolos Tod und dem Mord an diesem übergeschnappten jungen Kochlehrling zu tun hatte. Er würde weitermachen wie bisher, bis er hatte, was ihm seiner Meinung nach zustand.

Mit müden Schritten ging der Mann ins Badezimmer, um sich kaltes Wasser über das Gesicht laufen zu lassen. Dann sah er sich im Badezimmerspiegel an. Es war das Gesicht eines Mörders. Einen Augenblick lief es ihm kalt den Rücken runter. Er trocknete sich ab und versuchte, sich vor sich selbst zu rechtfertigen. Dass all diese Dinge passieren, war nie sein Plan gewesen, aber die Umstände hatten ihm keine Wahl gelassen. Nun war es ohnehin zu spät. Selbstmitleid war fehl am Platz. Er würde sein Ziel erreichen, so oder so.

Maurizio Goldini ließ seinen Stift los und nestelte an seiner Schreibtischschublade. Irgendwo musste doch noch ein Stück Schokolade versteckt sein. Resigniert suchte er zwischen kaputten Kugelschreibern, Taschentüchern und alten Kinoprospekten. Nichts. Goldini streckte sich und schaute aus dem Fenster. Die Sonne malte glänzende Streifen an die ungeputzte Scheibe. Wie schlecht musste es Luca gerade gehen, dachte der junge Commissario. Caruso war ein feiner Kerl, immer hilfsbereit, intelligent, fröhlich und gesellig. Doch diesmal hatte er sich zu nah an den Abgrund begeben. Er hatte wohl nicht ahnen können, dass die Situation dermaßen außer Kontrolle geriet. Wahrscheinlich wollte er wie so viele Male eine Person beschatten, um Brassoni und ihm helfen zu können. Caruso sah sich gerne als eine Art »Hobbydetektiv«. Goldini wünschte ihm, dass er seine Verletzung unbeschadet überstand, auch wenn es nicht gut um ihn stand. Der liebe Gott würde hoffentlich dafür sorgen, dass eins seiner guten Schäfchen noch ein bisschen länger auf dieser Erde blieb.

Er hatte die Fahndung nach den beiden Verdächtigen bereits herausgegeben. Die Kommissarin Lucia Moscati hatte ihm noch die wichtigsten Aussagen der anderen Zeugen zukommen lassen. Im Großen und Ganzen stimmten sie mit denen der älteren Dame überein, die die Männer wegen ihres auffälligen Verhaltens eine Zeitlang beobachtet hatte. Ein japanischer Arzt hatte den Mafioso aus dem Campanile fliehen sehen.

Er sei in Richtung San Zaccaria gelaufen. Doch dort verlor sich seine Spur. Zahlreiche Beamte waren in der gesamten Stadt unterwegs, um nach ihm zu suchen. Eigentlich hatte er keine Chance, aus Venedig zu entkommen. Der Flughafen, der Bahnhof sowie alle Bus- und Taxilinien hatten eine Beschreibung des Täters. An jedem wichtigen Knotenpunkt waren Polizisten positioniert.

Ein Klopfen an seiner Bürotür riss Goldini aus seinen Gedanken. Maria Grazia Malafante machte ihm ein Zeichen, dass der Vice Questore ihn sehen wollte.

»Und schauen Sie mal, wer wieder an Bord ist!«, rief sie und trat einen Schritt beiseite.

Ispettore Colludi tauchte hinter ihrer Silhouette auf und trat ein wenig verlegen ins Zimmer.

»Inspektor, ich dachte, Sie kurieren Ihre Gehirnerschütterung noch ein paar Tage aus.«

Goldini sprang erfreut auf und schüttelte dem Kollegen die Hand.

»Ach, was soll ich denn zu Hause, wo es hier doch so viel zu tun gibt. Mir geht es gut, und ich möchte dazu beitragen, dass dieser üble Kerl endlich gefasst wird. Leider hat mir der Vice Questore vorerst nur den ganzen Schreibkram übertragen, damit ich mich noch schone. Aber viel lieber würde ich mit Ihnen raus auf die Straße gehen. Ich habe gehört, was mit Commissario Brassonis Cousin passiert ist. Signor Morandi ist übrigens sehr wütend.«

Colludi stand mit hängenden Schultern vor dem Commissario. Goldini klopfte ihm auf die Schulter.

»Machen Sie sich keine Gedanken. Sie können uns auch vom Schreibtisch aus helfen. Und was den Vice Questore betrifft, ich werde ihm die Angelegenheit plausibel erklären. Stellvertretend für Commissario Brassoni sozusagen. Und ich freue mich, dass Sie wieder bei uns sind!«

Mit diesen Worten ließ er die beiden Kollegen in seinem Zimmer zurück und trottete zu Morandis Büro. Der Polizeidirektor wartete nicht gerne lange. Er war am Vormittag zu einer Besprechung mit dem Bürgermeister außer Haus gewesen und erst vor einer Viertelstunde wieder im Büro eingetroffen. Goldini straffte seine Schultern, bevor er anklopfte und auf Geheiß seines obersten Chefs schließlich eintrat.

Überraschenderweise saß der Vice Questore völlig entspannt in seinem schwarzen Ledersessel und bat Goldini gutgelaunt, Platz zu nehmen.

Verwirrt setzte der Commissario sich hin. Eigentlich hatte er eine Standpauke erwartet.

»Commissario Goldini, ich habe erst vor einer Viertelstunde erfahren, was heute morgen im Campanile passiert ist. Zuerst war ich sehr wütend. Einen Zivilisten in unseren Fall einzubeziehen, Sie wissen, das ist außerhalb unserer Vorschriften. Brassoni wird sich dafür verantworten müssen. Aber ich habe die Darstellung des Vorfalls zu unseren Gunsten geändert, indem ich Signor Mayer als einen unserer Informanten ausgegeben habe. Damit umgehen wir eine Disziplinarstrafe. Dieser nette Journalist hat uns schließlich schon oft geholfen. Ich gehe mal davon aus, dass Commissario Brassoni seinen Cousin nicht dazu aufgefordert hat, Andrea Vito Grande zu verfolgen?«

Goldini schüttelte seine schwarzen Locken.

»Das kann ich mir nicht vorstellen. Meine Hypothese ist, dass Caruso zufällig in Grandes Schusslinie geraten ist. Sicher wollte er ihn nur auf ganz harmlose Art und Weise beobachten. Aber leider können wir ihn hierzu nicht persönlich befragen. Ich finde, das Wichtigste ist, dass er wieder ganz gesund wird. Das sollte im Moment unsere einzige Sorge sein.«

Alberto Morandi stimmte ihm zu.

»Das denke ich auch. Wie kommen wir mit den Ermittlungen voran? Gibt es schon eine heiße Spur?«

»Wir tun unser Bestes. Unsere wichtigste Zeugin, Signorina Roberta Clemente, ist immer noch nicht vernehmungsfähig. Ich habe mir aber gedacht, ich statte ihrer Mutter einen Besuch ab. Es ist doch möglich, dass sie ihr etwas anvertraut hat.«

»*Buona idea, Commissario, buona idea!*«, lobte Morandi seinen Mitarbeiter zufrieden.

Erleichtert verließ Goldini das Büro des Vice Questore. Es war mittlerweile Viertel vor zwölf, und sein Magen begann zu knurren. Bevor er Signora Clemente aufsuchte, würde er etwas essen müssen.

Auf dem Flur traf er auf Nunzio Sposato. Der Kriminaltechniker mit dem kurzgeschnittenen graumelierten Haar und dem dunkel umrandeten Brillengestell wedelte mit einem Blatt Papier in Goldinis Richtung.

»Maurizio, gut, dass ich dich treffe. Ich war mit meinen Kollegen auf Lucas Bitte noch einmal in Zamparonis Villa. Wir haben zwei Drogenspürhunde mitgenommen. Erst einmal mussten wir feststellen, dass vor uns schon jemand im Haus war und sämtliche Räume durchwühlt hat.«

»*Prego lentamente, Nunzio*«, bat Goldini Sposato, der seine Sätze eilig hinuntergespult hatte. »Es ist schon wieder in das Anwesen eingebrochen worden? Gut, das Signora Miller sich dort nicht mehr aufhält.«

»Genau«, pflichtete Sposato ihm bei. »Bei der Durchsuchung sind wir auf ein Geheimversteck hinter einer holzvertäfelten Wand im Schlafzimmer gestoßen. Ohne die Hunde wären wir darauf nicht gekommen. Es sieht ganz so aus, als hätte Zamparoni dort seine Drogen verwahrt. Aber außer ein paar Tütchen mit Amphetaminen haben wir nur Spuren von Kokain gefunden. Er muss noch vor seinem Ableben alles verkauft oder verbraucht haben, oder der Einbrecher war auf der Suche nach den Drogen, hat sie gefunden und mitgenommen.«

»Sieh an, sieh an. Die feine Gesellschaft. So hat sich der Meisterkoch also sprichwörtlich eine goldene Nase verdient. Jetzt ist nur die Frage, ob seine liebreizende Verlobte davon wirklich nichts gewusst hat.«

»Das herauszufinden ist dann wohl eure Arbeit«, bemerkte Nunzio Sposato beiläufig.

»Ich jedenfalls bin quasi zugeschüttet mit Arbeit. Wenn du mich suchst, ich bin drüben im Labor.«

Die beiden Männer verabschiedeten sich freundschaftlich voneinander, um ihrer jeweiligen Arbeit nachzugehen.

»Sind die Drogen der Schlüssel zu allem?«, murmelte Goldini leise vor sich hin, während er die Questura verließ. Als sich sein leerer Magen wieder meldete, überlegte er, wo er schnell eine Kleinigkeit zu sich nehmen könnte. Spontan entschied er sich, das *Dal Moro's* in der Calle de La Casseleria aufzusuchen, ein Schnellrestaurant, in dem junge Italiener mit einer neuen Idee hausgemachte Pasta to go anboten. Das Lokal in einer kleinen Seitengasse in der Nähe des Markusplatzes war schon lange kein Geheimtipp mehr. Vor allem junges Publikum wurde von den leckeren Nudelgerichten angezogen. Goldini wählte eine Portion Spaghetti arrabiata, die ihm in der typischen weißen Snackbox serviert wurden. Hungrig stellte er sich neben ein junges amerikanisches Pärchen und fiel über seine Nudeln her. Der Commissario genoss die prickelnde Schärfe der Peperonis auf seiner Zunge, und die frische Pasta war ohnehin ein Gedicht. Andächtig trank er sein Aqua minerale dazu und war erst zufrieden, als er seine Portion bis auf den letzten Rest vertilgt hatte. Das Essen am Abend bei Luca würde ohnehin sicherlich wegen Carusos Verletzung ausfallen, deshalb setzte er in der nächsten Gelateria noch zwei Kugeln Gelato al cioccolato obendrauf. Satt und zufrieden hatte er den Kopf wieder frei für seine Ermittlungen. Jetzt würde er als Erstes Adriana Clemente, Robertas Mutter, einen Überraschungsbesuch abstatten. Wenn sich alles glücklich fügte, konnte sie ihm erzählen, welches Geheimnis ihre Tochter mit sich herumtrug.

Luca Brassoni blickte aus dem Fenster des Krankenhausflurs. Die weißen Kondensstreifen am Himmel zogen in sanften Bewegungen Richtung Norden. Er sah den Wolken zu, wie sie sich über Teilen der Stadt zusammenschlossen und das helle Blau des Himmels stellenweise verdunkelten.

Plötzlich gab es genau über dem Krankenhaus einen heftigen Regenschauer, und fast im gleichen Moment brach die Sonne durch die Wolkenmauer und verwandelte die Wassertropfen in einen bunt schillernden Regenbogen. Staunend beobachtete der Commissario das Naturschauspiel und fragte sich insgeheim, ob das wohl ein Zeichen gewesen war. Ein Zeichen vom Himmel, dass Caruso es überstanden hatte.

Er drehte sich um und starrte auf die Tür zum Operationssaal, aber es kam niemand heraus. Francesco saß mit gesenktem Kopf in einem der unbequemen Plastikstühle im Wartebereich der Station. Vor ihm stand ein Becher mit kalt gewordenem Kaffee. Auch Brassoni hatte keinen Schluck hinunterbekommen. Der Commissario mochte Francescos ruhige, ungekünstelte Art. Wenn er von Caruso sprach, hatte er immer ein Leuchten in den Augen.

Lächelnd dachte Brassoni an einen seiner letzten Pokerabende, bei dem auch Francesco und Caruso dabei gewesen waren. Sein Cousin, der immer viel zu aufgeregt war, um seine Hände zu verbergen, hatte sein gesamtes Kleingeld verloren. Doch anstatt sich zu grämen, hatte er nach seinem Ausscheiden die Gäste mit Getränken und Häppchen aus Brassonis Vorrat versorgt. Immer gut gelaunt und hilfsbereit. Jeder mochte ihn. Man war sich im Alltag gar nicht so richtig bewusst, wie schnell das Leben eigentlich zu Ende sein konnte. Wenn er heute zurückblickte, würde Brassoni vieles in seinem Leben anders machen. Seine gescheiterte Ehe, an der er Mitschuld trug, das Verhältnis zu seiner Exfrau, der Kontakt zu seinen Eltern, die er viel zu selten besuchte und zu sich einlud … Da gab es einiges, was er ab sofort ändern würde.

Seine Gedanken gingen im Geräusch einer lauten Stimme unter. Er drehte sich um, und sein Herz setzte einen Schlag aus, als er die Stationsschwester aus dem OP kommen sah.

Sie lüftete ihren Mundschutz und wiederholte, was er eben nicht verstanden hatte.

Franceso war ebenfalls totenbleich aufgestanden und lauschte mit zitternder Unterlippe den Worten der Krankenschwester.

»*Signori*, der Patient scheint über dem Berg zu sein. Sie können beruhigt nach Hause gehen und sich ein Weilchen ausruhen. Er ist hier bei uns in den besten Händen!«

Brassoni und Stefans Lebensgefährte sahen sich voller Erleichterung an. Dann ging Francesco langsam auf den Commissario zu und umarmte ihn.

»Der liebe Gott wollte ihn noch nicht haben«, flüsterte er mit erstickter Stimme.

»Zum Glück«, erwiderte Brassoni. »Jetzt wird alles wieder gut, glaub mir. Caruso ist ein Kämpfer.«

Francesco nickte wortlos und löste sich aus der Umarmung.

»Wann kann ich ihn sehen?«, fragte er die geduldig wartende Krankenschwester.

»Das wird noch ein Weilchen dauern. Signor Mayer ist jetzt stabil, aber er wird noch einige Zeit auf der Intensivstation verbringen müssen. Wir rufen Sie an, wenn es etwas Neues gibt.«

Mit diesen Worten drehte sie sich um und verschwand wieder durch die Glastür.

Brassoni spürte auf einmal das Kribbeln der Sonnenstrahlen, die durch das Fenster brachen, auf seiner Haut und fühlte sich, als wäre alles plötzlich neu zum Leben erweckt.

»Geh nach Hause und ruh dich aus!«, sagte er zu Francesco, der müde nickte.

Gemeinsam verließen sie das Ospedale Civile Richtung Vaporettostation. Brassoni fuhr bis zum Fondamente Zattere, wo er sich einen Platz in seinem Lieblingsrestaurant Ae Oche suchte, das neuerdings Oke hieß und unter einem neuen ökologischen- und umweltfreundlichen Konzept lief. Er bestellte eine große Pizza Saporito mit Gorgonzola, Zwiebeln und pikanter Salami und ein Glas Weißwein. Jetzt durfte er ein wenig ausruhen.

Kapitel 23

Maurizio Goldini stand vor dem Haus, in dem Roberta Clemente mit ihrer Mutter wohnte.

Es lag abseits der Touristenpfade in einem der ärmlicheren Viertel Venedigs. Überall blätterte der Mörtel von den Steinen. Goldini studierte die drei Klingeln an der Haustür. Clementes wohnten in der zweiten Etage. Entschlossen drückte der Commissario auf den richtigen Knopf. Unweit von hier befand sich der Bahnhof, das hörte man am Geräusch der ein- und ausfahrenden Züge.

Die *Statione di Venezia Santa Lucia* war der einzige Bahnhof auf der Insel von Venedig, und Goldini kannte ihn wie alle Venezianer in- und auswendig, denn er war von hier aus schon oft zu Reisen oder Verwandtenbesuchen aufgebrochen. Der Namensgeber dieses Kopfbahnhofs war die Santa-Lucia-Kirche, die ursprünglich an diesem Platz gestanden hatte, 1861 aber für den Bau des Bahnhofs abgerissen wurde. Ein Gedenkstein in der Mitte des Platzes erinnert bis heute an die Kirche.

Zwei Minuten vergingen, bis oben im Haus ein Fenster geöffnet wurde. Eine ältere Frau mit graugesträhntem Haar, das zu einem Zopf zusammengebunden war, steckte den Kopf durch die Fensteröffnung und begutachtete misstrauisch den schwarzgelockten jungen Mann, der vor ihrem Haus stand.

»Was wollen Sie?«, rief sie mit schwacher Stimme.

Maurizio Goldini trat ein Stück vom Hauseingang weg, damit die Frau ihn besser sehen konnte.

»Commissario Maurizio Goldini von der Polizei Venedig. Ich

muss mit Ihnen über Ihre Tochter reden, Signora Clemente«, rief Goldini ihr von unten zu. Dabei hielt er seinen Dienstausweis in ihre Richtung.

Die Frau schien einen Moment zu zögern, doch dann verschwand sie im Innern der Wohnung. Ein paar Sekunden später ertönte der Türöffner.

Goldini trat in den muffigen Hausflur und stieg die Treppen hinauf in die zweite Etage, wo Signora Clemente ihn schon erwartete.

Trotz ihrer ärmlichen Erscheinung war sie gepflegt, schien aber von Krankheit und Sorgen gezeichnet. Bevor sie den Commissario in ihre Wohnung ließ, studierte sie mit besonderer Aufmerksamkeit seinen Ausweis.

Schließlich trat sie einen Schritt beiseite und bedeutete ihm mit der Hand hereinzukommen.

Goldini bedankte sich und ging den schmalen Flur der kleinen Wohnung entlang, bis er zu einem übersichtlichen Wohnzimmer kam. Offensichtlich diente es der armen Frau auch als Schlafraum, denn in der Ecke nahe dem Fenster stand ein Einzelbett aus dunklem Holz.

Das eigentliche Schlafzimmer war dann bestimmt Robertas Zimmer, mutmaßte Goldini.

»Setzen Sie sich doch bitte«, bat die ältere Frau den Commissario mit einem freundlichen Lächeln im Gesicht. »Und entschuldigen Sie die Unordnung, mir geht es nicht besonders gut, das Herz, und seit Roberta im Krankenhaus ist …« Sie beendete den Satz nicht, sondern starrte einen Augenblick ins Leere.

»Schon gut, Signora Clemente, ich will Ihre Zeit auch nicht über Gebühr in Anspruch nehmen«, erwiderte der Commissario.

Robertas Mutter ließ sich schwerfällig in einem der abgenutzten grauen Sessel nieder und fingerte an dem Kissen in ihrem Rücken herum, um es sich bequem zu machen.

»Wie geht es Ihrer Tochter?«, fragte Goldini als Erstes.

Die kranke Frau sah ihn aus tränengefüllten Augen an.

»Meine arme Kleine. Erst der Überfall und jetzt diese Operation.«

Sie stockte. »Die Ärzte sagen, ich kann erst morgen früh zu ihr. Sie braucht noch Ruhe. Ihr Körper hat die Narkose nicht verkraftet. Sie hatte einen allergischen Schock auf eines der Medikamente. Wie kann denn so etwas nur passieren?«

Sie zog ein Taschentuch aus der Tasche ihrer Strickjacke und putzte sich geräuschvoll die Nase.

»Signora Clemente, Sie wissen ja, dass wir im Mordfall Zamparoni ermitteln. Er war der Chef Ihrer Tochter. Ein weiterer Kollege von Roberta, Marco Carrisi, ist ebenfalls ermordet worden.«

Bei diesen Worten wich alle Farbe aus Adriana Clementes Gesicht.

»Marco, der Kochlehrling? Roberta hat manchmal von ihm erzählt. Ich glaube, sie mochte ihn sehr. Aber sie hat immer ein Geheimnis aus diesen Dingen gemacht. Sie wollte nicht, dass ich es erfahre, falls sie einmal Liebeskummer hatte …«

»War Roberta eng mit ihm befreundet?«

Es entstand eine kleine Pause, in der Robertas Mutter sich ein Glas Wasser aus einer Karaffe auf dem Tisch eingoss und eine blaue Pille aus einer Schachtel schluckte.

»Geht es Ihnen gut? Soll ich einen Arzt rufen?«, fragte Goldini besorgt.

Adriana Clemente winkte mit einer fahrigen Bewegung ab.

»*No no, grazie,* ist schon in Ordnung, mein Herz ist nur etwas schwach, die Aufregung macht mir zu schaffen …«

Sie trank einen Schluck Wasser und bot dem Commissario Kaffee oder Tee an, was er aber dankend ablehnte. Dann lehnte sie sich erschöpft zurück an ihr Kissen.

»Nun, Roberta hat sich an dem Abend, an dem sie überfallen wurde, vorher mit Marco getroffen, das hat sie mir erzählt. Aber ich glaube sie haben sich gestritten. Worum es ging, weiß ich nicht.«

Das klang plausibel. Roberta hatte sich geweigert, ihm das im Krankenhaus zu erzählen. Angeblich war sie alleine in der Stadt herumgelaufen.

»Was hat Ihnen Roberta über Nicolo Zamparonis Tod erzählt? Gab es da etwas im Zusammenhang mit seinem Verhalten oder seiner Ermordung, über das Roberta Kenntnis hatte? Für unsere polizeilichen Ermittlungen ist das sehr wichtig, Signora Clemente«, unterstrich Goldini seine Fragen.

»Meinen Sie, man hat meine Tochter überfallen, weil sie etwas wusste? Ich habe mir darüber auch schon Gedanken gemacht. Nachts kann ich vor Sorgen kaum schlafen. Wenn nicht eine Wache vor ihrer Tür im Krankenhaus stehen würde …«

»Sie brauchen keine Angst zu haben. Ich glaube nicht, dass Roberta noch in Gefahr ist. Wenn Sie Ihnen aber etwas erzählt hat, könnte das von äußerster Wichtigkeit sein!«

»Bevor sie ins Krankenhaus ging, hat sie mir gesagt, dass ihr im Restaurant etwas Seltsames aufgefallen ist. Aber auf gar keinen Fall hat sie den Mörder Zamparonis gesehen. Da lag etwas rum, das aussah wie … na ja, wie Rauschgift eben. So ein Beutel mit einem weißen Pulver. Jemand hatte es in einem Spind des Personalraums versteckt, der ein Stück offen stand. Und so einen komischen Hut, der noch nie da gelegen hatte. Sie war noch einmal kurz hineingegangen, weil sie ihr Tuch vergessen hatte. Sie hatte große Angst und meinte, keiner dürfte wissen, was sie gesehen hat. Sie müssen das verstehen, Commissario, Roberta hatte die Aussicht auf einen Lehrvertrag. Das war ihr größter Wunsch.«

Goldini machte sich eine Notiz in seinem Handy. Das passte vom Detail her zusammen mit der Vermutung, Zamparoni habe mit Drogen gehandelt. Vielleicht war ihm ja auch ein Päckchen gestohlen worden von einem der Angestellten. Sie mussten das Puzzle nur noch zusammensetzen.

»Aber Ihre Tochter hat niemanden gesehen, der zu Zamparoni in die Küche gegangen ist an dem besagten Abend?«

Adriana Clemente schüttelte den Kopf.

»Nein, davon hat sie mir nichts gesagt, ganz bestimmt nicht. Sie würde doch nie einen Mörder decken.«

Aber vielleicht hat irgendjemand Roberta bemerkt, als sie noch einmal zurück in das Restaurant ging, dachte Goldini. Womöglich Zamparonis Mörder.

»Danke, Signora Clemente. Sie waren eine große Hilfe für mich. Eine letzte Frage noch: Wissen Sie, wer an dem Abend von Zamparonis Tod als Allerletzter von den Angestellten das Restaurant verlassen hat?«

»Nein, *scusi, Commissario*, das kann ich Ihnen nicht sagen. Da müssen Sie Roberta fragen.«

»*Non fa niente, Signora!* Es wird Ihrer Tochter sicher bald besser gehen!«, sagte Goldini zum Abschied.

Als der Commissario aus dem Haus an die frische Luft trat, blieb er einen Moment stehen und genoss die warme Sonne auf seinem Gesicht. Die Umgebung war erfüllt von Stimmen und Töpfeklappern, einer wunderbaren Alltagsatmosphäre, die ihn für einen Augenblick forttrug von den Gedanken über Verbrechen und Mord. Goldini fand es wichtig, immer wieder in das »normale« Leben einzutauchen, um offen für den Gedanken zu bleiben, dass es auf der Welt auch viel Positives und Schönes gab. Er wollte nicht von seiner Arbeit zerfressen werden, zynisch und abgehärtet, so wie es vielen seiner Kollegen nach ein paar Jahren ging.

Amüsiert schaute er zwei kleinen Jungen zu, die ihren Ball immer wieder gegen eine Hausmauer warfen und sich unter viel Gelächter und gespieltem Gerangel um den Ball stritten. Warum konnte man eigentlich als Erwachsener niemals mehr so unbeschwert sein wie ein Kind? Als der Ball zu ihm rollte, kickte er ihn mit dem Fuß zu den beiden Jungen zurück und zwinkerte ihnen zu. Wenn er jemals einen Sohn hatte, würde er auch mit ihm Ball spielen.

Und er würde ihm schwimmen lernen. Das war wichtig, wenn man in einer Stadt lebte, die von Wasser umgeben war. Und zu anständigen Menschen würde er seine Kinder erziehen, Menschen, die andere respektierten, hilfsbereit waren und Konflikte friedlich lösten.

Zufrieden mit sich und der Welt machte er sich auf den Rückweg zur Questura. Brassoni würde sicher schon auf ihn warten. Hoffentlich ging es Caruso wieder besser.

Der Touristenstrom hatte Venedig um die späte Mittagszeit an diesem schönen Septembertag bereits wieder fest in der Hand. Im *Centro Storico* mit den wichtigsten Sehenswürdigkeiten bildeten sich lange Schlangen vor den Gebäuden. Am Markusplatz, früher das geistliche, gesellschaftliche und politische Zentrum der Republik, buhlten die Tauben um die Aufmerksamkeit der Passanten. Trotz des Verbots wurde fleißig gefüttert und geknipst. Der Campanile war wieder freigegeben, und vor den Cafés erklangen die Lieder der Musiker. Die Läden rund um die Rialtobrücke waren voll von Besuchern, die nach reizvollen Geschenken für Daheimgebliebene oder als Souvenir für sich selbst suchten. Dass die meisten günstigen Muranoglasartikel gar nicht aus Venedig, sondern vielmehr aus China stammten, störte die wenigsten. Die Stadt funkelte und glitzerte in der Sonne. Fliegende Händler boten ihre gefälschten Handtaschen und Uhren in ihrer aufdringlichen Art den unbedarften Touristen an. Auf den Kanälen beförderten die Vaporetti, Motorboote und Gondeln ihre zahlreichen Gäste.

Alles war wie immer, wenn da nicht noch ein Mörder unter ihnen gewesen wäre, der auf die Erfüllung seines Zieles hinarbeitete und unbeirrt seinen Plan verfolgte. Die Schlinge zog sich langsam zu, aber er war der Polizei noch nicht ins Netz gegangen. Wenn er sich beeilte, war er ihnen ein Stück voraus und konnte immer noch unerkannt entkommen.

Zu Goldinis Überraschung sah er seinen Chef Luca Brassoni vor der Questura auf den Stufen in der Sonne sitzen.

Die Kommissare begrüßten sich, und Goldini ließ sich ebenfalls auf den Steinen nieder und saß eine Weile stumm neben ihm.

»Wie geht es deinem Cousin? Ist er über den Berg?«, fragte er nach einigen Minuten mit belegter Stimme.

Luca Brassoni nickte lächelnd.

»Ja, er hat es wohl geschafft. Jetzt liegt er auf der Intensivstation. Ich bin so froh, Mauro, das kannst du dir gar nicht vorstellen. Ich habe vorhin mit Carla telefoniert, sie war völlig fertig. Aber jetzt wird alles wieder gut. Weißt du, für einen Moment habe ich sogar an meinem Beruf gezweifelt. Ständig sind wir der Gefahr ausgesetzt, verletzt oder sogar getötet zu werden. Ich möchte gerne mit Carla zusammenbleiben, aber ich weiß nicht, ob sie damit umgehen kann. Meine erste Frau hatte Probleme mit meinem Job. Ich will so etwas nicht noch einmal erleben.«

Goldini klopfte seinem Chef jovial auf die Schulter.

»Carla Sorrenti ist ein großes Mädchen. Unsere Frauen wissen, was wir tun und dass wir auf uns acht geben. Mach dir keine Gedanken. Wenn du Dachdecker wärst, könntest du auch jeden Tag aus großer Höhe stürzen. Das geht dir nur so nahe, weil du Caruso kennst und ihn gern hast.«

In stillem Einvernehmen standen die beiden auf, klopften den Staub von ihren Hosen und gingen in die Questura. Kaum hatten sie ein paar Schritte in das Polizeipräsidium getan, da kam ihnen schon Ispettore Colludi entgegengeflogen.

»*Signori Commissario*, sie haben ihn gefasst, ich wollte Sie gerade eben anrufen!«

Vor Aufregung hatte er ein hochrotes Gesicht.

»Wen haben sie gefasst, Colludi?«, fragte Brassoni neugierig.

»Na Andrea Vito Grande, den Mafioso. Er hat versucht, zum Flughafen zu gelangen, mit einem gefälschten Pass. Zum Glück haben wir überall Männer postiert.«

Stolz sah er die beiden Kommissare an.

»Das ist ja wunderbar. Bringen Sie ihn zu uns in die Questura?«

»Ich glaube schon. Signor Morandi meinte, da Grande der Tatverdächtige bei dem Mordversuch auf Ihren Cousin ist, müssten wir ihn dazu vernehmen. Außerdem ist er höchstwahrscheinlich auch in den Mord an Signor Zamparoni verwickelt. Die Signora Commissario Lucia Moscati wird ebenfalls beim Verhör anwesend sein.«

Luca Brassoni rieb sich zufrieden die Hände.

»Bei diesem Mistkerl werden wir so tief graben, bis wir alles über die Leichen in seinem Keller wissen. Grande wird klar sein, dass er den Rest seines Lebens hinter Gittern verbringen muss. Es gibt zwar einen Unterschied zwischen Gesetz und Gerechtigkeit, aber heute werde ich dafür sorgen, dass er für den feigen Anschlag auf Caruso büßen muss. Bereiten wir alles vor.«

In Windeseile hatten Brassoni und Goldini alle nötigen Unterlagen bereitgelegt und den Vernehmungsraum für vier Personen hergerichtet.

Luca Brassonis Blick glitt noch einmal abschließend über Tisch und Stühle. Grande konnte kommen. Vor seinem geistigen Auge sah er die blutigen Flecken auf der Treppe des Campanile. Wut stieg in ihm hoch.

Diese Vernehmung konnte alles entscheiden.

Kapitel 24

Die Kommissarin Lucia Moscati saß neben dem dringend tatverdächtigen Andrea Vito Grande im Innenraum des Polizeibootes. Ihre Anspannung äußerte sich in einem nervösen Zucken links neben ihrem Mund. Angestrengt fixierte sie das Muster der Bootsplanken, bis es vor ihren Augen verschwamm. Sie schloss für einen kurzen Moment ihre Augen und atmete tief durch. Sie war erst einunddreißig, dies war ihr erster großer Fall.

Dann sah sie zu dem Mafioso, den sie am Flughafen verhaftet hatten. Grandes Gesichtsausdruck war genauso finster wie vor ein paar Minuten. Er starrte aus dem Fenster, die Lippen fest aufeinandergepresst. Bisher hatte er kein Wort zu den beiden ihm zur Last gelegten Taten gesagt. Als Moscati ihn mit den Morden an Nicolo Zamparoni und Marco Carrisi konfrontierte, hatte er sie überrascht angesehen, dann war er in ein hämisches Lachen ausgebrochen und hatte ihr vor die Füße gespuckt.

»Wollt ihr mich jetzt für jeden Mord hier in Venedig verantwortlich machen?«, hatte er böse gezischt. Aber die junge Kommissarin glaubte fest daran, dass er mit Hilfe der Zeugenaussagen und der Indizien wenigstens zu dem Mordanschlag auf den Journalisten Stefan Mayer überführt werden konnte. Letztendlich würde Mayer auch selber gegen seinen Peiniger aussagen können. Sie war gespannt, wie Grande erklären würde, wieso seine Waffe für den Einbruch in Zamparonis Villa und den Mord an dem Kochlehrling benutzt worden war.

Das Polizeiboot fuhr in eiligem Tempo den Canal Grande entlang. Immer wieder spritzte Gischt über die Reling. Die vorbeifahrenden Wasserbusse schlugen hohe Wellen im türkisfarbenen Meerwasser. Am Horizont flimmerte die Silhouette der Lagunenstadt im Sonnenlicht.

Lucia Moscati war ganz auf ihren Fall konzentriert. Ihr war klar, dass Grande der Schlüssel zu den Verbrechen der letzten Tage sein konnte. Deshalb war es umso wichtiger, dass er mit der Polizei redete.

Mit besorgtem Gesichtsausdruck kontrollierte sie immer wieder seine Handschellen und jede seiner Bewegungen. Sie waren zu viert auf dem Boot, sie selber, der Bootsführer und zwei Polizeibeamte, die dafür sorgen sollten, dass Andrea Vito Grande sicher und ohne einen Fluchtversuch in der Questura von Venedig ankam. Später würde er ohnehin in eines der größeren Gefängnisse überführt werden.

Als das Polizeiboot am Anleger angekommen war, sah Lucia Moscati sich vorsichtig um. Grandes Verhaftung würde einen Aufruhr in den Medien auslösen. Eigentlich war es unmöglich, dass die Presse schon Wind davon bekommen hatte. Trotzdem wusste man nie, durch welche Schlupflöcher die Informationen nach außen sickerten. Doch kaum jemand schien Notiz von den vier Personen zu nehmen, die das Boot mit schnellen Schritten verließen und sich Richtung Questura hielten. Hier und da beäugte sie ein neugieriger Passant, aber zu Moscatis Erleichterung schafften sie es unbeschadet bis an den Campo San Fantin, wo Luca Brassoni und sein Kollege sie schon erwarteten.

Andrea Vito Grande machte keinerlei Anstalten, einen Fluchtversuch zu wagen oder sich sonst irgendwie ungebührlich zu benehmen. Trotzdem strahlte er nach dem Empfinden der jungen Kommissarin etwas Unbestimmtes, Bedrohliches aus, das sie dazu veranlasste, auf der Hut zu bleiben und seiner vermeintlichen Ruhe nicht zu trauen. Der Mafioso hatte mit Sicherheit Freunde und Helfer, die keine Mühen scheuten, ihn aus dieser misslichen Lage zu befreien.

Lavinia Miller drehte den weißen Umschlag in ihren Händen

hin und her. Immer wieder strich sie mit dem Finger über das glatte Kuvert. Nicolo hatte ihr den Brief einen Tag vor seinem Tod in die Hand gedrückt und gemeint, sie dürfe ihn nur öffnen, wenn ihm etwas zustoße. Als wenn er geahnt hätte, was auf ihn zukam. Bisher hatte sie sich noch nicht dazu in der Lage gefühlt, ihn zu öffnen. Zu unwirklich schien ihr das, was in den letzten Tagen passiert war.

Außerdem hatte sie Angst davor, zu lesen, was Nicolo ihr geschrieben hatte. Sie vermisste ihn sehr, es war schrecklich, daran zu denken, dass sie ihr Kind nun alleine großziehen musste. Auch wenn es nicht sein leibliches Kind gewesen war, er hätte es geliebt und für sie beide gesorgt, dessen war sie sich sicher.

Mit zitternden Händen griff sie nach dem silbernen Brieföffner, der auf dem schweren antiken Schreibtisch lag. Lavinia wohnte jetzt nicht nur vorrübergehend im Palazzo ihrer Familie, sie hatte beschlossen, das gemeinsame Haus auf Giudecca zu verkaufen und nach England zurückzukehren, bis das Kind geboren war. Zu viel war geschehen, und im Haus würde sie immer alles an Nicolo erinnern.

Lavinia setzte sich in den bequemen weißen Sessel vor dem Fenster. Sie zog den beschriebenen Bogen mit klopfendem Herzen aus dem Umschlag heraus und faltete ihn sorgsam auseinander. Dabei fiel ein kleiner, metallener Gegenstand mit leisem Klirren auf den Parkettboden. Erschrocken sah die junge Schauspielerin nach unten, blickte sich suchend um und entdeckte einen kleinen silbernen Schlüssel direkt neben dem Sessel.

Verwundert nahm sie ihn in die Hand. Sieht aus wie ein Schließfachschlüssel, dachte sie aufgeregt. Dann begann sie den Brief zu lesen.

Meine liebste Lavinia,
sollte mir eines Tages etwas passieren, möchte ich, dass du weißt, dass ich mit dir die schönste Zeit meines Lebens verbracht habe. Dafür danke ich dir. In den letzten Wochen hat es

Veränderungen in meinem Leben gegeben. Eine Person ist an mich herangetreten, die ich nicht anders als gierig, rücksichtslos, eitel und neidisch bezeichnen kann. Diese Person wollte mich erpressen, hat Geld von mir verlangt, das ich ihr nicht gegeben habe. Ich weiß nicht genau, was dieser Mensch sonst noch im Schilde führt, aber ich bin beunruhigt und sorge mich um meine Sicherheit. Deshalb hatte ich auch schon überlegt, von hier fortzugehen und mit dir und dem Kind woanders neu anzufangen. Aber wenn du diesen Brief liest, werde ich nicht mehr bei dir sein. Aus ganz bestimmten Gründen konnte ich mich nicht an die Polizei wenden.

Liebste Lavinia, nimm diesen Schlüssel, erzähl niemandem davon und gehe damit zu der Bank, die ich dir am Ende des Briefes nenne. Dort gibt es ein Schließfach, in dem ich etwas deponiert habe, was du dir holen sollst. Sprich zu niemandem auch nur ein Sterbenswörtchen darüber. Du und das Baby, ihrwerdet für lange Zeit versorgt sein.

Ich denke an dich und werde dich immer lieben

Dein Nicolo

Lavinias Augen waren blind vor Tränen, als sie den Brief zu Ende gelesen hatte. Was war bloß passiert? Wer war dieser schreckliche Mensch, der Nicolo so zugesetzt hatte?

Verwirrt ließ sie das Papier sinken und dachte nach.

Sie musste unbedingt wissen, was er in dem Schließfach für sie hinterlassen hatte. Dann würde sie entscheiden, ob sie damit zur Polizei ging und dem Commissario den Brief zeigte. Sie wollte in jedem Fall, dass Nicolos Mörder gefasst wurde. Das war sie Nicolo schuldig.

Der lange Schatten Andrea Vito Grandes fiel in den Eingang

der Questura. Sein Anwalt, mit dem er nach der Verhaftung telefonieren durfte, hatte ihm geraten, die Füße still zu halten und sich den Anordnungen der Polizei nicht zu widersetzen. Bei der Menge an Kapitalverbrechen, die Grande auf dem Kerbholz hatte, erwartete ihn ohne Zweifel eine lange Haftstrafe.

Stirnrunzelnd betrat er das Polizeigebäude. In der Eingangshalle traten ihm ein glatzköpfiger, muskulöser Mann, der bei seinem Anblick die Hände zum Himmel warf, und ein schlanker, dunkelgelockter jüngerer Beamter entgegen, gefolgt von dem offensichtlichen Dienststellenleiter, der sehr korrekt in einen grauen Anzug gekleidet war.

»Signor Grande, es ist uns eine Freude, Sie hier bei uns willkommen zu heißen!«, begrüßte Luca Brassoni ihn mit einem sarkastischen Unterton.

Grande schenkte dem Commissario keinerlei Beachtung. Er hatte sich vorgenommen, Gleichgültigkeit zu demonstrieren und sich nicht provozieren zu lassen. Zugeben würde er nur, wofür die Polizei ohnehin Beweise hatte.

»Signora Commissario Moscati, wir haben den Verhörraum bereits vorbereitet. Ich freue mich über die sehr produktive Zusammenarbeit mit Ihnen«, sagte er dann zu der jungen Kommissarin. Er hatte Mühe, seine aufkommende Wut gegen den Mafioso zu unterdrücken, war aber professionell genug, sich im Zaum zu halten. Eigentlich hätte der Vice Questore ihn wegen seiner persönlichen Beziehungen zu Caruso auch von dem Fall abziehen können. Deshalb wollte er dessen Vertrauen in ihn auf keinen Fall enttäuschen.

Roberto Morandi, der Vice Questore, begrüßte die Beamten mit einem freundlichen Handschlag. Er hielt sich dezent im Hintergrund, was die Situation ungemein entspannte.

Gemeinsam ging man in Richtung Verhörraum, der aus einem schwarzen Tisch und vier einfachen Metallstühlen bestand, die auf lange Sicht nicht besonders bequem waren.

Lucia Moscati, Maurizio Goldini und Luca Brassoni nahmen

auf der einen Seite Platz, hinter dem Tisch stand der Stuhl für Andrea Vito Grande. Auf dem Tisch befand sich ein Aufnahmegerät, außerdem lagen dort die umfangreichen Akten über den Mafioso.

Grande ließ den Blick durch den kahlen Raum schweifen und wirkte zunehmend nervös.

»Wo ist mein Anwalt, ich sage kein Wort ohne Signor Pollini!«

Das war der erste Satz, den er seit der Ankunft in Venedig gesprochen hatte.

»Ihr Anwalt ist auf dem Weg. Er war durch einen anderen Termin verhindert. Wir werden schon einmal mit dem Verhör beginnen, denn wir haben wenig Zeit«, antwortete Brassoni ihm schroff.

Auf einmal kam Leben in den Mafioso. Er sprang von seinem Stuhl auf, warf seinen gesamten Körper gegen den Tisch und schrie wütend auf. Seine Erregung wirkte auf die drei Beamten im ersten Moment verstörend, sein düsterer Gesichtsausdruck sprach Bände. Nur Brassoni war während des Ausbruchs vollkommen ruhig geblieben. Während Lucia Moscati hektisch nach Verstärkung rief, packte er den Mafioso gemeinsam mit Goldini von hinten und warf ihn brüsk zu Boden. Dort hielten sie ihn fest, bis er sich wieder beruhigt hatte. Außer den Handschellen bekam Grande nun auch noch Fußfesseln angelegt. Zudem blieben zwei Polizisten neben seinem Stuhl stehen, um sofort eingreifen zu können, falls sich sein Verhalten wiederholen sollte.

»Signor Grande, ich weise Sie darauf hin, dass Sie sich mit dieser Aktion keine Freunde machen werden. Sie wurden bereits über Ihre Rechte belehrt. Wir beginnen die Vernehmung. Alle Ihre Aussagen werden von einem Aufnahmegerät aufgezeichnet. Heute ist der …«

Seine Ansage wurde von Grandes Anwalt unterbrochen, der eilig in den Raum getreten war.

Er war weißhaarig, gut gekleidet und sah aus wie ein Mann mit vielen Berufsjahren Erfahrung.

»*Signora e Signori Commissario,* mein Name ist Dottor Enno Pollini. Warum ist mein Mandant an Händen und Füßen gefesselt?«, fragte er in einem barschen Ton.

Brassoni erklärte ihm kurz die Lage.

»Gut, aber ich verlange, dass die beiden Polizisten den Raum wieder verlassen. Ich verbürge mich dafür, dass Signor Grande keine weiteren Unannehmlichkeiten macht.«

Brassoni schickte die Beamten vor die Tür und wiederholte die Ansage für das Aufnahmegerät.

»Ich fordere Sie dazu auf, uns die Wahrheit zu sagen, auch im Falle Ihrer eventuellen Mittäterschaft im Fall Zamparoni«, forderte der Commissario Grande mit einem eindringlichen Blick auf.

Andrea Vito Grande lächelte hämisch. Sein Anwalt hatte inzwischen einen eigenen Stuhl bekommen und neben seinem Mandanten Platz genommen.

Die junge Kommissarin meldete sich zu Wort.

»Wir wollen hier nur über den Mordanschlag auf Signor Stefan Mayer im Treppenhaus des Campanile und ihre mögliche Verbindung zu den Morden an Nicolo Zamparoni und Marco Carrisi sprechen. Einer der Männer ist mit einer älteren Waffe, die Ihnen gehörte, erschossen worden. Um ihren vorgetäuschten Tod vor zwei Jahren und die daraus resultierende Flucht vor der Strafverfolgung werden die Behörden sich gesondert kümmern.«

Grande hob gelangweilt die Augenbrauen und tuschelte leise mit seinem Anwalt.

»Mein Mandant weiß von keiner alten Waffe, die ihm einmal gehört haben soll«, kolportierte der Anwalt daraufhin.

»Dann erzählen Sie uns doch zuerst einmal, was Sie auf dem Campanile gemacht haben«, überging Brassoni diese Aussage.

»Ja was schon, ich hatte einfach Lust, mir Venedig von oben anzugucken«, erwiderte Grande flapsig.

»Sie haben sich dort mit einem zweiten Mann getroffen, das belegen Zeugenaussagen. Dieser Mann hat Ihnen allem Anschein nach ein Bündel Geld übergeben.«

Der Mafioso rollte mit den Augen.

»Zeugen, Zeugen, was für Zeugen? Vielleicht habe ich dort zufällig einen alten Bekannten getroffen. Das ist doch wohl noch erlaubt?«

Missmutig kratzte Brassoni sich am Kopf.

»Signor Grande, das hier ist kein Spiel. Sie haben auf dem Campanile einen unschuldigen Menschen angeschossen. Wer war der zweite Mann oben im Glockenturm? Und was hatte Signor Mayer Ihnen getan? Weshalb wollten Sie ihn umbringen?«

Grande stieß entnervt Luft aus und besprach sich kurz mit seinem Anwalt.

»Dieser Typ hat mich schon eine Weile verfolgt. Er wollte mich einfach nicht in Ruhe lassen. Da hab ich ihm ein bisschen gedroht. Die Sache ist etwas aus dem Ruder gelaufen. Aber ich war zwei Jahre lang untergetaucht, und dann steht da so ein Kasper und läuft mir hinterher. Ich wollte ihn nicht umbringen, nur erschrecken.«

Brassoni stieß es bitter auf, als er Grande reden hörte.

»Sie können von Glück reden, dass der Journalist nur schwer verletzt worden ist. Vielleicht würden wir mit dem Staatsanwalt einen Deal aushandeln, wenn Sie uns im Gegenzug dafür den Namen des Mannes nennen, mit dem Sie sich oben getroffen haben. Und wenn Sie uns erzählen, wem Sie Ihre alte Pistole verkauft haben. War das ein und derselbe Kerl?«, fragte Brassoni mit fester, klarer Stimme.

Grande wand sich unbehaglich in seinem Stuhl. Die Nasenflügel seiner kleinen, operierten Nase bebten fast unmerklich.

»Ich verpfeife keine Freunde. Es gibt da jemanden, mit dem ich schon ewig befreundet bin und der mir als Jugendlicher das Leben gerettet hat, nachdem ich bei einem Einbruch angeschossen wurde. Aber ich werde mir anhören, was mein Anwalt mir in dieser Angelegenheit zu sagen hat. Und ich will alleine mit ihm sprechen.«

Brassoni wechselte mit Goldini und Moscati einen schnellen Blick.

»Ist gut, wir werden eine kleine Kaffeepause machen. In einer Viertelstunde sprechen wir weiter.«

Damit erhoben sich die Kommissare und verließen den Raum. Moscati wirkte erschöpft.

Maria Grazia versorgte die Kollegen fürsorglich mit dampfend heißem Kaffee und knusprigen Mandelplätzchen.

Die Kommissare ließen sich im Büro von Roberto Morandi nieder, der die Vernehmung die ganze Zeit über durch die von einer Seite durchsichtige Glasscheibe beobachtet hatte. Auch die Wortwechsel hatte er über einen eingebauten Lautsprecher verfolgen können.

»Mein lieber Commissario Brassoni, ich bin gespannt, wie Sie diesen Mann knacken wollen. Er scheint mir nicht besonders kooperativ.«

Brassoni brummte unbehaglich vor sich hin.

»Ich habe so ein unbestimmtes Gefühl, dass er zu guter Letzt doch noch Anstalten machen wird, uns den Namen seines Compagnons zu verraten. Vielleicht für eine kleine Hafterleichterung. Er weiß schließlich, was ihm blüht.«

Der Vice Questore verzog ungläubig den Mund.

»Ich will ihn auf keinen Fall hier hinausgehen lassen, ohne dass wir unsere Mordfälle aufgeklärt haben. Es steht ja wohl unzweifelhaft fest, dass seine Waffe für den Einbruch in Zamparonis Villa und den Mord an dem jungen Kochlehrling benutzt wurde. Glauben Sie, er ist in einem der Fälle selber aktiv gewesen? Oder dass jemand ihn für eines der Verbrechen engagiert hat?«

Brassoni und Goldini schüttelten zeitgleich den Kopf. Goldini hielt mit seiner Meinung nicht hinter dem Berg.

»Nach dem heutigen Stand unserer Ermittlungen halte ich es für ausgeschlossen, dass Grande selber an einem der Verbrechen aktiv beteiligt war. Er hat kein Motiv, und er hat es seit zwei Jahren vermieden, in der Öffentlichkeit aufzufallen.«

»Genau«, schloss Brassoni. »Ich bin derselben Meinung. Grande lebte mehr oder weniger zurückgezogen und unerkannt. Jeder dachte, er wäre vor zwei Jahren bei einer Operation gestorben. Nein, vielleicht hat er mit seiner alten Waffe einem Freund ausgeholfen, dem er einen Gefallen tun wollte. Wenn er weiter schweigt, müssen wir herausfinden, wer in der Vergangenheit Kontakt mit dem Mafioso gehabt haben könnte. Eine familiäre Verbindung oder eine alte Jugendfreundschaft. Auf jeden Fall muss diese Beziehung so eng gewesen sein, dass der Unbekannte von Grandes Geheimnis gewusst hat.«

Brassoni sah zu Lucia Moscati, die still neben den anderen saß.

»Alles in Ordnung mit Ihnen, Signora Moscati?«, fragte er leise.

Die junge Kommissarin antwortete mit einem müden Blick.

»Ich denke nach, ganz ehrlich. Ich bin mit den Vorgängen Ihrer anderen beiden Fälle nicht sehr vertraut, deswegen höre ich Ihnen zu und versuche, mir Gedanken über die Zusammenhänge zu machen. Für mich ist ganz klar, dass Grande oben im Glockenturm Geld für die Waffe bekommen hat. Das wäre nur logisch. Wenn wir nur eine bessere Beschreibung des zweiten Mannes hätten, wäre uns sehr geholfen. Einer meiner Kollegen sichtet noch die Kamera- und Handyfotos der Zeugen, vielleicht ist da etwas drauf.«

Luca Brassoni war hocherfreut.

»Daran habe ich noch gar nicht gedacht. Ein Foto des Verdächtigen wäre phänomenal. Wenn wir Glück haben, ist er zufällig mit aufs Bild gerutscht.«

Dann sah er auf die Uhr.

»Viertel nach drei, Leute, wir müssen wieder rein.«

Kapitel 25

Scott Miller hatte seine Schwester Lavinia eine ganze Weile beobachtet. Im Wohnraum lief leise eine Jazz-CD, die ab und zu vom Baulärm aus dem angrenzenden Palazzo übertönt wurde. Jetzt hatte sich eine wohltuende Ruhe über die Räume gelegt. Lavinia wirkte nervös und angespannt. Der junge Engländer fragte sich, was seine Schwester so rastlos umhertrieb.

Vom Mittagessen, einem köstlichen *Saltimbocca alla romana*, hatte sie so gut wie gar nichts gekostet. Der Duft von Salbei und geschmortem Fleisch hing immer noch in der Luft.

Dabei musste sie doch gerade in ihrem Zustand auf sich achten. Stattdessen zog sie sich bei jeder sich bietenden Gelegenheit in ihr Zimmer zurück und hing ihren Gedanken nach.

»Lavinia, Liebes, wo willst du denn hin?«, fragte er verwundert, als sie plötzlich die Treppe heruntergelaufen kam, nach ihrer Handtasche griff und zur Haustür eilte. Scott hätte gerne die Gelegenheit genutzt, mit seiner Schwester in aller Ruhe über den Verkauf ihres Anwesens auf Giudecca zu reden. Aber sie mied das Thema bewusst. Offensichtlich war sie noch nicht dazu in der Lage, die finanziellen Angelegenheiten zu regeln. Nun hielt sie in ihrer Bewegung inne, um ihrem Bruder zu antworten.

»Ich muss einfach mal raus hier, weißt du. Ein wenig durch die Stadt flanieren, durch Geschäfte bummeln, ein Eis essen … Mir ist nach Ablenkung.«

Scott Miller war aufgesprungen.

»Soll ich dich begleiten? Ich könnte dich unterhalten, dir ein paar Witze erzählen … Du solltest nicht alleine herumlaufen.«

Lavinia zwinkerte ihm schelmisch zu.

»Deine Witze kannst du mir später erzählen. Nein wirklich, ich möchte alleine sein. Aber es ist sehr nett von dir, dass du gefragt hast.«

Miller quittierte ihre Antwort mit einem Achselzucken.

»Dann eben nicht. Ich für meinen Teil werde mich vor die Glotze setzen und mir ein paar Folgen ›The Walking Dead‹ anschauen. Das ist sowieso nichts für dich.«

Lavinia musste lachen.

»Vergiss nicht, dass ich schon mal in einem Horrorfilm mitgespielt habe. Ich kenn mich also aus in dem Genre!«

Mit diesen Worten verschwand sie aus der Tür. Ihr Bruder sah ihr stirnrunzelnd nach.

Lavinia Miller hatte keine Eile, zu ihrem Ziel zu gelangen. Von dem Familienpalazzo aus war es nicht weit bis zu der Bank, deren Adresse Nicolo ihr hinterlassen hatte.

Sie beobachtete eine kleine Gruppe von japanischen Touristen, die sich auf der Terrasse eines kleinen Restaurants auf den schmiedeeisernen Stühlen niederließen. Sie redeten unaufhörlich miteinander. Lavinia sog den herrlichen Geruch von Knoblauch, Basilikum und ofenfrischer Pizza ein, die der Küche des Restaurants entströmte. Heute Mittag hatte sie so wenig gegessen, dass ihr jetzt ganz schlecht vor Hunger war. Kurzentschlossen bestellte sie im Außenverkauf des Restaurants ein Viertelstes Stück Pizza mit Salami und Schinken, das sie direkt vor dem Laden gierig verschlang. Satt und zufrieden winkte sie den Japanern freundlich zu, die sie als hochgewachsene, blasse, rothaarige Frau neugierig beobachtet hatten. Für einen kleinen Moment fielen die ganzen Sorgen der letzten Tage von ihr ab.

Je näher sie jedoch der Bank kam, umso größer wurde ihre Nervosität wieder. Sie wusste nicht, wie sie sich in der Bank verhalten sollte. Was, wenn jemand danach fragte, wieso sie einen

Schlüssel für das Schließfach besäße. Womöglich holte man sofort die Polizei, und sie galt als verdächtige Person.

Als sie schließlich vor der Eingangstür des Geldinstituts stand, das in einem herrschaftlichen alten Gebäude aus dem 16. Jahrhundert untergebracht war, erinnerte sie sich an ihren Beruf als Schauspielerin. Sie straffte ihre Schultern, setzte eine unbeteiligte Miene auf und betrat den Eingangsbereich.

Ein freundlicher Portier hielt ihr die Tür auf, begrüßte sie mit einem Kopfnicken und geleitete sie zu einem der Schalter.

Doch ein drahtiger, hohlwangiger Mann in einem dunkelblauen Anzug schnitt ihnen den Weg ab. Lavinia zuckte kaum merkbar zusammen, als er sie ansprach.

»Wie können wir Ihnen helfen, Signora?«, fragte er mit einem höflichen Lächeln.

Lavinia spürte, wie ihr eine leichte Röte ins Gesicht schoss. Ihre Hände fühlten sich plötzlich ganz schweißig und warm an.

»Ich möchte gerne zu den Schließfächern. Können Sie mich dorthin führen?«

Der Blick des Mannes glitt geschäftsmäßig taxierend über ihre Erscheinung.

»Ich gehe davon aus, dass Sie die Berechtigung und den Schlüssel für das entsprechende Schließfach besitzen. Kommen Sie doch bitte mit, damit wir die Formalitäten abwickeln können.«

Lavinia sah ihm mit geweiteten Augen nach. Eine Berechtigung? Sie hatte keinerlei schriftliche Unterlagen von Nicolo. Was sollte sie jetzt nur machen?

Der drahtige Mann mit dem hellen Kurzhaarschnitt sah sich nach ihr um und bedeutete ihr, ihm zu folgen. An einem modernen Schreibtisch mit Computer blieb er stehen, bis auch sie angekommen war, und stellte ihr einen gepolsterten Stuhl zurecht. Dann setzte er sich ebenfalls und sah sie erwartungsvoll an.

»Den Namen des Besitzers, die Schließfach- und die Kontonummer, bitte!«

Erleichtert atmete Lavinia auf. Die Schließfach- und die Kontonummer hatte Nicolo ihr in den Brief geschrieben. Es dauerte eine Weile, dann hatte der Bankangestellte die Daten überprüft.

»Ihr Name noch, bitte? Und Ihren Personalausweis.«

Die junge Schauspielerin kramte umständlich in ihrer Tasche, zog den Ausweis aus der Seitentasche und überreichte ihn dem Mann.

Weitere zehn Sekunden später strahlte er sie unterwürfig an.

»Ah, Signora Miller, ich habe Sie nicht gleich erkannt. Ich freue mich, Ihnen sagen zu können, dass alles in Ordnung ist. Sie können jetzt an Ihr Schließfach.«

Lavinias Herz, das vor Aufregung völlig aus dem Rhythmus gekommen war, beruhigte sich schlagartig wieder. Das hatte ja bisher wunderbar geklappt.

Sie folgte dem Bankangestellten in einen separaten, gesicherten Raum, der Hunderte von Bankschließfächern enthielt. Staunend überlegte sie, welche Schätze sich wohl darin versteckten.

Der Mann in dem blauen Anzug räusperte sich.

»Signora, ich lasse Sie jetzt alleine. Ihr Schließfach ist das zweite in der Reihe hier vorne.«

Er deutete auf ein Fach mit der Nummer Zweihundertachtundzwanzig.

»Sie bleiben nicht dabei?«, fragte Lavinia eine Spur zu verunsichert.

»Nein, natürlich nicht. Unsere Kunden schätzen ihre Privatsphäre. Was Sie in dem Schließfach aufbewahren, geht nur Sie etwas an.«

Er lächelte und verschwand mit schnellen Schritten Richtung Filialraum.

Lavinia starrte auf das metallisch glänzende Fach direkt vor ihr. In ein paar Minuten würde sie wissen, welches Geheimnis Nicolo vor ihr gehabt hatte.

Mit zittrigen Händen steckte sie den kleinen silbernen Schlüssel in das Schloss. Er drehte sich mit einem kleinen quietschenden Geräusch. Das Gesicht der jungen Frau war angespannt, als sie das schmale Fach öffnete. Mit jeder Sekunde, die verstrich, wuchs ihre Aufregung.

Sie schloss die Augenlider, bevor das Innere des Fachs komplett zu sehen war. Dann öffnete sie die Augen ganz langsam wieder und schaute hinein. Das mit Samt ausgekleidete Schubfach enthielt einen weiteren Umschlag und einen schwarzen glänzenden Beutel, so groß wie ein Säckchen Mozzarella. Lavinia deponierte alles auf einem dafür bereitstehenden Tisch.

Am liebsten hätte sie jetzt jemanden an ihrer Seite gehabt, der sie in den Arm nahm und ihr Mut zusprach. Vielleicht hätte sie sich Scott doch anvertrauen sollen. Aber dann verwarf sie den Gedanken wieder. Nicolo hatte den Brief an sie allein geschrieben, er wollte nicht, dass ein anderer Kenntnis davon hatte. Die junge Frau sah sich mit einem gequälten Blick um, bevor sie den kleinen Beutel öffnete. Ob die Kameras in dem Raum alles aufzeichneten?

Seufzend griff sie nach dem geheimnisvollen Utensil, zog das schwarze Bändchen auf und schüttete den Inhalt vorsichtig auf die dunkelblaue Samtunterlage. Ein glitzernder Haufen kleiner Diamanten, deren geschliffene Oberflächen sich im Licht der Halogenlampen spiegelten, purzelte aus dem Säckchen. Lavinia Miller fasste sich instinktiv an die Brust. Ein Kribbeln fuhr ihr durch den Körper. Das also war Nicolos Geheimnis. Wie war er an die Diamanten gekommen? Wie viel mochten sie wert sein?

Ihr Herz klopfte bis zum Hals, als sie die wertvollen Steine hastig wieder in ihrem Behältnis verstaute. Sie kannte einen Juwelier in Venedig, der schon seit Jahren für ihre Familie arbeitete. Ihm würde sie die Steine vorlegen und ihren Wert schätzen lassen. Er würde diese Angelegenheit vertraulich behandeln, da war sie sich sicher. Den Brief steckte sie ebenfalls ein, sie würde ihn später in Ruhe zu Hause lesen. Dann beeilte sie sich, das Schließfach wieder ordentlich zu verriegeln. Sie drückte den Knopf, der den Bankangestellten dazu veranlasste, ihr die verschlossene Zugangstür wieder zu öffnen, bedankte sich überschwänglich und verließ mit eiligen Schritten die Bank.

Draußen an der frischen Luft atmete sie erst einmal tief durch. Tausende Gedanken schwirrten ihr im Kopf herum. Hatte der Mörder Nicolo wegen der Diamanten getötet? War sie womöglich auch in Gefahr? Das zumindest würde den Einbruch in die gemeinsame Villa erklären. Bestimmt hatte der Täter die Steine gesucht. Und er war immer noch nicht gefasst worden. Sie hatte langsam das Gefühl, als wäre hier ein sehr gefährlicher Verrückter am Werk.

Vielleicht wäre es doch am besten, die Polizei zu informieren. Aber dann würden sie ihr die Diamanten wegnehmen, Nicolos Vermächtnis für sie und das Baby … Was niemand wusste, auch nicht ihr Bruder Scott, war, dass das gemeinsame Haus auf Giudecca hoch verschuldet war, wie sie auf Nachfrage bei der Bank erfahren hatte. Dies gab für Lavinia den Ausschlag, die Sache vorerst auf sich beruhen zu lassen.

Nicolo hatte auf zu großem Fuß gelebt. Sie hatte zwar ihr Einkommen als Schauspielerin, aber durch die Schwangerschaft hatte sie zwei große Rollen verloren. Wenn sie die Diamanten verkaufte, konnte sie vermutlich eine Weile gut davon leben. Sie kämpfte ihr Gewissen und ihren inneren Widerstand nieder, die Sorge um die Zukunft war einfach zu groß.

Um ihren Bruder von ihrem harmlosen Spaziergang zu überzeugen, kaufte sie in mehreren Boutiquen auf dem Weg zum Palazzo einige nutzlose Dinge ein. Einen Schal, eine Designervase, ein neues Buch und Gebäck für den Nachmittagstee. Sie hoffte, dass er sie dann nicht mehr misstrauisch ansehen würde.

Sie überquerte den Markusplatz, schwer atmend in der wärmenden Septembersonne, vorbei am Palazzo Ducale, der Seufzerbrücke, um wenige Minuten später vor der imposanten Eingangstür ihres Familienanwesens zu stehen. Sie konnte es kaum erwarten, Nicolos Brief in der Abgeschiedenheit ihres Zimmers zu lesen.

Als sie in den kühlen Eingangsbereich eintrat, fand sie einen Zettel ihres Bruders Scott an den Garderobenspiegel geklebt vor. Er traf sich mit Freunden und würde erst gegen Abend wieder zurückkehren. Da Valentina, die einzige feste Hausangestellte, heute auch ihren freien Nachmittag hatte, traf sich das gut. Sie würde alleine sein, ungestört ausruhen und sich Gedanken über ihr weiteres Vorgehen machen können. Nicolos Beerdigung war erst in drei Tagen, bis dahin wollte sie alles geregelt haben, um anschließend nach England zurückzukehren, wo sie immer noch eine kleine Wohnung in der Nähe ihrer Eltern besaß.

Sie ahnte nicht, dass Nicolos Mörder ihr bereits auf den Fersen war.

In der Questura hatten sich Luca Brassoni und seine beiden Kollegen inzwischen wieder im Verhörraum eingefunden. Andrea Vito Grande grinste die Beamten mit einem selbstgefälligen Lächeln an. Der Anwalt hatte seinen Blick auf ein paar Papiere geheftet, die vor ihm auf dem Tisch lagen.

Brassoni beobachtete den Verdächtigen, der Venedig so viel Ärger bereitete, für einen kurzen Augenblick mit angespannter Miene. Für wie viele Vergehen mochte ein Berufskrimineller wie Grande im Laufe seines Lebens verantwortlich gewesen sein? Trotzdem war er aus unzähligen Strafprozessen ohne Verurteilung herausgekommen. Immer wieder fanden seine Anwälte Schlupflöcher, Komplizen bestachen Zeugen oder schüchterten sie ein, unliebsame Gegner wurden aus dem Weg geräumt, aber der Commissario wollte unbedingt erreichen, dass er diesmal die Konsequenzen für seine Vergehen tragen musste.

Er schaltete das Aufnahmegerät wieder ein und wandte sich dem Verdächtigen und seinem Anwalt zu.

»Signor Grande, zu welcher Entscheidung sind Sie denn in der kleinen Pause gekommen? Möchten Sie uns jetzt die Wahrheit über Ihre Rolle in den Mordfällen Zamparoni und Carrisi erzählen? Wer ist Ihr Partner hier in Venedig?«

Der Mafioso machte eine abweisende Handbewegung. Seine Augen unter den üppig bewachsenen Brauen wurden schmaler, als er Brassoni ansah.

»Ich gebe zu, dass ich auf diesen Deppen im Campanile geschossen habe. Mir sind die Sicherungen durchgebrannt. Ich fühlte mich verfolgt, wollte ihn aber nicht umbringen. Alles andere ist ihre eigene Interpretation. Haben Sie Zeugen für die Schüsse?«

Brassoni fühlte Zorn in sich aufsteigen. Seine Stimme bekam einen bedrohlichen Unterton.

»Mein lieber Grande, erstens wird Ihr Opfer Sie zweifelsfrei identifizieren. Und glauben Sie mir, ich werde dafür sorgen, dass Sie das Gefängnis nie wieder verlassen werden, wenn Sie nicht mit uns kooperieren.«

Er donnerte mit der flachen Hand auf den Tisch, so dass Lucia Moscati und der Anwalt erschrocken aufsahen.

»Sagen Ihnen die Namen Vittorio da Silva oder Matteo Scalfa vielleicht etwas? Kennen Sie irgendeinen der Angestellten des Restaurants ›Al Gambero‹ persönlich?«

Argwöhnisch beobachtete er den Gesichtsausdruck Grandes, während er die Namen nannte, doch der Mafioso zuckte nicht einmal mit der Wimper. Grande schien nicht allzu sehr beeindruckt.

Der Anwalt flüsterte ihm etwas ins Ohr, was er mit einem Achselzucken quittierte. Dottor Enno Pollini ergriff daraufhin das Wort.

»*Signora und Signori Commissario,* ich habe meinem Mandanten geraten, Ihr Angebot anzunehmen. Der Mann, mit dem er sich auf dem Turm am Markusplatz getroffen hat, ist ein alter Bekannter von ihm, den er schon seit seiner Jugendzeit kennt. Die beiden sind im gleichen Viertel aufgewachsen und zur Schule gegangen. Er hatte ihn um einen Gefallen gebeten, den Signor Grande nicht ablehnen konnte. Aber mein Mandant wusste zu keinem Zeitpunkt, dass sein Freund mit der Pistole einen Mord begehen wollte. Er hatte ihm lediglich erzählt, dass er die Waffe zu seiner Verteidigung brauche.«

Goldini stieß schneidend einen Stoß Luft aus. So viel Verlogenheit machte ihn sauer. Aber jeder der drei Kommissare wusste, dass ihre persönlichen Gefühle bei diesem Fall keine Rolle spielen durften. Es war zu wichtig, den Namen des großen Unbekannten zu erfahren. Nur so konnten sie die beiden Morde und den Überfall auf Roberta Clemente aufklären. Auch Brassoni und die junge Kommissarin warteten gespannt auf die weiteren Worte des Anwalts.

»Mein Mandant und ich werden eine schriftliche Erklärung aufsetzen, sobald wir von Ihnen die schriftliche Zusage haben, dass der Staatsanwalt ihm für seine Zusammenarbeit Hafterleichterungen anbietet. Schließlich ist Signor Grande auch ein wertvoller Zeuge in zwei Mordfällen.«

Mittäter träfe es eher, dachte Brassoni, den diese Aussage eiskalt erwischte. Und wieder würde Zeit verstreichen, die sie eigentlich nicht hatten. Doch Goldini sprang sofort auf und bot an, die nötigen Unterlagen vom Staatsanwalt zu besorgen, sobald er sich mit dem Vice Questore darüber abgesprochen hatte.

»Ich werde Druck machen und mich beeilen. Mit dem neuen Staatsanwalt kann ich ganz gut, ich kenne ihn aus dem Tennisclub. Vielleicht könnt ihr ja in der Zwischenzeit noch ein paar Infos aus dem Mistkerl herauskitzeln«, sagte er leise zu Brassoni gewandt.

Brassoni nickte gefasst. Durch das geöffnete Fenster drang das Gegurre von Tauben sowie Stimmengewirr von Passanten, die sich etwas zuriefen. Die Klimaanlage war um diese Jahreszeit bereits abgeschaltet, um Kosten zu sparen. Es war so warm, dass alle Beteiligten mittlerweile Schweißtropfen auf der Stirn hatten.

»Sag Maria Grazia, sie soll uns noch eine Flasche Wasser und neue Gläser reinbringen«, bat Brassoni seinen Kollegen. »Eine kleine Erfrischung täte allen ganz gut.«

Kapitel 26

Lavinia Miller genoss es, allein in dem großen Haus zu sein. Einzig Filippo, der Hund, hatte sie freudig bellend begrüßt. Sie hatte eine Weile mit ihm gespielt, bis der kleine Wirbelwind müde wurde und es sich mit einem Knochen in seinem Körbchen vor der Küche bequem machte, dann war sie in ihr Zimmer gegangen und hatte sich auf ihr großzügiges weiches Sofa gelegt. Sie goss ein Glas Eistee ein, den Valentina, die Hausangestellte, in den Kühlschrank gestellt hatte, und faltete behutsam den Brief von Nicolo auseinander, der in dem Schließfach gelegen hatte. Ein leiser Wind bewegte die feinen weißen Vorhänge vor den großen Panoramafenstern. Von Lavinias Zimmer aus hatte man einen herrlichen Ausblick auf den Canal Grande. Sie strich sich eine rotblonde Strähne aus dem Gesicht und begann zu lesen.

Liebste Lavinia,
diese Steine habe ich gekauft, um unsere gemeinsame Zukunft zu sichern. Frage nicht, woher ich das Geld dafür hatte oder welche Geschäfte ich dafür tätigen musste. Ich wollte dich immer vor allem Schlechten bewahren. Du sollst mit dem Kind eine sorglose Zeit erleben. Ich wäre gerne bei euch gewesen. Erzähle niemandem von den Diamanten. Du glaubst gar nicht, wie viel kriminelle Energie in den meisten Menschen steckt. Auch wenn ich Geschäfte gemacht habe, die jenseits des Gesetzes waren, so habe ich doch ein Gewissen und könnte nie einem Menschen Gewalt antun. Sieh dich vor und vertraue niemandem.

Ich weiß, dass du nach England zurückgehen wirst, wenn wir nicht mehr zusammen sind.
Ich wünsche dir alles Glück dieser Erde!

Für immer in Liebe

Dein Nicolo

Mit tränenüberströmten Augen ließ Lavinia den Brief sinken. Nicolo war ihre große Liebe gewesen, egal was er getan hatte. Sie würde schon noch herausfinden, wer ihm das angetan hatte und woher die Diamanten stammten. Das Baby in ihrem Bauch strampelte plötzlich aufgeregt. Lavinia legte beruhigend ihre Hände auf die Wölbung unter ihrer Bluse.

Dann stand sie auf und nahm sich noch einen Schluck Eistee. Mit dem Glas in der Hand trat sie ans Fenster. Der warme Luftzug strich durch ihr offenes Haar. Auf dem Wasser sah sie dem bunten Treiben der Motorboote und Gondeln zu. Die Menschen dort draußen schienen ihr frei von den Problemen, die sie umgaben. Wie sehr hatte sie es geliebt, mit Nicolo in dieser märchenhaften Stadt zu leben, nachts auf der Piazza San Marco die Basilika und die anderen Gebäude in goldenem Glanz erstrahlen zu sehen, an seinen freien Tagen mit ihm durch die kleinen Gassen zu stöbern und beim Abendessen die Magie der Sonnenuntergänge, wie es sie nur in Venedig gab, zu bestaunen.

Das leise Knirschen einer Tür ließ sie zusammenschrecken. Sie stellte das Glas auf der Fensterbank ab und rief den Namen ihres Bruders.

»Scott, bist du das? Bist du wieder da?«

War er etwa schon zurückgekommen, ohne dass sie es gemerkt hatte?

Als niemand antwortete, stieg leichte Panik in ihr auf. Es konnte doch nicht sein, dass sie schon wieder überfallen wurde. Unschlüssig überlegte sie, was sie tun sollte. Dann ging sie vorsichtig zur Tür und öffnete sie ein Stück, um in den Flur hineinzuhorchen. Nichts. Kein Geräusch, keine Schritte. Erleichtert atmete sie auf. Doch wo war eigentlich Filippo, ihr heißgeliebter kleiner Malteser? Normalerweise reagierte er auf jedes noch so kleine Geräusch. Hatte sie ihn vorhin nicht noch winseln gehört? Ob der Hund sich wohl verletzt hatte? Manchmal, wenn er Langeweile hatte, stahl er sich Gegenstände aus dem Haus, auf denen er wahllos herumkaute.

Lavinias Herz begann zu rasen, bis das Blut in ihren Ohren pochte. Nur mit Mühe konnte sie sich dazu zwingen, ruhiger zu atmen und die aufsteigende Angst zu bekämpfen.

»Filippo?«, rief sie mit brüchiger Stimme die Treppe hinunter.

Doch er kam nicht angelaufen und bellte auch nicht. Krampfhaft überlegte Lavinia, was sie tun konnte. Wenn ein Einbrecher im Haus war, war es am klügsten, im Zimmer zu bleiben und die Türe zu verschließen. Sie mochte gar nicht darüber nachdenken, was mit dem kleinen Filippo passiert war. Wie durch Geisterhand klirrte plötzlich das Klangspiel im Eingangsbereich. Lavinia hielt den Atem an. Jede Sekunde kam ihr vor wie eine Ewigkeit.

Beunruhigt schloss sie die Tür zu ihrem Zimmer. Ihr Blick glitt zu der kleinen Schublade in ihrem Sekretär, in dem sie den schwarzen Beutel mit den Diamanten versteckt hatte.

Die junge Frau rieb sich die Stirn. Niemals würde sie ihr eigenes und das Leben ihres Kindes für diese verdammten Steine riskieren.

Sie würde die Polizei anrufen und melden, dass vermutlich ein Eindringling im Haus war. Vielleicht kam sie so noch einmal mit einem Schrecken davon. Rasch hob sie den Hörer ihres Festnetzanschlusses ab und wählte die Nummer der Questura. Verwundert registrierte sie, dass der Apparat keine Geräusche von sich gab. Dann lief es ihr kalt den Rücken hinunter.

Der Einbrecher hatte die Leitungen gekappt. Genau wie beim ersten Mal! Und ihr Handy lag unten auf der Garderobe!

Lavinia spürte, wie ihr übel wurde. Sie wankte zu der Couch, ließ sich fallen und legte rasch die Beine hoch. Jetzt nur nicht schlappmachen! dachte sie und kaute nervös auf ihrer Unterlippe. Aus den Augenwinkeln konnte sie erkennen, dass der Schlüssel in ihrer Tür sich im Schloss drehte. Ihre Hände begannen vor Angst zu zittern.

Nein, nicht schon wieder! dachte sie verzweifelt. Im selben Augenblick öffnete sich die Tür. Ein mittelgroßer Mann stand dort, halb vom Schatten der Tür verdeckt, so dass sie seine Umrisse nur schwer erkennen konnte. Schützend hielt sie ihre Hand vor ihr Gesicht.

»Bitte tun Sie mir nichts!«, flehte sie in Richtung des Eindringlings.

Doch dieser verharrte einen Moment ganz still im Türrahmen, bevor er ganz in das Zimmer trat.

Oh mein Gott, es war …Das konnte doch nicht sein! Lavinias Gedanken wirbelten in ihrem Kopf durcheinander. Doch der Mann war mit wenigen Schritten an sie herangetreten und drückte ihr ein übel riechendes Tuch vor den Mund. Lavinia war zu schwach, um sich zu wehren, sie versank rasch in eine tiefe, unangenehme Bewusstlosigkeit.

»Schlaf, meine Prinzessin, schlaf ein«, flüsterte der Mann, der sich nun lächelnd über die junge rothaarige Frau beugte, bis seine Lippen fast ihr Ohr berührten.

»Dir wird nichts geschehen. Doch dein Mann schuldet mir noch etwas.«

Er zog die leichte Wolldecke, die auf der Lehne der Couch lag, über den schlaffen Körper der Schauspielerin. Er hatte sie beobachtet, auf dem Weg zur Bank und zurück zum Haus. Als seine Suche nach den Diamanten in Zamparonis Villa ohne Ergebnis geblieben war, kam ihm schnell der Gedanke, dass dessen Verlobte womöglich schon längst im Besitz der Edelsteine war oder zumindest wusste, wo der Schatz sich befand. Also war er ihr in jeder freien Minute gefolgt.

Eine kluge Idee von Nicolo Zamparoni, die Diamanten in

einem Schließfach der Bank zu verstecken. In Lavinias Zimmer würde er nicht mehr lange suchen müssen, dann hatte er endlich, was er wollte. Sein Blick wanderte zu Lavinias brauner Lederhandtasche, die sie auf der Kommode neben ihrem Bett abgestellt hatte. Der Mann ließ von der bewusstlosen Frau ab, um die Tasche näher in Augenschein zu nehmen. Kurzerhand schüttete er den gesamten Inhalt auf ihr Bett, aber die Diamanten waren nicht dabei. Verärgert schmiss er die Tasche quer durch den Raum. Wo konnte Lavinia die Edelsteine in der kurzen Zeit versteckt haben?

Er suchte unter der Matratze, in ihrem Kleiderschrank, in der neuen Vase, die sie erst vor einer Stunde in einem Geschäft nahe dem Markusplatz erstanden hatte.

Dann erspähte er den zierlichen Sekretär, der vor dem Fenster in der hintersten Ecke des Zimmers stand. Er besaß zwei kleine Schubladen, eine davon hatte ein Schloss.

Erfreut rieb sich der Mann die Hände und machte sich ans Werk. Da sich in der ersten Schublade nichts befand, versuchte er mangels Schlüssel, die zweite mit einem Brieföffner aufzubrechen, was ihm im dritten Versuch auch gelang. Seine Augen weiteten sich vor Glück, als er den schwarzen Samtbeutel auf dem dunklen Mahagoniboden liegen sah. Ehrfurchtsvoll nahm er den Beutel in die Hand und öffnete ihn sachte. Endlich hielt er das in Händen, was sein Herz so lange begehrt hatte! Zwanzig funkelnde Diamanten im Wert von knapp vier Millionen Euro. Der Mann verschloss den Beutel sorgsam und stopfte ihn in die Innentasche seiner Anzugjacke. Nun hieß es, sich so unauffällig wie möglich aus dem Haus zu entfernen und zu seinem Apartment zu kommen.

Der nächste Flieger in die Karibik ging in zwei Stunden, bis dahin würde er alles gepackt haben und schon lange unterwegs sein, bevor die Polizei ihm auf die Schliche kam. Doch im selben Augenblick, als er die Treppe im Flur hinuntergehen wollte, öffnete sich die Haustür, und Lavinias Bruder betrat den Palazzo.

»Lavinia, Schwesterherz, ich bin wieder da. Ich wollte dich nicht so lange alleine lassen!«, rief er in das Haus hinein.

»Filippo, mein Junge, wo bist du? Filippo, Herrchen ist wieder da!«

Als sich weder Lavinia noch der Hund meldeten oder auftauchten, beschlich Scott Miller sofort ein ungutes Gefühl. Misstrauisch suchte er zuerst in der Küche, dann im Wohnzimmer und anschließend in der Bibliothek. Währenddessen versuchte der Eindringling, unerkannt zur Eingangstür zu gelangen.

Doch als er sich kurz vor seinem Ziel wähnte, tauchte Scott Miller wie aus dem Nichts hinter ihm auf und rief: »Halt, stopp! Wer sind Sie?«

Mit einer langsamen Bewegung drehte der Mann sich um. Miller starrte ihn entsetzt an.

»Sie, Sie haben Nicolo umgebracht? Was machen Sie in unserem Haus? Wo ist meine Schwester?« Mit beiden Fäusten umklammerte er einen amerikanischen Baseballschläger.

Der Mann hob zögernd die Schultern. Er sagte nichts, aber seine schnelle Bewegung, die er unerwartet ausführte, überraschte den jungen Engländer, der geglaubt hatte, die Situation im Griff zu haben. Bevor er sich versah, hatte der Mann ihm den Schläger aus der Hand gerissen und schlug mit aller Wucht zu. Zum Glück traf er nicht wie geplant Millers Kopf. Er verfehlte ihn um einige Zentimeter, der Baseballschläger prallte aber schmerzhaft auf dessen Schulter und Arm, so dass der junge Engländer vor Schmerz schreiend zusammenbrach und der Eindringling durch den Vordereingang entkommen konnte.

Miller hielt sich stöhnend die verletzte Seite. So ein verdammter Mist! Er musste es unbedingt bis nach oben schaffen, um nach Lavinia zu sehen. Mit schmerzverzerrtem Gesicht tastete er nach dem Handy in seiner Hosentasche. Mit der unversehrten Hand tippte er die Nummer der Questura ein.

»Verbinden Sie mich mit Commissario Luca Brassoni, schnell!«, bellte er in den Hörer.

Es dauerte einige Minuten, bis er den Kriminalbeamten in der Leitung hatte. Die Sekretärin hatte ihn abwimmeln wollen, weil der Commissario sich in einer wichtigen Vernehmung befinde. Doch Miller hatte sich furchtbar aufgeregt und immer wieder die Dringlichkeit seines Anliegens betont, während er sich stöhnend aufrichtete und mühsam die Treppe zu Lavinias Zimmer hochstieg.

Zu seiner Erleichterung fand er seine Schwester zwar reglos auf dem Sofa liegend, aber sie atmete ganz gleichmäßig und ruhig. Auch der kleine Malteser fand sich humpelnd und fiepend wieder ein. Der Eindringling hatte ihn brutal getreten. Vor Angst hatte sich das Tier unter dem Sofa versteckt. Während er den Hund beruhigend streichelte, erzählte Miller Brassoni, was passiert war.

»Lavinia lebt, ich rufe jetzt das Krankenboot. Schnappen Sie den Kerl, wer weiß, was sonst noch passiert!«, forderte er den Commissario auf.

Am anderen Ende der Leitung schüttelte Brassoni immer wieder den Kopf. Wieso waren sie nicht selber darauf gekommen, dass Matteo Scalfa der einzige passende Tatverdächtige war? Vor einer knappen Minute hatte er Andrea Vito Grandes Erklärung gelesen. Scalfa und Grande waren beide in einer kleinen Stadt in Neapel aufgewachsen, in dieselbe Schule gegangen und später als Jugendliche mit derselben Clique umhergezogen. Dann hatte Scalfa die Kurve gekriegt, eine Ausbildung zum Koch gemacht, aber seinen alten Freund nie aus den Augen verloren. Dazu noch die falschen Joggingschuhe, die er ihm präsentiert hatte!

Nur, welches Motiv trieb ihn um? Grande hatte etwas von Diamanten gefaselt, die Zamparoni angeblich versteckt hatte. Wie dem auch sei, Brassoni musste sofort los. Scalfa konnte sich noch in der Nähe des Palazzo befinden. Das war nicht weit von hier.

Er winkte seinen Kollegen Goldini zu sich.

»Mauro, schnell. Gib eine Fahndung nach Matteo Scalfa raus.

Er hat gerade eben die Millers in ihrem Haus überfallen. Nimm zwei Polizeibeamte mit, wir suchen rund um den Markusplatz nach ihm. Und schicke eine Truppe zu seiner Wohnung, falls er dort auftaucht!«

Goldini tat, wie ihm geheißen. Brassoni war mit einem der Bereitschaftspolizisten sofort losgeeilt, Goldini folgte ihm mit einem zweiten. Sie teilten den ältesten und innersten Bezirk, den *centro storico* im Herzen der Stadt, in zwei Zonen, von denen jeder eine übernahm. Doch wie sollten sie zwischen all den touristischen Attraktionen und den vielen Passanten eine Spur von Matteo Scalfa finden?

Auf der Piazza San Marco taxierte Luca Brassoni jedes Gesicht, das ihm entgegenkam. Hoffentlich hatte sich Scalfa nicht schon per Vaporetto aus dem Staub gemacht. Vor dem Palazzo Ducale hatte er einen kurzen Moment das Gefühl, das schmale Gesicht mit der scharf geschnittenen Nase erkannt zu haben. Doch dann war es wieder in der Menschenmenge verschwunden.

Er wies den Polizeibeamten an, die Piazzetta hinunterzulaufen bis zum Anleger San Marco, um dort weiter nach dem Verdächtigen zu suchen. Brassoni selber ging einem Impuls folgend zur Kasse des früheren Machtzentrums der Politik und Gesetzgebung. Er stellte sich in die Schlange und beobachtete die Menschen vor und hinter sich.

Da, da war er wieder, der Kopf, der ihm so bekannt vorkam!

Anscheinend wollte er sich im Strom der Menschen verstecken. In ein paar Minuten begann eine Führung über die Seufzerbrücke hinein in die alten und neuen Kerker des Gefängnisses.

Scalfa sah sich nervös um und schreckte zusammen, als er Brassoni entdeckte. An dem Commissario vorbeizurennen schien ihm unmöglich, also kaufte er eine Eintrittskarte und verschwand blitzschnell im Innern des Gebäudes. Eigentlich hatte er schon längst auf dem Weg zu seiner Wohnung sein wollen, doch er war in Panik geraten, als er vor dem Anleger eine Polizeistreife entdeckte, die sich um das Opfer eines Taschendiebstahls kümmerte. Also war er zurück Richtung Markusplatz gelaufen in dem Bemühen, zwischen all den Touristen nicht aufzufallen.

Der Souschef hätte nie gedacht, dass die Fahndung nach ihm so schnell in Gang kommen würde. Er hätte Miller doch zum Schweigen bringen sollen, aber diese Gedanken brachten ihn jetzt nicht weiter.

Brassoni indessen versuchte Goldini über sein Handy zu erreichen, aber der Empfang war gestört. Das hatte ihm jetzt geradenoch gefehlt. Wie sollte er Verstärkung anfordern, wenn sein Telefon nicht funktionierte? Fluchend trat er von einem Fuß auf den anderen.

»*Ma non vedi?*« – »Hast du keine Augen im Kopf?«, blaffte er einen etwa vierzehnjährigen Jungen an, der ihm versehentlich auf den Fuß getreten war. Der Junge starrte ihn verständnislos an und trat einen Schritt beiseite. Sein Vater, der Brassonis Worte mitbekommen hatte, warf dem Commissario einen bösen Blick zu

Brassoni murmelte leise eine Entschuldigung für sein gereiztes Benehmen. Wenn er jetzt noch länger in der Schlange stand, würde Scalfa ihm entkommen. Deshalb zögerte er nicht länger, sich unter wüsten Beschimpfungen der anderen Wartenden bis zur Kasse vorzudrängeln, wo er der Angestellten seinen Dienstausweis unter die Nase hielt.

»Commissario Luca Brassoni. Ich verfolge einen Verdächtigen, der sich gerade eben eine Karte für die Gefängnisführung gekauft hat. Lassen Sie mich bitte durch, und halten Sie die anderen Besucher davon ab, diese Führung mitzumachen.«

Die Kassiererin sah Brassoni erschrocken an, nickte aber stumm. Wie sollte sie das den Wartenden klarmachen? Kurzentschlossen griff sie unter die Theke, holte ein Schild hervor mit der Aufschrift »Kurze Pause, es geht gleich weiter« und verschwand eilig Richtung Toiletten. Brassoni sah ihr staunend nach. Dann erklärte er dem jungen Mann, der die Eintrittskarten kontrollierte, in aller Kürze sein Anliegen und folgte endlich Matteo Scalfas Spur.

Das Gefängnis war ein berühmter Bauteil des Dogenpalastes, der auf zwei Gebäude verteilt ist. Beide Teile sind durch die Seufzerbrücke verbunden. Die Verurteilten wurden früher vom Dogenpalast über diese Brücke in Haft oder zur Exekution in die Gefängnisräume geleitet. Über die Brücke führen zwei durch eine Mauer getrennte Wege, die einen Blick von den abgeführten Gefangenen auf die dem Gericht vorzuführenden verhinderten.

Zuallererst gab es auch im Dogenpalast ausgesprochen feuchte Gefängniszellen im Erdgeschoss und weiter oben die berüchtigten Piombi, die sogenannten Bleikammern direkt unter dem bleigedeckten Dach, belüftet nur durch ein kleines Gitterfenster in der Tür. Die wahre Hölle im Hochsommer, daher haben viele Gefangene dieses Gefängnis nicht mehr lebend verlassen.

Einer von ihnen, der es wundersamerweise geschafft hat, ist Giacomo Casanova, dem nach einem Jahr Haft der Ausbruch aus seinem Gefängnis gelang. Erst 1563 wurde wegen der zu knappen Anzahl von Haftzellen im Dogenpalast das neue Staatsgefängnis geplant und 1610 komplett errichtet sowie mit dem Palast durch die 1603 fertiggestellte Ponte dei Sospieri verbunden. Die Legende besagt, dass die Seufzerbrücke ihren Namen den Seufzern der Delinquenten verdankt, die noch einen letzten Blick auf die Lagunenstadt warfen, bevor sie in ihre Zellen geführt wurden.

Brassoni kannte die historischen Fakten der venezianischen Gebäude ganz gut, und er war sich der bedrückenden Atmosphäre des Gefängnisses durchaus bewusst, als er seinem Verdächtigen durch die prekären Räumlichkeiten folgte. Zerknirscht warf er einen Blick auf die Empfangsanzeige seines Handys. Immer noch keine Verbindung möglich. Wenn ihnen Scalfa deswegen durch die Lappen ging, würde er seines Lebens nicht mehr froh werden.

Kapitel 27

Brassoni steuerte auf die Ponte dei Sospieri zu, die den Rio del Palazzo überspannte.

Scalfa konnte sich sonstwo in dem Gebäude aufhalten. In Gedanken ging der Commissario die möglichen Motive des Souschefs durch. Habgier, Rache, Eifersucht – hatte er wirklich Zamparonis Tod kaltblütig geplant? Da musste doch noch mehr dahinterstecken. Ein Geheimnis, das keiner kannte.

Der Messerstich ins Herz sprach dafür, dass es eine emotionale Verstrickung gab. Bei der Zeugenvernehmung hatte Scalfa auf ihn ein bisschen arrogant und sonderbar, keineswegs jedoch irrational oder gewalttätig gewirkt. Aber man konnte ja nie hinter die Stirn eines Menschen blicken. Was sich in dieser Hinsicht an Abgründen auftun konnte, war Brassoni im Laufe seiner Karriere schon mannigfaltig begegnet. Die meisten Täter dachten nicht über die Konsequenzen nach, die ihre Handlung zur Folge hatte.

Sein Weg führte den Commissario ins Innere des historischen Gefängnisses. Die *priogni nuove* bestand aus mehreren Gefängniszellen, die in einem Innenhof in drei Stockwerken angeordnet waren. Im Gegensatz zu den früheren, ersten Zellen, waren diese nun höher gelegen und größer, rundherum mit Holz verkleidet, damit auch trockener und durch etwas Tageslicht erhellt.

Brassoni folgte dem Hinweisschild auf den »Rundgang«, in einiger Entfernung konnte er die Stimmen des Fremdenführers und seiner Gäste hören. Vermutlich hatte Scalfa sich entweder unter die Gruppe gemischt, oder, was wahrscheinlicher war, er versteckte sich in einem der Räume und würde versuchen, Brassoni auszutricksen und zum Ausgang zurückzulaufen.

Der Commissario hielt sich diskret im Hintergrund, als er zu der Besuchergruppe stieß. Schnell glitten seine Augen über die einzelnen Gesichter der Personen, unter ihnen auch zwei Kinder. Aber von Matteo Scalfa war nichts zu sehen. Er hoffte, dass der Souschef keine Waffe bei sich trug, denn es liefen immer noch zu viele unbeteiligte Menschen durch die Gänge. Nicht auszudenken, welche Panik eine unkontrollierte Schießerei verursachen würde. Brassoni winkte den Fremdenführer zu sich, den er fragte, ob eine Person mit Scalfas Beschreibung an ihm vorbeigelaufen sei.

»*Sì, Signore.* Ein ganz merkwürdiger Typ. Er hat sich von der Gruppe abgeseilt und ist ohne Erlaubnis einfach weitergelaufen. Ich dachte mir schon, dass mit ihm etwas nicht stimmt«, antwortete der bärtige Museumsangestellte mit seiner markanten Stimme.

Der Commissario nickte, gleichzeitig überlegte er, wie er die Leute vor einer unliebsamen Überraschung schützen konnte.

»Hören Sie, halten Sie Ihre Besuchergruppe noch eine Weile hier in diesem Bereich auf. Der Flüchtige könnte gefährlich sein. Ich möchte nicht, dass jemandem etwas passiert«, erklärte Brassoni nachdrücklich.

Der Bärtige nickte gelassen.

»Keine Sorge, ich habe alles im Griff. Ich bin schon mit schwierigeren Problemen fertig geworden. Sie können sich auf mich verlassen. Viel Erfolg!«

Der Commissario glaubte ihm aufs Wort. Für einen Augenblick schaute die gesamte Menschengruppe auf den Mann, der ihre Führung unterbrochen hatte. Schuldbewusst lächelte Brassoni ihnen zu, um sogleich weiter nach Scalfa zu fahnden. Atemlos studierte er so gut wie jeden Raum, jede Ecke und Nische auf seinem Weg, musste aber schließlich ergebnislos aufgeben.

Plötzlich vernahm er aus der letzten Zelle auf dem Flur rechterhand, wo er noch nicht gewesen war, einen heiseren Schrei. Brassoni löste sich von seinem Standort, hielt seine Waffe im Anschlag und rückte langsam weiter vor bis zum Eingang des verdächtigen Gefängnisraums. Seine Nerven waren zum Zerreißen gespannt. Innerlich verfluchte er sein Handy, das bisher erfolgreich verhindert hatte, dass er telefonieren konnte, damit die Verstärkung anrückte und sich vor dem Ein- und Ausgang postierte. Wenn Scalfa eine unschuldige Geisel in seiner Gewalt hatte, blieb ihm keine andere Wahl, als seine Bedingungen zu erfüllen. Vorsichtig steckte er den Kopf durch den geöffneten Türrahmen.

»Scalfa, sind Sie da drinnen?«, rief er in den Raum.

Doch im selben Moment hatte er ihn auch schon entdeckt. Der Souschef stand mit dem Rücken zur Wand, vor sich eine etwa fünfzigjährige Touristin, die den Commissario mit angstgeweiteten Augen ansah. Scalfa hielt ihr ein Messer an den Hals. Ihr Atem ging stoßweise, sie war leichenblass.

»Ganz ruhig, Scalfa. Lassen Sie die Frau los. Sie haben keine Chance, hier herauszukommen. Das Gefängnis ist umstellt«, log Brassoni mit nüchterner Stimme.

Matteo Scalfa brach in ein irres Lachen aus.

»So ein Quatsch. Hier drin haben Sie überhaupt keinen Handyempfang. Wie sollten Sie Ihre Kollegen informiert haben? Nein nein, Sie sind alleine, genauso wie ich!«

Brassoni brach der Schweiß aus.

»Bitte helfen Sie mir!«, wimmerte die Stimme der älteren Frau plötzlich ängstlich.

Der Commissario versuchte, sich nicht anmerken zu lassen, wie aussichtslos seine Position war.

»Trotzdem kommen Sie aus Venedig nicht mehr raus. Der Flughafen, der Bahnhof und alle Straßen werden überwacht. Seien Sie vernünftig. Lassen Sie die Frau gehen, dann sehe ich davon ab, Sie weiter zu verfolgen. Sie können Ihr Glück gerne versuchen.«

Scalfa schüttelte gelassen den Kopf.

»Kommt gar nicht in Frage. Sie treten zur Seite, und ich verlasse zusammen mit der Signora das Gebäude. Wenn ich merke, dass Sie mir folgen, dann …«

Er zog in einer gespielten Bewegung das scharfe Messer einmal quer vor dem Hals der Frau hin und her, die gequält aufschrie.

»Schon gut, Scalfa, lassen Sie den Quatsch.«

Bevor er weitersprechen konnte, näherten sich dumpfe, klackernde Schritte.

»Was ist denn hier los?«, quäkte eine hohe Frauenstimme neugierig. »Kann man diese Gefängniszelle auch besichtigen?«

Während Brassoni sich überrascht umschaute, stieß Scalfa die Geisel brutal von sich weg, genau vor Brassonis Füße, dessen Band im rechten Knöchel durch das Gewicht der Frau schmerzhaft gedehnt wurde. In Sekundenbruchteilen stürmte Scalfa am Commissario vorbei, schlitzte ihm im Vorbeilaufen eine scharfe Wunde in den linken Arm.

Stöhnend bemühte Brassoni sich, die stechende Wunde zu ignorieren, um dem Souschef folgen zu können. Doch die heftige Bewegung, mit der er eine Kehrtwende machte, bescherte ihm eine starke Schwindelattacke. Mit weichen Knien musste er sich an der Wand abstützen. Die Frau in der Gefängniszelle schluchzte unaufhörlich und rief nach Hilfe.

Die zweite Frau, deren Schritte sich dem Raum genähert hatten, hatte Scalfa mit sich geschleift. Auch sie wehrte sich verzweifelt, aber sie war klein und zierlich, Scalfa hielt sie wie in einem Schraubstock gefangen. Brassoni humpelte mit seinem blutenden Arm hinter dem Souschef und seiner Geisel her, immer in der Hoffnung, dass seine Kollegen von allein auf die Idee gekommen waren, im Palazzo Ducale nach ihm zu suchen.

Wenn Scalfa es zum Ausgang schaffte, würde er ihm höchstwahrscheinlich entkommen.

Zum Glück hatte der bärtige Fremdenführer dafür gesorgt, dass sich außer der kleinen Frau, die jetzt in Scalfas Gewalt war, niemand mehr in den Gängen oder auf der Seufzerbrücke aufhielt. Möglicherweise hatte ja auch ein schlauer Museumsmitarbeiter bereits die Polizei informiert. Doch Brassonis Hoffnungen waren umsonst. Wegen der Geisel konnte er nicht auf den Souschef schießen, und im Eingangsbereich befanden sich unzählige weitere unbeteiligte Personen. Hilflos musste er mit ansehen, wie Scalfa den Ausgang erreichte, auch die zweite Geisel von sich stieß und auf Nimmerwiedersehen in der Menschenmenge verschwand.

Während die Umherstehenden aufgeregt gestikulierten oder verängstigt aus der Halle liefen, wies Brassoni die Kassiererin an, umgehend die Polizei in Kenntnis zu setzen. Dann stürmte er ebenfalls aus dem Gebäude, um auszukundschaften, in welche Richtung Scalfa verschwunden war. Doch es wimmelte auf der gesamten Piazza nur so von Passanten.

Aussichtslos. Wenigstens hatte er endlich wieder Empfang auf seinem Handy.

»Maurizio, schnell, ihr müsst zum Palazzo Ducale kommen. Ich war Scalfa auf den Fersen, aber er ist mir entkommen. Wo seid ihr denn?«

Sein Kollege Goldini stöhnte auf.

»Sag, dass das nicht wahr ist. Ich habe auch schon versucht, dich zu erreichen, aber dein Handy hatte keinen Empfang. Wir schauen uns im Moment in Richtung San Zaccaria um, aber ich bin in ein paar Minuten bei dir.«

»Mobilisiere alle verfügbaren Einsatzkräfte. Scalfa muss noch in der Nähe sein, er ist mit einem Messer bewaffnet und äußerst gefährlich. Wir müssen ihn lebend schnappen, ich will, dass er eine Aussage macht.«

Von Weitem waren die Sirenen des Rettungsbootes zu hören, die von den Angestellten des Palazzo Ducale gerufen worden waren. Zum Glück hatten die beiden Frauen, die Scalfa als Geiseln genommen hatte, nur einen Schock erlitten. Auch Brassonis Verletzung wurde behandelt.

»Sie sollten mit uns ins Krankenhaus fahren, eventuell muss die Schnittverletzung genäht werden. Eine Tetanusauffrischung wäre auch nicht schlecht«, konstatierte der Sanitäter trocken.

Doch der Commissario winkte brüsk ab. »Kommt nicht in Frage. Verbinden Sie den Arm, ich kümmere mich später darum.«

Achselzuckend kam der Sanitäter seinem Wunsch nach. Und tatsächlich spürte Brassoni durch den Adrenalinschub kaum noch Schmerzen. Die Jagd konnte weitergehen.

Doch zuerst meldete er sich telefonisch in der Questura, um dem Vice Questore Bericht zu erstatten. Wie erwartet reagierte dieser finster auf Brassonis Erläuterungen.

»Sie haben gemacht, was Sie konnten, Commissario, aber Sie hätten wissen müssen, dass es unklug war, alleine der Spur nachzugehen. Ein bisschen mehr Grips und Teamarbeit, dann könnten wir den Verbrecher jetzt in Handschellen abführen. Sie ermitteln immer Ihrer Nase nach, mein Lieber, Ihre Alleingänge habe ich langsam satt!«

Das saß, und Morandi hatte ja nicht ganz unrecht. Wenn Scalfa entkam, trug Brassoni die Mitschuld.

»Ich werde dafür sorgen, dass uns der Mann nicht entkommt. Das Risiko war zu groß, dass eine der unbeteiligten Personen verletzt wurde. Aber im Moment haben die Einsatzkräfte von ganz Venedig ein Auge auf den Flüchtigen.«

Es gab ein unbestimmtes Zögern in der Leitung.

»Das will ich für Sie hoffen. Eigentlich hätte ich Sie schon längst von dem Fall abziehen sollen, alleine wegen Ihres Cousins. Das Krankenhaus hat übrigens angerufen, er ist wieder bei Bewusstsein und fragt nach Ihnen. Auch Roberta Clemente ist wieder vernehmungsfähig. Schicken Sie Goldini zum Ospedale. Vielleicht hilft ihre Aussage uns weiter. Und Signora Miller geht es auch den Umständen entsprechend. Das Betäubungsmittel hat keinen Schaden bei dem ungeborenen Kind angerichtet. Sie hat den Polizeibeamten etwas von einem Beutel Diamanten erzählt, die Scalfa ihr gestohlen hat.«

Nun ging Brassoni ein Licht auf. Der Mistkerl hatte nach den Diamanten gesucht.

»Danke für die Informationen, Vice Questore. Ich werde alles an Commissario Goldini weitergeben. Er müsste gleich hier sein.«

»Aber versetzen Sie mir den Rest der Stadt nicht weiter in Angst und Schrecken. Fahnden Sie möglichst diskret nach dem Flüchtigen. Die negative Presse, die wir bisher haben, reicht voll und ganz«, setzte Morandi drohend hinzu.

»Ich werde mein Bestes geben«, versicherte Brassoni, legte schnell auf und gab sich Mühe, sich nicht allzu sehr zu ärgern.

Inzwischen waren alle Kollegen vor dem Palazzo Ducale eingetroffen. Die Luft war warm und feucht, wie in einer Backstube. Als Erstes erkannte er Maurizio Goldini, der sich ihm aufgeregt gestikulierend näherte.

»Luca, was ist da drin passiert? Warum hast du uns nicht um Unterstützung gebeten?«

Doch als er Brassonis leicht genervten Blick auffing, hielt er sich zurück.

»Mauro, ich habe versucht, dich telefonisch zu erreichen. Mein Handy hatte keine Verbindung, das weißt du. Was hättest du gemacht, wenn ein Verdächtiger direkt vor deiner Nase in den Palazzo Ducale spaziert? Ich konnte ihn doch nicht einfach aus den Augen lassen. Also bin ich ihm gefolgt.«

Goldini sah auf Brassonis verletzten Arm.

»Was ist mit deinem Arm? Bist du o.k.?«

»Ach, nur eine kleine Schnittwunde. Scalfa hatte ein Messer bei sich, mit dem er die Geisel bedroht hat. Als er geflohen ist, hat er mir den Kratzer verpasst.«

»Was glaubst du, wo er hin ist?«

Der Commissario zuckte resigniert mit den Schultern.

»Ich weiß es nicht, er ist wie vom Erdboden verschluckt. Wir müssen die Augen offen halten. Weit kann er nicht sein.«

Nach einer kleinen Pause fügte er hinzu:

»Und du sollst übrigens zum Ospedale Civile fahren. Roberta Clemente ist jetzt vernehmungsfähig. Ich habe vor zwei Minuten mit dem Vice Questore telefoniert.«

Zusätzlich versicherte er seinem Freund und Kollegen mit leiser Stimme:

»Und glaub mir, beim zweiten Mal entkommt mir der Mistkerl nicht. Ich hab da schon so eine Idee, wo er sich versteckt halten könnte …«

Goldini bedachte ihn mit einem nachdenklichen Blick. Er wusste, dass Brassoni Scalfa unerbittlich jagen würde.

»In Ordnung, dann mache ich mich mal auf den Weg zum Krankenhaus. Ispettore Colludi kann dir helfen, er fühlt sich wieder fit genug, um Außendienst zu leisten.«

Er wies mit der Hand auf den Inspektor, der in emsiger Betriebsamkeit vor dem Eingangsbereich Zeugen vernahm.

Kapitel 28

Maurizio Goldini machte sich missmutig auf den Weg zum städtischen Krankenhaus Santi Giovanni e Paolo. Er hatte Zweifel, ob sich eine Zeugenaussage der jungen Frau jetzt noch auf den Fall auswirken würde. Viel lieber hätte er sich an der Suche nach Scalfa beteiligt. Aber einer Anordnung Morandis konnte man sich nur schwer widersetzen.

Also ließ er sich von einem der Polizeiboote zum Rio dei Mendicanti fahren, um dort am Krankenhausanleger auszusteigen. Einige Patienten, die nicht bettlägerig waren, spazierten in ihren Bademänteln in der Sonne vor dem Hospital herum. Ein sanfter Wind belebte die feuchtwarme Luft. Goldini dankte jedes Mal, wenn er das Hospital besuchte, dem lieben Gott dafür, dass er und seine Angehörigen ganz gesund waren. Obwohl er seines Berufs wegen des Öfteren das Krankenhaus besuchen musste, schreckten ihn der Anblick der kranken Menschen und der Geruch von Desinfektionsmitteln und Medikamenten bis heute ab.

Aber er biss die Zähne zusammen und kehrte sogar noch im Kiosk des Hospitals ein, um für Roberta Clemente eine Packung Pralinen zu erwerben und sich selber einen Duplo-Riegel *nocciolato leggero* zu gönnen, mit ganzen Nüssen und cremiger Füllung.

So gestärkt klopfte er wenig später sachte an die Tür der jungen Frau. Als ein schwaches »Ja bitte, herein« ertönte, betrat Goldini das Krankenzimmer und erschrak beim Anblick der leichenblassen Patientin.

»Commissario, Sie schon wieder!«, stöhnte Roberta leise auf.

»*Scusi, Signorina,* aber ich habe da noch ein paar wichtige Fragen an Sie«, erwiderte Goldini freundlich.

Schüchtern überreichte er der jungen Frau die Packung Pralinen, die ihr zumindest ein kleines Lächeln entlockten. Ihr operierter Arm lag bewegungslos in einer Schlinge auf der Bettdecke, und Goldini konnte erahnen, welche Schmerzen sie zurzeit durchmachte.

»Vor der Operation hatte ich weniger Schmerzen als jetzt«, erklärte sie traurig.

»Das wird schon wieder. Alles bracht seine Zeit«, antwortete der Commissario aufmunternd.

»Signorina Clemente, wir müssen unbedingt wissen, was an dem Abend vor Signor Zamparonis Tod im Restaurant passiert ist. Ich weiß, dass Sie nicht darüber sprechen wollten, aber glauben Sie mir, wir brauchen Ihre Aussage, um den Täter zu fassen. Möglicherweise hat er auch Ihren Freund Marco auf dem Gewissen.«

Robertas Lippen zitterten, als er Carrisis Namen erwähnte.

»Ich weiß, ich hätte Marco niemals erzählen sollen, was ich an dem Abend gesehen habe. Er ist ausgerastet und wollte Signor Scalfa unbedingt zur Rede stellen, weil er vermutete, er habe mich an dem besagten Abend überfallen. Aber zu Anfang habe ich nicht gewusst, dass alles mit Zamparonis Tod zusammenhängen könnte.«

Nun liefen ihr die Tränen hemmungslos über ihr blasses Gesicht.

»Was genau haben Sie denn gesehen?«, wollte Goldini wissen.

»Ich bin an dem Abend noch mal kurz zurück ins Restaurant gegangen, weil ich meinen Schal vergessen hatte. Keiner hat das gemerkt. Marco und der andere Jungkoch unterhielten sich über Sport, sie sind noch kurz eine Runde Fußballspielen gegangen. Drinnen ist mir dann aufgefallen, dass im Personalraum ein Spind offen stand, der von Matteo Scalfa, unserem Souschef. Ich weiß nicht, was mich geritten hat, aber ich habe kurz hineingeschaut.

Da lag so ein weißes Päckchen, das sah aus wie diese Drogentütchen, die man immer im Fernsehen sieht. Da habe ich einfach Angst bekommen. Ich konnte mit niemandem darüber reden, weil ich sonst vielleicht meinen Ausbildungsvertrag nicht bekommen hätte.«

»War da noch etwas außer dem Päckchen?«

»Ja, ein schwarzer Hut, den ich noch nie gesehen habe. Und eine Trinkflasche. Ich habe aber niemanden im Restaurant gesehen, ehrlich. Marco hat mir hinterher erzählt, dass der mutmaßliche Mörder Zamparonis auf den Überwachungsfotos vom Canal Grande einen Hut getragen hat. Er hat wohl eher als ich die Zusammenhänge verstanden. Deswegen musste er sterben.«

Sie lag wie ein Häufchen Elend in ihrem Krankenbett. Goldini empfand tiefes Mitgefühl für die junge Frau. Er reichte ihr ein Taschentuch, mit dem sie sich geräuschvoll die Nase schnäuzte.

»Haben Sie denn irgendwann einmal mitbekommen, dass Matteo Scalfa und Ihr Chef Zamparoni sich gestritten haben?«, hakte Goldini nach.

»Ja schon, ein-, zweimal vielleicht, aber da Nicolo Zamparoni sich immer mal jemanden zur Brust nahm, der nicht so arbeitete, wie er wollte, war das nicht ungewöhnlich. Mich hat er auch öfters angeschrien. Er war eben sehr perfektionistisch.«

Sie lächelte schief.

Goldini spürte unterschwellig, dass Roberta sehr erschöpft war und jetzt lieber wieder schlafen würde.

»Eine letzte Frage noch, Signorina. War Matteo Scalfa mit irgendwem vom Personal des ›Al Gambero‹ oder des ›Palazzo Callieri‹ besonders eng befreundet?«

Roberta machte ein nachdenkliches Gesicht.

»Also, es gab da so Gerüchte, er hätte was mit der Empfangsdame vom Hotel gehabt, dieser Chiara Rugetti. Ich mag sie nicht besonders. Sie ist hinterhältig und gemein zu den Kollegen. Die beiden waren wohl auf einer Wellenlänge. Ehrgeizige Einzelgänger, die sich gesucht und gefunden haben. Aber wie gesagt, ich habe sie nie zusammen gesehen, es waren nur Gerüchte. Scalfa soll sich auf der letzten Weihnachtsfeier an Signora Rugetti rangemacht haben.«

Robertas Worte fielen auf fruchtbaren Boden bei Goldini. Er hatte sich alles notiert und verabschiedete sich eilig von der jungen Frau.

»Ich wünsche Ihnen alles Gute für die Zukunft. Und ich bin sicher, der neue Chef des Restaurants wird Ihnen den Ausbildungsvertrag geben, wenn er sieht, mit wie viel Begeisterung Sie Ihren Job machen.«

Dankbar reichte Roberta ihm die Hand.

»Sie sind ein sehr netter Polizist. Ich hoffe, Sie kriegen Signor Scalfa, wenn er für die Morde verantwortlich ist.«

»Das werden wir, Signorina, verlassen Sie sich darauf!«, entgegnete Goldini ihr lächelnd.

»Erholen Sie sich gut. Eines Tages werde ich Sie im Restaurant besuchen, wenn Sie eine großartige Serviceleiterin geworden sind!«

Er zwinkerte ihr zu, als er das Zimmer verließ.

Nun galt es, Luca Brassoni schnellstmöglich mitzuteilen, dass Scalfa möglicherweise eine Affäre mit Rugetti gehabt hatte. Wenn die Hotelangestellte in der Innenstadt von Venedig wohnte, könnte der Souschef ihre Wohnung als Versteck benutzen.

Goldini drückte Brassonis Kurzwahltaste, sobald er aus dem Krankenhaus heraus war. Für einen kurzen Augenblick erwog er, Caruso ebenfalls einen Besuch abzustatten, entschied sich aber dagegen, weil er sich sicher war, dass der Reporter sich in guten Händen befand und Verständnis dafür haben würde, dass die Jagd nach Matteo Scalfa im Moment vorrangig war.

»Mauro, was gibt's?«, hörte er die Stimme seines Chefs durch den Hörer.

»Roberta Clemente hat mir anvertraut, dass Scalfa möglicherweise eine Affäre mit Chiara Rugetti hatte, einer Rezeptionistin des Hotels ›Palazzo Callieri‹.«

Brassonis Stimmung veränderte sich hörbar.

»Das habe ich mir schon gedacht. Als ich das letzte Mal im Hotel war, um mit Vittorio da Silva zu sprechen, habe ich sie kennengelernt. Bei unserem Gespräch ist mir aufgefallen, dass sie Scalfa aus Versehen bei seinem Vornamen genannt hat. Weißt du ihre Adresse?«

»Nein, aber ich kann mich darum kümmern. Roberta hat übrigens zugegeben, dass es Scalfas Spind war, der offen stand, als sie am Mordabend zurück ins Restaurant gegangen ist. Sie fürchtete negative Konsequenzen, wenn sie jemandem davon erzählte. Marco Carrisi hat offenbar sofort die richtigen Schlüsse gezogen und Scalfa vermutlich zur Rede gestellt. Das ist zumindest meine Hypothese.«

»Klingt plausibel. Leider haben wir immer noch keine Spur von dem Kerl. Ruf mich an, wenn du Rugettis Adresse hast. Ich befinde mich zurzeit auf dem Campo San Stefano. Aber Matteo Scalfa scheint sich in Luft aufgelöst zu haben. *Ciao, Mauro!*«

Goldini wählte die Nummer der Questura und ließ sich mit Maria Grazia Malafante verbinden.

»Maria, rufen Sie doch bitte im ›Palazzo Callieri‹ an und verlangen Sie nach dem Hoteldirektor, Vittorio da Silva. Er soll Ihnen die Privatadresse von Chiara Rugetti geben, einer seiner Angestellten. Und beeilen Sie sich, es ist dringend!«

Die Chefsekretärin versprach, sich sobald wie möglich wieder zu melden. In dieser Zeit fuhr Goldini bereits wieder auf dem Kanal Richtung San Marco. Kaum war er dort angekommen, klingelte sein Handy.

»Maurizio, wir haben die Adresse. Chiara Rugetti wohnt in der Calle San Samuele im Stadtteil San Marco.«

»*Mille grazie, Maria,* Sie sind ein Engel. Ich melde mich später wieder«, rief Goldini hocherfreut in den Hörer, legte auf und schrie dem Bootsführer Giorgio Pesci zu, auf ihn zu warten.

»Pesci, es geht noch weiter. Fahren Sie mich bis zum Anleger San Samuele«, wies er den jungen Mann an.

Hastig wählte er wieder Brassonis Nummer.

»Luca, ich habe Rugettis Adresse. Salizzada San Samuele 3354. Wir treffen uns vor dem Wohnhaus. Ich bin schon auf dem Weg dorthin!«

Diesmal informierte Luca Brassoni das gesamte Einsatzkommando, sich vor Rugettis Wohnung einzufinden. Es war nicht unwahrscheinlich, dass Scalfa sich in den Räumen der jungen Frau versteckt hielt. Die nahen Kirchturmuhren schlugen kurz nach vier, als alle ermittelnden Polizeibeamten sich an der richtigen Adresse versammelt hatte. In wenigen Minuten war die gesamte Calle geräumt. Brassoni und Goldini sprachen sich kurz ab, wie sie vorgehen wollten.

»Ich schelle und gebe vor, ich müsste ihr noch ein paar Fragen stellen. Du kommst mit zwei Mann des Sondereinsatzkommandos unauffällig hinterher und wartest im Flur, bis ich dir ein Zeichen gebe. Wir müssen auch in Betracht ziehen, dass die junge Frau gar nichts von Scalfas Machenschaften weiß, wir haben keinen Schimmer, wie eng ihre Beziehung ist. Also sollten wir mit Fingerspitzengefühl vorgehen.«

»Alles klar.« Goldini nickte. »Dann mal los.«

Brassoni blickte an der Fassade des Hauses empor zu Rugettis Fenster. Zwei Häuser weiter hatte früher einer seiner besten Schulfreunde gewohnt, der inzwischen schon lange mit seiner Familie aufs Festland gezogen war.

Entschlossen drückte er auf den Klingelknopf. Laut Vittorio da Silva hatte Chiara Rugetti sich heute krank gemeldet und müsste zu Hause sein. Nach dem zweiten Klingeln ertönte endlich das Summen des Türöffners. Brassoni trat ein und ließ die Tür für seine Kollegen offen.

Kapitel 29

Matteo Scalfa sah sich keuchend nach seinem Verfolger um. Als ihm klarwurde, dass er den Commissario abgehängt hatte, lief er eine Spur langsamer. Aus der Stadt herauszukommen, würde vorerst unmöglich sein. Er musste sein Aussehen verändern, um nicht aufzufallen. Sein Steckbrief hing in allen Polizeistationen, am Bahnhof und am Flughafen. Die Vaporettostationen wurden ebenfalls kontrolliert. Besorgt tastete er nach dem kleinen schwarzen Beutel in seiner Jackentasche. Alles noch da, Gott sei Dank! Während er auf eine kleine Boutique in der Seitenstraße zusteuerte, kam ihm der Gedanke, einfach seine Kurzzeitaffäre Chiara Rugetti aufzusuchen, die ihn immer noch anhimmelte. Er war ihr schon nach kurzer Zeit überdrüssig geworden, weil sie wie eine Klette an ihm klebte und auf all seine anderen Frauenbekanntschaften eifersüchtig war. Sie würde alles für ihn tun, hatte sie gesagt, als er mit ihr Schluss machte, das kam ihm jetzt gelegen. Sie hielt ihn für einen Gentleman alter Schule, also würde er diese Rolle spielen und für ein paar Tage bei ihr untertauchen.

Matteo Scalfa glaubte sich schon fast am Ziel, als er frisch eingekleidet die Boutique wieder verließ. Er trug nun eine Jeans, ein rotes Polohemd und eine hellgraue Kappe, die er tief ins Gesicht gezogen hatte. Seine alte Kleidung samt dem Messer, mit dem er die Touristinnen bedroht hatte, ließ er unterwegs in einem offenen Müllcontainer verschwinden. Das Beutelchen mit den Diamanten steckte nun in seiner Hosentasche.

Auf dem Weg zu Chiara Rugettis Wohnung machte er noch

einen Halt in einer Drogerie, um sich ein Haarfärbemittel zu besorgen. Ihm war nicht entgangen, dass es in der Innenstadt vor Polizisten nur so wimmelte. Aber geschickt drückte er sich das eine Mal in einen Hauseingang, dann wieder fragte er zwei Touristen nach der Uhrzeit, oder er schaute einfach angestrengt in einen Stadtführer, den er vor fünf Minuten an einem kleinen Kiosk erworben hatte. So fiel er niemandem auf.

Offensichtlich suchte die Polizei immer noch nach einem dunkel gekleideten Verdächtigen. Wie leicht es doch war, die Gesetzeshüter auszuspielen. Er streckte sich in der Sonne und sehnte sich nach einer Zigarette, obwohl er schon seit fünf Jahren Nichtraucher war. Stattdessen besorgte er sich in einer Bar in aller Ruhe eine *Granita di Limone*, eine gefrorene Süßspeise mit sorbetähnlicher Konsistenz.

Während er sich an der kalten Köstlichkeit erfrischte, dachte er darüber nach, ob es Sinn machen würde, Chiara in seine Geheimnisse einzuweihen oder gar in Erwägung zu ziehen, sie auf seine Flucht mitzunehmen. Doch schnell war für ihn entschieden, dass er sie nur so lange bei Laune halten würde, wie sie ihm nützlich war.

Als er sich der Calle San Samuele näherte, fiel ihm auf, wie leer die Gassen waren.

Sollte die Polizei etwa auf den gleichen Gedanken gekommen sein wie er selber? Aber woher wussten sie von seiner Verbindung zu der Rezeptionsangestellten? Auf einmal fühlte er sich nicht mehr so selbstsicher wie noch vor ein paar Minuten. Argwöhnisch drückte er sich hinter die Ecke eines verfallenen Hauses am Rande der Calle. Angestrengt versuchte er einen Blick auf das Geschehen vor Chiaras Wohnhaus zu erhaschen. Mit zusammengekniffenen Augen erspähte er zwei Sondereinsatzkräfte mit schusssicheren Waffen, die vor der Nummer 3354 postierten.

»*Merde!*«, schimpfte er leise. Das hatte ihm noch gefehlt. Langsam fühlte er sich wie ein Löwe im Käfig. Fehlte nur noch der Dompteur mit der Peitsche.

Als sich ihm von hinten plötzlich eine kräftige Hand auf die Schulter legte und sich der Lauf einer Pistole in seinen Rücken bohrte, machte sein Herz einen Satz.

»Keine Bewegung, Scalfa, sonst ist das hier das Letzte, was Sie sehen!«, hörte er Commissario Brassonis tiefe, durchdringende Stimme hinter sich.

Betont langsam erhob Matteo Scalfa seine Hände. Jetzt bloß keine falsche Bewegung machen. Ein zweiter Polizeibeamter drehte ihm die Arme auf den Rücken, dann klickten die Handschellen. Das Spiel war zu Ende.

Brassoni löste das breite Lederarmband, das Scalfas relativ unauffällige, zickzackförmige Narbe an seinem Handgelenk verdecken sollte. Sie war tatsächlich nur zu sehen, wenn man aus kürzerem Abstand genauer hinschaute. Gut, dass die Touristin auf dem Campanile offensichtlich einen Blick fürs Detail gehabt hatte. Zu seinem eigenen Verderben hatte Scalfa die Narbe im Campanile und bei dem Überfall in Zamparonis Villa wohl nicht abgedeckt.

»Matteo Scalfa, ich verhafte Sie wegen des dringenden Verdachts für die Ermordung von Nicolo Zamparoni und Marco Carrisi verantwortlich zu sein, außerdem wegen des Einbruchs in Signor Zamparonis Anwesen, des Mordversuchs an vier Polizeibeamten und des Überfalls auf Lavinia und Scott Miller. Ich verlese Ihnen jetzt Ihre Rechte.«

Maurizio Goldini spulte das notwendige Übel fehlerfrei herunter.

»Woher wussten Sie, dass ich hier stehe?«, fragte der ehemalige Souschef mit einem dümmlichen Gesichtsausdruck.

Brassoni verzog gelassen den Mund.

»Zwei zivile Beamte sind Ihnen gefolgt, seit Sie sich in der Boutique neue Kleidung besorgt haben. Man hat uns vor ein paar Minuten darüber informiert, dass Sie auf dem Weg zu Signora Rugettis Wohnung sind. Wir haben uns gedacht, wir verhaften Sie hier in einer ruhigen Ecke, weitab von den Touristenströmen. Das war doch ein kluger Schachzug von uns, finden Sie nicht?«

»Aber Sie waren doch schon in Chiaras Wohnung, ich habe doch die Einsatzkräfte vor dem Haus gesehen!«

»Da haben Sie ganz recht. Der Anruf erreichte mich so ziemlich genau, als ihre ehemalige Freundin uns die Tür geöffnet hatte. Aber mir war schnell klar, dass diese Frau Ihnen niemals Unterschlupf gewährt hätte. Glauben Sie mir, Signora Rugetti wünscht Ihnen eher die Krätze an den Hals, als dass sie Sie in die Wohnung gelassen hätte. Nachdem sie von Ihnen abserviert worden war, hat sie sich längst anderweitig orientiert. Ihre fromme Absicht, sie in ihre Geschichte mit hineinzuziehen, wäre niemals aufgegangen. Und wir hatten noch genug Zeit, uns hier zu postieren, um auf Sie zu warten.«

Scalfas Gesicht erstarrte zu Stein. Brassoni konnte förmlich dabei zusehen, wie er immer mehr in sich zusammenfiel.

»Das ist alles nur Nicolos Schuld«, murmelte er vor sich hin, während er abgeführt wurde.

»Nicolo war mein Halbbruder, aber er wollte nichts von mir wissen. Immer hat er die Lorbeeren eingeheimst und die besseren Jobs bekommen. Nicht einmal Geld für ein eigenes Restaurant wollte er mir leihen.«

»Das können Sie uns später bei der Vernehmung noch alles ganz genau erzählen«, entgegnete Brassoni ihm daraufhin.

»Halt, wartet! Mauro, durchsuch doch noch mal eben Signor Scalfas Taschen, da müsste doch noch eine Kleinigkeit zu finden sein!«

Maurizio Goldini tastete Matteo Scalfa von oben bis unten ab. Das Säckchen mit den Diamanten kam schnell zum Vorschein.

»Was haben wir denn da? Kann es sein, dass diese Diamanten Signora Miller gehören?«

Scalfa ließ den Kopf hängen.

»Bringt ihn zur Questura«, befahl Brassoni seinen Leuten. Er händigte Goldini die Diamanten aus.

»Hier, bring sie als Beweisstück in die Asservatenkammer, zur Aufbewahrung, bis geklärt ist, wem sie rechtmäßig gehören. Bevor ich wieder zurück ins Präsidium gehe, will ich erst mal nach Caruso schauen. Dafür muss jetzt einfach Zeit sein.«

Maurizio Goldini konnte seinen Kollegen gut verstehen. Auch von ihm war seit Scalfas Verhaftung eine Menge Anspannung abgefallen.

Luca Brassoni blickte auf seine Uhr und stellte erstaunt fest, wie schnell der Tag vergangen war.

»Das Wetter wird schlechter«, teilte ihm eine ältere Dame ungefragt vor dem Foyer des Krankenhauses mit. Sie hing an einem fahrbaren Tropf und wies mit dem Zeigefinger gen Himmel. Der Commissario schaute hinauf in das strahlende Blau, und tatsächlich, die ersten Regentropfen fielen ihm ins Gesicht. Es nieselte. Brassoni hatte sich eigentlich auf einen ruhigen Feierabend im Garten gefreut. Ob es heute Abend noch zu dem geplanten Essen kommen würde, wollte er nach seinem Besuch bei Caruso entscheiden. Betrübt dachte er an den frischen Fisch, den er voller Vorfreude am frühen Morgen auf dem Markt besorgt hatte. Wie hätte er ahnen können, was sich im Laufe des Tages noch zutragen würde. Trotzdem merkte er, als er die große, luftige und weite Eingangshalle des Hospitals betrat, wie ein gewisser innerer Frieden wieder zu ihm zurückkehrte. Matteo Scalfa war gefasst worden, auch Andrea Vito Grande hatten sie erwischt – die Bilanz konnte sich sehen lassen.

Wenn jetzt noch Caruso schnell wieder auf die Beine kam, wollte er der heiligen Mutter Gottes am nächsten Sonntag in der Kirche eine Kerze anzünden. Und das, obwohl Luca Brassoni sich zwar als engagierter Christ fühlte, aber nicht mit allen Prinzipien seiner Kirche einverstanden war. Deshalb zog er seine privaten Zwiegespräche mit dem lieben Gott den regelmäßigen Kirchgängen vor.

Die erste Begegnung mit seinem Cousin nach dessen schwerer Verletzung verlief anders, als der Commissario sie sich vorgestellt hatte. Es war kein Geheimnis, dass Caruso ein unerschütterlicher Optimist war, immer gut gelaunt und voller Tatendrang.

Als Brassoni nun etwas verloren in seinem Krankenzimmer stand, erschrak er über Stefans Zustand. Der Journalist war kaum wiederzuerkennen. Vom Schock und dem Blutverlust schwer gezeichnet, lächelte er Brassoni gequält an. Der für seinen Teil spürte einen Stich in seinem Herzen und fragte sich, was er in der Kürze der Zeit erwartet hatte. Es war schließlich ein Wunder, dass Stefan überhaupt überlebt hatte.

»Caruso, Junge, ich bin froh, dich zu sehen. Wie fühlst du dich?«

Der Journalist bewegte angestrengt seine Lippen, brachte aber nur ein heiseres Flüstern zustande.

»Luca, schön, dass du hier bist. Ich fühle mich …« Er stockte kurz. »Ehrlich gesagt, furchtbar schlecht.«

Brassoni ergriff Carusos linke Hand, in der keine Kanüle steckte.

»Das wird schon wieder, glaub mir. Du bist doch ein Stehaufmännchen. Aber du musst mir versprechen, nie wieder auf Verbrecherjagd zu gehen, hörst du!«

Caruso versuchte ein Zwinkern.

»Erzähl mir, habt ihr den Kerl geschnappt?«

Brassoni schürzte die Lippen.

»Na was meinst du, glaubst du, ich lasse den Mann laufen, der auf meinen besten Freund schießt? Natürlich haben wir ihn. Und den Mörder von Nicolo Zamparoni und Marco Carrisi auch. Du wirst es nicht glauben – es war der Souschef des ›Al Gambero‹, Matteo Scalfa. Er hat sich auch mit dem Mafioso auf dem Campanile getroffen. Wir werden ihn gleich noch verhören, deshalb kann ich auch nicht so lange bei dir bleiben.«

Caruso drückte die Hand seines Cousins.

»Ich bin müde, mach dir keine Gedanken, außerdem kommt Francesco gleich zu Besuch«, erwiderte der Journalist daraufhin.

Der Commissario unterdrückte den Impuls, seinen Cousin zum Abschied in den Arm zu nehmen.

»Schlaf gut, ich komme dich morgen wieder besuchen. Vielleicht bringe ich Carla und Maurizio mit. Sie lassen dich schön grüßen.«

Dankbar nickte Caruso ihm zu. Mit diesem letzten Bild im Kopf verließ der Commissario das Krankenhaus. Wie schlimm war es doch, einen Menschen, der einem nahe stand, so leiden zu sehen. Aber er wusste, Caruso würde sich wieder berappeln. In einigen Monaten war er wieder der Alte.

Zu seiner eigenen Verwunderung überkam ihn plötzlich das Bedürfnis, mit seiner Mutter und seinem Vater zu sprechen. Es war schon zwei Wochen her, dass er das letzte Mal etwas von ihnen gehört hatte. Brassoni überlegte nicht lange, wählte die Nummer seiner Eltern in Sardinien und wartete auf das Freizeichen. Nach dreimaligen Klingeln erklang die sonore Stimme seines Vaters.

»*Pronto?*«

»*Ciao, Papa,* hier spricht Luca.«

»Ist etwas nicht in Ordnung?«, fragte Ernesto Brassoni beunruhigt.

»Nein, nein, ich wollte mich nur mal bei euch melden. Wie geht es dir und Mama?«

»Gut, mein Junge. Deine Mutter Sophia hat ein neues Hobby. Sie geht jetzt zweimal die Woche zum Tanzen. Stell dir vor, sie wollte mich sogar überreden mitzukommen!«, rief er entrüstet in den Hörer. Brassoni konnte sich seinen arthritischen Vater so ganz und gar nicht beim Tanzen vorstellen.

»Ach, Papa, lass sie doch, wenn es ihr Spaß macht. Hättet ihr nicht Lust, dieses Jahr Weihnachten bei mir in Venedig zu verbringen?«, fragte er spontan.

Der Commissario war überrascht, dass sein Vater nicht lange zu überlegen brauchte.

»*Bravo, Luca,* genau darüber haben deine Mutter und ich

auch schon gesprochen. Stellst du uns dann endlich deine neue Freundin vor?«

Brassoni wusste, wie sehr sich seine Eltern nach einer Schwiegertochter und Enkelkindern sehnten.

»Das mache ich, Papa, du wirst sie mögen«, versprach der Commissario.

»Gut, mein Junge, das freut mich. Ich muss jetzt zum Fernseher, meine Serie beginnt. *Arrivederci e buona fortuna, Luca!*«, verabschiedete er sich wie gewohnt.

Brassoni verstaute mit einem Schmunzeln sein Handy und beschloss, zu Fuß zurück zur Questura zu gehen. Die Welt erschien ihm wieder friedlich, und bei einem kleinen Spaziergang konnte er sich am besten erholen.

Jetzt hatte er endlich wieder Augen für die Schönheit seiner Stadt. Aus den Cafés drang ihm der köstliche Duft von frischgeröstetem Kaffee in die Nase, doch er widerstand dem Drang, sich eine weitere Pause zu gönnen. Er erfreute sich am Anblick spielender Kinder auf dem Campo und dachte sich, wie recht die Venezianer doch hatten, ihre Stadt *salotto citta* zu nennen, was so viel bedeutete wie »Eine Stadt wie ein Wohnzimmer«, man fühlte sich eben gleich wie zu Hause, auch als Fremder.

Der Himmel war inzwischen von einem dunklen Grau überzogen, aber der Regen hatte wieder aufgehört. Nun trat der morbide Charme der alten Häuser und prachtvollen Paläste und Kirchen in den Vordergrund. Venedig hatte so viele Facetten, dass es sich zu jeder Jahreszeit lohnte, die Lagunenstadt zu besuchen.

Brassoni liebte den melancholischen Dialekt seiner Landsleute, ihre pragmatische, manchmal etwas spröde Art, mit den Widrigkeiten ihrer Stadt umzugehen, und konnte sich nicht vorstellen, jemals woanders zu leben. Jedes Mal, wenn er sich auf dem Festland befand, staunte er über den rasant wachsenden Autoverkehr und den Stress, dem die Menschen in der Großstadt tagtäglich ausgesetzt waren.

Am Campo San Fantin angekommen, blieb er für einen Augenblick vor der Renaissancekirche San Fantin stehen. Das schlichte weiße Gebäude mit der grünen Eingangstür strahlte eine erhabene Ruhe aus. In Gedanken betete er für Carusos schnelle Genesung.

Dann drehte er sich voller Zuversicht um, um endlich seine Dienststelle aufzusuchen. Man konnte allen Mitarbeitern die Erleichterung über die Festnahme der beiden meistgesuchten Verbrecher der letzten Wochen und Monate anmerken. Jeder hatte in dem geschäftigen Treiben noch Zeit, dem Commissario zuzulächeln oder einen Gruß zuzurufen. Maria Grazia Malafante drückte ihn stürmisch an sich, als er an ihren Schreibtisch trat.

»*Ciao, Luca, come stai?*«, fragte sie und sah ihn erwartungsvoll an.

»Mir geht es gut, danke, aber Caruso wird noch eine Weile brauchen, bis er wieder auf den Beinen ist.«

Die Augen der schönen Chefsekretärin leuchteten auf. Überhaupt strahlte sie irgendwie von innen heraus, seitdem sie schwanger war, fand der Commissario.

»Und du?«, gab er die Frage zurück.

Maria Grazias Lächeln wurde breiter.

»*Fantastico!* Ich könnte den ganzen Tag essen und habe Kräfte für zwei. Ich kann es kaum erwarten, bis das Baby auf der Welt ist«, sagte sie glücklich und strich über ihren kaum vorhandenen Bauch.

Luca Brassoni musste unwillkürlich schmunzeln.

»Matteo Scalfa befindet sich übrigens noch in der Arrestzelle. Sie haben auf dich gewartet, Morandi meinte, du solltest auf jeden Fall bei der Vernehmung dabei sein«, unterrichtete ihn Maria.

»Gut, danke, dann schaue ich mal, was wir alles aus ihm herauskriegen. Wenn er schlau ist, gesteht er die Morde. Ich bin gespannt darauf, mehr über seine Motive zu erfahren.«

Brassoni klopfte an der Tür des Vice Questores und war nicht überrascht, dass Maurizio Goldini schon zu dem Dienststellenleiter einbestellt worden war.

Kapitel 30

Gegen siebzehn Uhr fand sich das Ermittlerteam samt dem Vice Questore im Verhörraum ein.

Matteo Scalfa saß auf seinem Stuhl wie ein gebrochener Mann, gebeugt mit hängenden Schultern. Neben ihm sein Pflichtverteidiger, ein sympathisch wirkender Mittvierziger in einem tadellos sitzenden Maßanzug, sonnengebräunt, die dunklen Haare perfekt frisiert, mit einem offenen, freundlichen Gesichtsausdruck.

Brassoni kannte ihn von einigen anderen Fällen und wusste, dass man sich von seinem Äußeren nicht täuschen lassen sollte. Der Anwalt setzte sich immer hartnäckig für seine Mandanten ein, auch für die, die kein Geld besaßen, außerdem hatte er hohe moralische Ansprüche.

»Signor Donati, ich freue mich, Sie hier zu sehen!«, begrüßte der Commissario den Mann und streckte ihm seine Hand entgegen. Dann stellte er kurz seinen Kollegen und den Vice Questore vor, doch die anderen Männer kannten sich ebenfalls bereits untereinander.

Der Anwalt bedachte seinen Mandanten mit einem besorgten Blick und ergriff das Wort. »Signori, mein Mandant hat sich dazu bereit erklärt, Ihnen Ihre Fragen wahrheitsgemäß zu beantworten. Ich möchte aber hiermit ganz offiziell darauf hinweisen, dass er sich psychisch in einem sehr schlechten Zustand befindet und auch in seiner Zelle ständig unter Beobachtung bleiben muss.«

Brassoni musterte den ehemaligen Souschef, der mit leerem Blick vor sich hin starrte.

Erst als der Commissario ihn ansprach, schien er aus seiner

Starre zu erwachen und sah den Commissario mit einem Ausdruck tiefster Resignation an.

»Signor Scalfa, fühlen Sie sich dazu in der Lage, uns ein paar Fragen zu beantworten?«

Brassonis Stimme klang ungewollt barsch, und der Tatverdächtige antwortete mit leiser und monotoner Stimme.

»Alles, was Sie wollen. Ich gebe zu, Nicolo Zamparoni und Marco Carrisi ermordet zu haben. Und ich bin auch in Nicolos Villa eingedrungen, um nach den Diamanten zu suchen. Ebenso habe ich Lavinia in ihrem Palazzo überfallen. Aber ich könnte ihr nie etwas antun.«

Ihm versagte die Stimme.

»Welches Motiv hatten Sie, Signor Zamparoni zu ermorden?«, wollte Brassoni wissen.

»Das ist eine lange Geschichte«, setzte Scalfa an. »Ich bin in einem ärmlichen kleinen Kaff in Neapel aufgewachsen. Meinen Vater kannte ich nicht. In meiner Jugend habe ich mich den üblichen Gangs angeschlossen, dabei sind Andrea Vito Grande und ich sehr enge Freunde geworden. Wir haben den Kontakt zueinander nie verloren. Aber während er sich schon früh für eine kriminelle Karriere entschieden hat, wollte ich immer raus aus der Gegend und diese ganzen Zwänge des kleinbürgerlichen Lebens hinter mir lassen. Ich hatte Glück und bekam eine Lehrstelle als Koch, weit weg von Neapel, in Rom. Mein Chef erkannte mein Talent und hat mich immer sehr gefördert. Ich war glücklich, hatte Erfolg, meine Karriere entwickelte sich gut. Dann wurde die Stelle des Souschefs im Restaurant des Hotels ›Palazzo Callieri‹ frei und ich habe mich beworben. Ich hatte mir vorgestellt, nach kurzer Zeit die Stelle als Chefkoch zu erhalten. Mein Niveau war immer sehr hoch, und die Gäste lobten meine Gerichte in den höchsten Tönen.«

Scalfa schwieg und verharrte eine Weile regungslos. Die Polizeibeamten und der Anwalt hatten ihm bis hierher konzentriert zugehört.

»Was ist dann passiert? Wann kam Signor Zamparoni nach Giudecca?«, wollte Goldini wissen.

»Alles war gut, bis der alte Chefkoch einen Unfall hatte und seinen Job aufgeben musste. Ich habe geglaubt, man befördert mich automatisch, aber Nicolo Zamparoni hatte sich schon um die Stelle beworben. Er wurde in der Presse als neuer Stern am Gourmethimmel gefeiert, und ich fand mich damit ab, weiter die zweite Geige zu spielen. Ich sparte auf die Eröffnung eines eigenen Restaurants, aber es war nie genug, egal wie sehr ich mich abstrampelte. Dann erfuhr ich eines Tages eine Neuigkeit, die mein Leben von Grund auf umkrempelte.

Meine Mutter starb, und in ihrem Nachlass fand ich einen Brief, in dem sie beteuerte, dass Nicolo Zamparoni mein Halbbruder sei. Sie wollte mir nie erzählen, wer mein leiblicher Vater war. Als Zamparoni damals im ›Al Gambero‹ anfing, war sie immer sehr nervös, wenn ich sie besuchte, und brach oft in Tränen aus. Sie flehte mich an, mir woanders eine Stelle zu suchen. Ich hielt das für ein Hirngespinst, bis zu dem Tag, an dem ich ihren Brief fand.

Der bekannte Bauunternehmer Alfredo Zamparoni war also mein Vater gewesen. Und Nicolo hatte nach dessen Tod ein kleines Vermögen geerbt. Zur Absicherung ließ ich eine DNA-Untersuchung von seinen und meinen Haaren machen. Es war nicht schwer, sich ein paar davon aus der Bürste in seiner Garderobe zu stehlen. Meine Mutter hatte die Wahrheit gesagt. Ich dachte, nun hätte ich eine neue Chance, mein Leben von Grund auf umzukrempeln.«

»Wann haben Sie Zamparoni davon erzählt?«

Scalfa knetete nervös seine Hände. Seine Geheimratsecken schienen in den letzten zwei Tagen noch größer geworden zu sein. Sein Atem ging flach.

»Das war vor ein paar Wochen, kurz vor der letzten Fugu-Show. Nicolo reagierte anders, als ich es mir erhofft hatte. Zuerst lachte er mich aus, obwohl ich ja stichhaltige Beweise für unsere

Verwandtschaft hatte. Statt eines Bruders hatte ich plötzlich einen neuen Feind, der mich als Konkurrenz sah. Ich versuchte ihm zu erklären, dass es ein Wink des Schicksals war, dass wir beide den gleichen Beruf ausübten und dass ich ein Anrecht auf einen Teil des Erbes meines Vaters hätte. Doch davon wollte er nichts wissen. Er drohte mir sogar, mich überall unmöglich zu machen, wenn ich ihn nicht in Ruhe ließe. Dann würde ich nirgends mehr eine Stelle bekommen.«

Erschöpft brach er ab und bat um einen Schluck Wasser.

Die Kommissare waren durchaus beeindruckt von Scalfas unglücklicher Lebensgeschichte. Doch wenn jeder Mensch, der es schwer hatte, deswegen zum Mörder würde, dann wäre es wohl schlecht bestellt um die Menschheit, dachte Brassoni.

Als Scalfa sich ein wenig erholt hatte, ging es weiter.

»Wann haben Sie seine Ermordung geplant? Und wie sind Sie an das Kugelfischgift gekommen?«, fragte der Vice Questore in einem Tonfall, der schärfer nicht sein konnte.

Scalfa zuckte zusammen.

»Zuerst war es nur ein Gedankenspiel. Ich war bei Luan Michikitos Kochshow, und nach der Veranstaltung habe ich einen Blick hinter die Kulissen geworfen. Michikitos Assistent flirtete mit einer der Hostessen, die giftigen Abfälle lagen ungesichert in der Küche herum. Da habe ich, ohne groß nachzudenken, einen Teil davon in eine kleine Plastiktüte gepackt und kurzerhand mitgenommen. Das ist einfach so passiert.«

Es gab eine erneute Pause. Scalfa räusperte sich.

»Einen Tag vor dem Mord habe ich Nicolo noch einmal angesprochen. Ich hatte in der Zwischenzeit mitbekommen, dass er Drogen für viel Geld an reiche Kunden weiterverkaufte. Einen Beutel Kokain hatte ich als Beweis aus seiner Tasche gestohlen. Einer der Kunden, der mir noch etwas schuldig war, erzählte mir, dass Nicolo sein Geld in Diamanten angelegt hatte. Ich wollte mir daraufhin eine größere Summe von ihm leihen, um aus Venedig wegzugehen. Aber er hat mich einen Bastard und Versager geschimpft und mir mit seinem Anwalt gedroht. Da ist bei mir eine Sicherung durchgebrannt. Ich habe am nächsten Tag etwas von dem Fugu-Gift in seine Cognacflasche getan, aus der er sich heimlich jeden Abend ein Glas genehmigte, und bin noch einmal zurück ins Restaurant gegangen. Ich war so wütend auf ihn.«

Scalfa brach wieder ab und griff mit zitternden Händen zu seinem Wasserglas. Hastig trank er ein paar Schlucke, dann redete er mit belegter Stimme weiter.

»Als ich ihn da liegen sah, in Todesangst und mit weit aufgerissenen Augen, da war es schon zu spät. Es ist alles eskaliert, es gab kein Zurück mehr. Wenn ich darüber nachdenke, erkenne ich mich selbst nicht mehr wieder.«

»Warum haben Sie ihm das Messer ins Herz gestoßen?«

Scalfa zuckte mit den Schultern.

»Mein Hass auf ihn war übermächtig, Er hatte mein Leben zerstört, mich um mein rechtmäßiges Erbe betrogen. Was ich getan habe, war ein schlimmer Fehler.«

»Was war mit Roberta Clemente und Marco Carrisi?«

»Ich hatte gedacht, Roberta hätte mich an dem Mordabend bei Nicolo gesehen. Und Marco – mein Gott, der Junge wollte mich zur Rede stellen. Vito hatte mir seine Pistole verkauft, damit ich mich verteidigen konnte, es kam zu einem Handgemenge … Den Rest kennen Sie ja. Ich konnte mir keine Zeugen leisten.«

»Wieso haben Sie eigentlich Signora Miller bei Ihren beiden Einbrüchen verschont?«, forschte Brassoni nach.

Scalfa bekam glänzende Augen.

»Lavinia«, sprach er mit verzückter Stimme. »Sie war meine Traumfrau. Ich habe sie verehrt, obwohl sie nie Notiz von mir genommen hat. Ihr hätte ich nie etwas antun können.

Goldini und Brassoni sahen sich überrascht an.

»Das ist die wahre Geschichte!«, versicherte Scalfa mit durchdringender Stimme. »Ich habe nichts mehr zu verlieren. Sperren Sie mich ein bis zum Ende meiner Tage. Ich habe es verdient!«

Dann brach er in ein heftiges Schluchzen aus, das seinen Körper hin und her schüttelte. Roberto Morandi ließ eine Ambulanz kommen, als der Mann sich nicht wieder beruhigte und nur noch am ganzen Leib zitterte. Scalfa galt tatsächlich als selbstmordgefährdet, wie Brassoni später erfuhr.

Nach dem Verhör waren alle erleichtert, dass es nun ein Geständnis und viele handfeste Beweise gab. Man konnte endlich wieder zur Tagesordnung übergehen und sich den ganz normalen, kleinen Verbrechen widmen.

»Mauro, was meinst du, wollt ihr heute Abend trotz allem zu mir zum Essen kommen? Ich habe mit Carla gesprochen, sie findet auch, dass wir die Verabredung beibehalten sollten. Vielleicht können wir auf Carusos Genesung und die Aufklärung unserer beiden Fälle anstoßen.«

»Was macht dein Arm? Bist du sicher, dass du so kochen kannst?«, gab Goldini zu bedenken.

Der Commissario strich über den Verband, unter dem sich ein Blutfleck in der Größe eines Schnapsglases gebildet hatte.

»Ach, das geht schon. Ich habe gar keine großen Schmerzen. Ich schreibe noch ein paar Berichte zu Ende, dann gehe ich nach Hause. Carla erwartet mich schon. Wir treffen uns dann um halb neun!«

Goldini nickte und sah seinem Chef nachdenklich hinterher. Brassoni war einfach nicht kleinzukriegen. Hoffentlich ging heute Abend alles gut. Aber er freute sich auf das Überraschungsmenü. Dass Brassoni ein guter Hobbykoch war, war schließlich stadtbekannt.

Pfeifend machte er sich ebenfalls auf den Weg zu seinem verhassten Schreibkram.

Carla Sorrenti erwartete den Commissario schon in seiner Wohnung. Bei ihrem Anblick fielen ihm alle Charaktereigenschaften ein, die er an einer Frau schätzte. Sie war gutmütig, intelligent, ausgeglichen und einfühlsam. Ein guter Gegenpol zu seiner eigenen bisweilen ungeduldigen Persönlichkeit. Ihre attraktive äußere Erscheinung rundete das Bild ab. Und sie konnte überaus witzig sein.

»Deine Gebete sind auf fruchtbaren Boden gefallen!«, schmunzelte sie und gab ihm zur Begrüßung einen Kuss.

Brassoni sah sich in seiner Wohnung um. Der Esstisch war bereits gedeckt und liebevoll dekoriert.

»Was meinst du denn damit?«, fragte er irritiert.

»Na deine Gebete für Carusos Genesung und die für meine Rückkehr in deine Wohnung. Ich könnte mir übrigens ganz gut vorstellen, für immer bei dir zu wohnen.«

Sie lachte, nahm eines der Kissen von der Couch und warf es ihm an den Kopf.

»Hey, was soll das, warte, das kriegst du zurück«, rief Brassoni und jagte ihr hinterher bis in die Küche. Atemlos fanden die beiden sich vor dem Fenster wieder. Brassoni drückte die Gerichtsmedizinerin dicht an seinen Körper und sog den Duft ihrer weichen blonden Haare ein.

»Ich könnte mir nichts Schöneres vorstellen«, flüsterte er in ihr Ohr.

»D`accordo, va bene!«, flüsterte Carla zurück und befreite sich aus seiner Umarmung.

»Puh, du solltest dich duschen gehen. Die Ganovenjagd hat dich ganz schön mitgenommen. Ich bin froh, dass dir nichts passiert ist. Kann ich dir beim Kochen etwas helfen?«

Doch Brassoni schüttelte lächelnd den Kopf.

»Kommt nicht in Frage, du ruhst dich aus. Wir haben uns jetzt alle etwas Erholung verdient. Ich bin gespannt, wie euch meine Eigenkreation von verschiedenem Fisch und Meeresfrüchten in Weißweinsoße schmeckt. Ich habe lange nicht mehr für vier Personen gekocht. Und ich wünschte, Caruso könnte dabei sein. Was hältst du übrigens davon, in der Vorweihnachtszeit meine alte Heimat Bad Tölz zu besuchen? Wir könnten über die Weihnachtsmärkte bummeln, im Schnee spazieren gehen, und ich zeige dir, wo ich als Kind meine Sommer verbracht habe. Das ist übrigens Carusos Idee. Francesco käme auch mit!«

Carla warf den Kopf in den Nacken und lachte glucksend.

»Das ist doch schon beschlossene Sache, oder? Aber ich komme gerne mit, ich war noch nie in Bayern. Vielleicht können wir sogar Skifahren. Gibt es dort eine Piste?«

»Natürlich, zum Beispiel der Blomberg, ein ganz bekanntes Skigebiet. Es wird dir dort gefallen. Und außerdem kommen meine Eltern zu Weihnachten nach Venedig. Sie wollen ihre neue Schwiegertochter endlich kennenlernen.«

Carlas Augen leuchteten.

»Ich werde ihre Schwiegertochter? Eine famose Idee!«

Sie lehnte ihren Kopf an seine Schulter. Dann hob sie die Augen, sah ihn verliebt an und sagte mit aufreizender Stimme:

»Wenn das so ist, dann bekomme ich ja bald einen schicken Verlobungsring von dir. Ich bin schon schrecklich aufgeregt, du auch?«

Wieder breitete sich dieses amüsierte Grinsen auf ihrem Gesicht aus. Doch der Commissario ließ sich nur allzu gerne von ihr um den Finger wickeln.

»Einen Verlobungsring? Da muss ich erst mal schauen, was mein Sparkonto so hergibt.«

Carla lachte und gab ihm einen dicken Kuss.

Luca Brassoni war zufrieden. Was konnte man mehr vom Leben verlangen.

Danksagungen

Zuallererst bedanken möchte ich mich für die gute Zusammenarbeit bei den Mitarbeitern des Ullstein/Midnight Verlags, insbesondere dem Lektorat, das mit vielen hilfreichen Anregungen und Vorschlägen zur Vollendung dieser Geschichte beigetragen hat. Außerdem natürlich bei meiner Familie für ihre Unterstützung und ihr Verständnis, dass ich beim Schreiben oft wenig Zeit für sie hatte und mit den Gedanken in Venedig war. Ich hoffe, dass den Lesern diese wunderbare Stadt ebenso ans Herz wächst wie mir und sie die Geschichten um den Commissario und seine Kollegen gerne verfolgen, ihm zu erklären, dass es ein Wink des Schicksals war, dass wir beide den gleichen Beruf ausübten und dass ich ein Anrecht auf einen Teil des Erbes meines Vaters hätte. Doch davon wollte er nichts wissen. Er drohte mir sogar, mich überall unmöglich zu machen, wenn ich ihn nicht in Ruhe ließe. Dann würde ich nirgends mehr eine Stelle bekommen.«

Erschöpft brach er ab und bat um einen Schluck Wasser.

Die Kommissare waren durchaus beeindruckt von Scalfas unglücklicher Lebensgeschichte. Doch wenn jeder Mensch, der es schwer hatte, deswegen zum Mörder würde, dann wäre es wohl schlecht bestellt um die Menschheit, dachte Brassoni.

Als Scalfa sich ein wenig erholt hatte, ging es weiter.

»Wann haben Sie seine Ermordung geplant? Und wie sind Sie an das Kugelfischgift gekommen?«, fragte der Vice Questore in einem Tonfall, der schärfer nicht sein konnte.

Scalfa zuckte zusammen.

»Zuerst war es nur ein Gedankenspiel. Ich war bei Luan Michikitos Kochshow, und nach der Veranstaltung habe ich einen Blick hinter die Kulissen geworfen. Michikitos Assistent flirtete mit einer der Hostessen, die giftigen Abfälle lagen ungesichert in der Küche herum. Da habe ich, ohne groß nachzudenken, einen Teil davon in eine kleine Plastiktüte gepackt und kurzerhand mitgenommen. Das ist einfach so passiert.«

Es gab eine erneute Pause. Scalfa räusperte sich.

»Einen Tag vor dem Mord habe ich Nicolo noch einmal angesprochen. Ich hatte in der Zwischenzeit mitbekommen, dass er Drogen für viel Geld an reiche Kunden weiterverkaufte. Einen Beutel Kokain hatte ich als Beweis aus seiner Tasche gestohlen. Einer der Kunden, der mir noch etwas schuldig war, erzählte mir, dass Nicolo sein Geld in Diamanten angelegt hatte. Ich wollte mir daraufhin eine größere Summe von ihm leihen, um aus Venedig wegzugehen. Aber er hat mich einen Bastard und Versager geschimpft und mir mit seinem Anwalt gedroht. Da ist bei mir eine Sicherung durchgebrannt. Ich habe am nächsten Tag etwas von dem Fugu-Gift in seine Cognacflasche getan, aus der er sich heimlich jeden Abend ein Glas genehmigte, und bin noch einmal zurück ins Restaurant gegangen. Ich war so wütend auf ihn.«

Scalfa brach wieder ab und griff mit zitternden Händen zu seinem Wasserglas. Hastig trank er ein paar Schlucke, dann redete er mit belegter Stimme weiter.

»Als ich ihn da liegen sah, in Todesangst und mit weit aufgerissenen Augen, da war es schon zu spät. Es ist alles eskaliert, es gab kein Zurück mehr. Wenn ich darüber nachdenke, erkenne ich mich selbst nicht mehr wieder.«

»Warum haben Sie ihm das Messer ins Herz gestoßen?«

Scalfa zuckte mit den Schultern.

»Mein Hass auf ihn war übermächtig, Er hatte mein Leben zerstört, mich um mein rechtmäßiges Erbe betrogen. Was ich getan habe, war ein schlimmer Fehler.«

»Was war mit Roberta Clemente und Marco Carrisi?«

»Ich hatte gedacht, Roberta hätte mich an dem Mordabend bei Nicolo gesehen. Und Marco – mein Gott, der Junge wollte mich zur Rede stellen. Vito hatte mir seine Pistole verkauft, damit ich mich verteidigen konnte, es kam zu einem Handgemenge … Den Rest kennen Sie ja. Ich konnte mir keine Zeugen leisten.«

»Wieso haben Sie eigentlich Signora Miller bei Ihren beiden Einbrüchen verschont?«, forschte Brassoni nach.

Scalfa bekam glänzende Augen.

»Lavinia«, sprach er mit verzückter Stimme. »Sie war meine Traumfrau. Ich habe sie verehrt, obwohl sie nie Notiz von mir genommen hat. Ihr hätte ich nie etwas antun können.

Goldini und Brassoni sahen sich überrascht an.

»Das ist die wahre Geschichte!«, versicherte Scalfa mit durchdringender Stimme. »Ich habe nichts mehr zu verlieren. Sperren Sie mich ein bis zum Ende meiner Tage. Ich habe es verdient!«

Dann brach er in ein heftiges Schluchzen aus, das seinen Körper hin und her schüttelte. Roberto Morandi ließ eine Ambulanz kommen, als der Mann sich nicht wieder beruhigte und nur noch am ganzen Leib zitterte. Scalfa galt tatsächlich als selbstmordgefährdet, wie Brassoni später erfuhr.

Nach dem Verhör waren alle erleichtert, dass es nun ein Geständnis und viele handfeste Beweise gab. Man konnte endlich wieder zur Tagesordnung übergehen und sich den ganz normalen, kleinen Verbrechen widmen.

»Mauro, was meinst du, wollt ihr heute Abend trotz allem zu mir zum Essen kommen? Ich habe mit Carla gesprochen, sie findet auch, dass wir die Verabredung beibehalten sollten. Vielleicht können wir auf Carusos Genesung und die Aufklärung unserer beiden Fälle anstoßen.«

»Was macht dein Arm? Bist du sicher, dass du so kochen kannst?«, gab Goldini zu bedenken.

Der Commissario strich über den Verband, unter dem sich ein Blutfleck in der Größe eines Schnapsglases gebildet hatte.

»Ach, das geht schon. Ich habe gar keine großen Schmerzen. Ich schreibe noch ein paar Berichte zu Ende, dann gehe ich nach Hause. Carla erwartet mich schon. Wir treffen uns dann um halb neun!«

Goldini nickte und sah seinem Chef nachdenklich hinterher. Brassoni war einfach nicht kleinzukriegen. Hoffentlich ging heute Abend alles gut. Aber er freute sich auf das Überraschungsmenü. Dass Brassoni ein guter Hobbykoch war, war schließlich stadtbekannt.

Pfeifend machte er sich ebenfalls auf den Weg zu seinem verhassten Schreibkram.

Carla Sorrenti erwartete den Commissario schon in seiner Wohnung. Bei ihrem Anblick fielen ihm alle Charaktereigenschaften ein, die er an einer Frau schätzte. Sie war gutmütig, intelligent, ausgeglichen und einfühlsam. Ein guter Gegenpol zu seiner eigenen bisweilen ungeduldigen Persönlichkeit. Ihre attraktive äußere Erscheinung rundete das Bild ab. Und sie konnte überaus witzig sein.

»Deine Gebete sind auf fruchtbaren Boden gefallen!«, schmunzelte sie und gab ihm zur Begrüßung einen Kuss.

Brassoni sah sich in seiner Wohnung um. Der Esstisch war bereits gedeckt und liebevoll dekoriert.

»Was meinst du denn damit?«, fragte er irritiert.

»Na deine Gebete für Carusos Genesung und die für meine Rückkehr in deine Wohnung. Ich könnte mir übrigens ganz gut vorstellen, für immer bei dir zu wohnen.«

Sie lachte, nahm eines der Kissen von der Couch und warf es ihm an den Kopf.

»Hey, was soll das, warte, das kriegst du zurück«, rief Brassoni und jagte ihr hinterher bis in die Küche. Atemlos fanden die beiden sich vor dem Fenster wieder. Brassoni drückte die Gerichtsmedizinerin dicht an seinen Körper und sog den Duft ihrer weichen blonden Haare ein.

»Ich könnte mir nichts Schöneres vorstellen«, flüsterte er in ihr Ohr.

»*D'accordo, va bene!*«, flüsterte Carla zurück und befreite sich aus seiner Umarmung.

»Puh, du solltest dich duschen gehen. Die Ganovenjagd hat dich ganz schön mitgenommen. Ich bin froh, dass dir nichts passiert ist. Kann ich dir beim Kochen etwas helfen?«

Doch Brassoni schüttelte lächelnd den Kopf.

»Kommt nicht in Frage, du ruhst dich aus. Wir haben uns jetzt alle etwas Erholung verdient. Ich bin gespannt, wie euch meine Eigenkreation von verschiedenem Fisch und Meeresfrüchten in Weißweinsoße schmeckt. Ich habe lange nicht mehr für vier Personen gekocht. Und ich wünschte, Caruso könnte dabei sein. Was hältst du übrigens davon, in der Vorweihnachtszeit meine alte Heimat Bad Tölz zu besuchen? Wir könnten über die Weihnachtsmärkte bummeln, im Schnee spazieren gehen, und ich zeige dir, wo ich als Kind meine Sommer verbracht habe. Das ist übrigens Carusos Idee. Francesco käme auch mit!«

Carla warf den Kopf in den Nacken und lachte glucksend.

»Das ist doch schon beschlossene Sache, oder? Aber ich komme gerne mit, ich war noch nie in Bayern. Vielleicht können wir sogar Skifahren. Gibt es dort eine Piste?«

»Natürlich, zum Beispiel der Blomberg, ein ganz bekanntes Skigebiet. Es wird dir dort gefallen. Und außerdem kommen meine Eltern zu Weihnachten nach Venedig. Sie wollen ihre neue Schwiegertochter endlich kennenlernen.«

Carlas Augen leuchteten.

»Ich werde ihre Schwiegertochter? Eine famose Idee!«

Sie lehnte ihren Kopf an seine Schulter. Dann hob sie die Augen, sah ihn verliebt an und sagte mit aufreizender Stimme:

»Wenn das so ist, dann bekomme ich ja bald einen schicken Verlobungsring von dir. Ich bin schon schrecklich aufgeregt, du auch?«

Wieder breitete sich dieses amüsierte Grinsen auf ihrem Gesicht aus. Doch der Commissario ließ sich nur allzu gerne von ihr um den Finger wickeln.

»Einen Verlobungsring? Da muss ich erst mal schauen, was mein Sparkonto so hergibt.«

Carla lachte und gab ihm einen dicken Kuss.

Luca Brassoni war zufrieden. Was konnte man mehr vom Leben verlangen.

Danksagungen

Zuallererst bedanken möchte ich mich für die gute Zusammenarbeit bei den Mitarbeitern des Ullstein/Midnight Verlags, insbesondere dem Lektorat, das mit vielen hilfreichen Anregungen und Vorschlägen zur Vollendung dieser Geschichte beigetragen hat. Außerdem natürlich bei meiner Familie für ihre Unterstützung und ihr Verständnis, dass ich beim Schreiben oft wenig Zeit für sie hatte und mit den Gedanken in Venedig war. Ich hoffe, dass den Lesern diese wunderbare Stadt ebenso ans Herz wächst wie mir und sie die Geschichten um den Commissario und seine Kollegen gerne verfolgen.